活着　就是青春
信任　永不过时

少年留韶华不为

丹书光光 ——— 著

国际文化出版公司
·北京·

图书在版编目（CIP）数据

韶华不为少年留 / 丹书光光著 . —北京：国际文
化出版公司，2023.7
ISBN 978–7–5125–1517–8

I.①韶… II.①丹… III.①长篇小说—中国—当代
IV.① I247.5

中国国家版本馆 CIP 数据核字（2023）第 057249 号

韶华不为少年留

作　　者	丹书光光	
责任编辑	吴赛赛	
出版发行	国际文化出版公司	
经　　销	全国新华书店	
印　　刷	天津中印联印务有限公司	
开　　本	880 毫米 × 1230 毫米	32 开
	10.25 印张	198 千字
版　　次	2023 年 7 月第 1 版	
	2023 年 7 月第 1 次印刷	
书　　号	ISBN 978–7–5125–1517–8	
定　　价	58.00 元	

国际文化出版公司
北京朝阳区东土城路乙 9 号　　　　邮编：100013
总编室：（010）64270995　　　　传真：（010）64270995
销售热线：（010）64271187
传真：（010）64271187–800
E-mail: icpc@95777.sina.net

目 录

一　自立门户

宋鹏飞现在才发现，当老板真是太累了。

2019年7月，宋鹏飞从一线卫视裸辞，放弃了有编制的稳定工作，毅然决然地开了一家直播公司。成立公司三个月了，宋鹏飞就没睡过一个安稳觉。从确定公司战略到找合伙人再到搭建组织结构，从了解市场到签约主播再到开展具体业务，尽管心力交瘁，但他乐在其中。说干就干，孤注一掷，这就是他。不能改变自己的工作环境，那就勇于改变自己，哪怕碰得头破血流，至少努力了就好。

公司签约的几个主播宋鹏飞亲自全天候照顾，大到直播的风格定位，小到钻到桌子底下检查网线，临时当个人肉灯架，碰到主播们因为弹幕里的嘲讽脸色难看，心细的宋鹏飞赶紧下单点个喜茶安慰一下。在他看来，对于一个刚创业的新老板来说，亲力亲为总是没错的，一方面自己要对自己的事业负责，一方面也给公司其他人展现一种充满能量的亢奋姿态，让他们相信自己并不是在为挣一份工资而打发时间，而是像阿里巴巴初创时期的十八罗汉一样，是在为公司光明的未来而奋斗。负责运营的邱敏没少笑话他，当老板又不是之前在电视台跑新闻，身兼数职还得跟时间做斗争，老板需要高姿态，做好自己该做的就行，一些脏活儿、累活儿交给手下人去做。

宋鹏飞也知道这些道理，但就是不知道怎么去做，饮水机旁边垃圾桶满了，他二话不说到储物柜抽出一个新的垃圾袋给套上，被行政小李看见了，赶紧跟他道歉解释是自己工作没做好。但宋鹏飞只不过是奉行上大学以来一直保持的好习惯，尽量不麻烦别人，自己能做到的就自己去做。

但一家公司并不会因为老板尽职尽责就盈利。五个月过去了，宋鹏飞累得像狗一般，却也只能看着账上的金额火速地往下掉。到处都是花钱的地方，而且没一样是可以节省的。员工工资不能晚发，他之前穷过，知道工资对于员工的重要性；房租水电、设备耗材这些更不用说，直播平台上对主播们的运维成本倒是可以削减一些，但手下这几个主播刚有点起色，这时候少了这一环节的宣传推广，那可真就注定泯然众人了。行政小李倒是贴心，看出了宋鹏飞的窘迫，提议把公司免费的下午茶取消了，宋鹏飞想了想还是算了，就那几包虾条和几瓶饮料撑死了能花几个钱？

很快，几名聪明的员工发现了苗头，老板缺钱的消息在公司里四处散播，搞得人心惶惶。十几人的初创公司最怕风言风语，不像四五人的小作坊，大家每天吃住在一起，感情深厚，相互帮持，公司收益不景气了反而还能增进大家伙儿的凝聚力；也不像几十人以上的成规模的公司，能养活这么多人，起码在营收和老板的实力上是有一定保证的，公司管理清晰，分工明确，大家各司其职。在发完工资的第二大，儿名员工使一起来到办公室，坐在宋鹏飞对面，十分诚恳地对公司的氛围和发展表示了肯定，也对宋鹏飞的为人做派大为赞赏，同时祝公司业绩蒸蒸日上，但自己因为快过年了，想回老家静养一段时间，只好忍痛提出辞职，希望宋老板可以原谅，他日再相逢，来日皆可期。宋鹏飞本就嘴拙，这种事儿真不知道该说什么，明明才12月，过哪门子年？但他实在不好戳破，想着挽留，但谈感情也就共事了区区三个月；谈钱吧，自己已是捉襟见肘，而且面对一些门槛低的职能岗位也不可能随便涨薪，只好好聚好散，放人家走人。

宋鹏飞突然想到当初自己实习时不断给他画大饼的主编，靠着这香喷喷的大饼，宋鹏飞为了心中的新闻理想，拿着可怜的试用期工资鏖战了多少个通宵，赶了多少篇稿子，这让当时的他备受打击，恨透了主编的虚伪，而现在当他成了老板，却多希望拥有这种画大饼的能力，面对来请辞的员工，说服他们再坚持一段时间，拨开云雾见青天。但可能他一辈子也学不来这样，贫穷农民家庭出身注定了他玩不来这些油腔滑调，或许这便是自己的先天不足吧，宋鹏飞自己这么想。

邱敏递交了11月完整的直播数据，宋鹏飞简单看了下几个标粗的数据，跟上个月比依旧没有多大变化。

"这些数据根本反映不出什么。"邱敏表现得十分乐观。

"是吗？"

"这些数据极具欺骗性，比如粉丝数和活跃度，看上去没怎么增长，但明显现在用户黏度上去了，而且主播们没有一味地从众迎合，已经慢慢摸索到了自己的直播风格。"

邱敏是宋鹏飞在电视台的同事，当初得知他要创业，二话不说一起离职，在公司里做运营主管。邱敏三十有余，在新闻口浸淫多年，但很多时候并不能理解当下的网络直播生态，比如一些小姑娘直播的时候总喜欢在自己说完一句话后加上大笑的音效，这让邱敏十分厌恶，她认为在一句平常的陈述句背后加这种情景剧般的笑声无疑是自欺欺人，让人反感。而女主播常用的一些发嗲乞讨的话术，邱敏也禁止她们讲，直播虽然属于娱乐行业，但过分地奴颜婢膝并不会走长远。

宋鹏飞点了点头："我同意你，直播行业已经过了那个野蛮生长的阶段，现在整体都很浮躁，有很多形式感的东西作祟，直播内容已经变得高度同质化，如果我们跟其他MCN策略一样，没有自己的特色，只能成为别人的垫脚石。毕竟我们是想深耕这一行，追求长线利益。"

"嗯，是的，这也是我的运营思路，未来公司的盈利点肯定不是用户零零碎碎的礼物打赏，所以接下来的重点是让直播内容更多元化、更符合市场需求，制作上也要更综艺化，更有质量。"

邱敏是个聪明又有格局的女人，宋鹏飞很感谢她能跳出来和自己创业，两人在公司大的战略方向上默契地保持一致。但现在的问题是，宋鹏飞靠着自己的积蓄，到底还能让公司撑多久。

突然，手机响了，一条新的微信消息。宋鹏飞瞄了一眼："王子晴回来了，她说要聚聚。"宋鹏飞心"咯噔"一下，划掉提醒没有回复，但他心里已经开始翻滚激荡了。这个曾心心念念的名字，竟这么毫无防备地再次出现在眼前。

"怎么了？"邱敏问。

"没事。"宋鹏飞脸色明显异样。

"是不是不舒服？"邱敏关切地问。

宋鹏飞看了她一眼："家里的事儿，你继续说。"

"也没什么了，接下来我再给新签的主播们集中培训一下。"

"好。"

邱敏离开了办公室。宋鹏飞靠在椅背上，思绪早已飘远，足足五分钟没有动，直到被电话声惊醒。

"喂，看到我给你发的微信了吗？"刘东声音火急火燎的。

"刚看见。"宋鹏飞说。

"那你要不要聚，给个准信儿。"

"在老地方？"

"对。"

宋鹏飞沉默了。

刘东又急了："咋了你，人家消失了这么长时间，终于现身了，咱们不得好好聚聚？你别老想过去的事情，恋人没当成就继续像朋友一样处着呗，你老想太多……"

刘东又开始给他上课了，宋鹏飞有自己的顾忌，他如何不想，但打量下现在的自己，还有什么脸见她呢？

"她现在人在哪儿？"

"没问。那我就推了啊，我也懒得出门，还得去幼儿园接多多。"

"等一下！"宋鹏飞赶紧打断，"别，还是聚聚吧。"

"知道了，磨叽。"刘东挂掉了电话。

办公室陷入死寂，宋鹏飞来回踱步。他不知道，如今物是人非，到时候该用怎样的姿态去面对王子晴。

二　此刻的我们

刘东嘴里说的聚会，是他们这伙人一直保持的传统。

宋鹏飞、王子晴、吴珊、李一来是大学同班同学，班里都分小集体，他们四个性格、家庭背景迥异的人因为校辩论队的关系拧巴在一块儿，四年下来建立了深厚的革命友谊。刘东是宋鹏飞的高中同学，从三本学校辍学后，一直游荡在北京，干过各种职业，钱没攒下多少，人倒是常往局子里钻。他之所以能加入四人组还要追溯到那次打架。

大三的时候，宋鹏飞四人在辩论赛上表现亮眼，跑到酒吧庆祝，人生地不熟也没有留意酒单，结果被黑心酒保设套儿，开了瓶红酒要价5888。结账的时候，四个人都傻眼了，人高马大的酒保们将他们团团围住，威逼利诱。他们哪见过这阵仗，宋鹏飞求助刘东，在他眼里刘东路子广办法多，让他想办法来送钱。半小时后，刘东来了，不过没拿钱，拿着两根钢管冲了进来，让酒保们放人。一个理着光头、后脑勺文着龙身的大高个儿咋咋呼呼的，笃定面前这瘦小子不敢动手，上前推搡刘东，刘东二话不说挥起钢管朝那光头猛砸了下去，大高个儿顿时血流如注，捂着伤口躺在地上哇哇大叫。其他酒保们吓傻了，以为大家都是装装样子吓唬吓唬对方，没想到来的是个狠人。酒保们都是拿死工资干活儿的，没必要跟刘东玩命，赶紧把大高个儿拖到一边，没再吭声。

　　刘东气场极为强大，带着宋鹏飞四人就往外走，这时大高个儿看兄弟们不敢动手，捂着伤口嚷嚷着报警，来个恶人先告状。这时候就体现出文化的重要性了，宋鹏飞几个人在刘东的庇护下找到了对峙的勇气，完美地展示了政法大学高才生的风范，"非法拘禁""敲诈勒索""非法经营"几个字一蹦出来，酒保们都不知道该咋办了。武的不行，文的也不行，酒吧老板赶紧跑出来解围，跟他们赔礼道歉，还免费送给他们一瓶红酒。

　　这一仗打得完美至极，五个人跑到酒吧附近的光哥烧烤店大吃了一顿。刘东就此跟大家结识，更要命的是，吴珊一眼定终身，瞬间爱上了他，两人都是干脆人，大学一毕业便扯证结婚了。亲上加亲，五个人也越来越熟络，毕业之后大家也会经常找时间到光哥烧烤店聚聚，但这两年因为宋鹏飞、李一来和王子晴之间的感情纠葛，王子晴选择出国留学，自此杳无音信，五人就也没再齐整地聚过。

　　其实，刘东内心并不希望宋鹏飞答应这次聚会，一方面他知道宋鹏飞现在的落魄处境，宋鹏飞又是自尊心很强的人，面对昔日的情人和情敌，他心里肯定不好受；另一方面他也知道宋鹏飞很重情，对王子晴的爱恋仍难以割舍，如今王子晴再次出现，肯定又会令宋鹏飞旧情重燃、求而不得，着实是一件痛苦的事儿。刘东跟宋鹏飞说过很多次，王子晴是个有野心的漂亮女人，宋鹏飞根本给不了她想要的，感情这东西得学会适可而止，不能无休止地投入。宋鹏飞总是嘴上应付，这么多年仍是孑然一身。

　　宋鹏飞既然答应了，刘东也不好说什么，将他的答复转述给了老婆吴珊，吴珊又拨通了李一来的电话，正在参加公司董事会的李一来听到王子晴想重聚，也立马答应，此刻只有在吴珊身边旁听的刘东叹了口气，觉得这次聚会有好戏看了。

吴珊给了刘东一个白眼，边给女儿多多穿裙子，边不屑地说："个个都奔三了，谁还有闲心扯那些情爱的，再说，人家王子晴说不定已经在国外结婚了。"

刘东拿起热水杯，往里头接开水："那可不一定，起码宋鹏飞我是知道的，他太重情，既不会随便爱一个人，也不会随便对爱的人说放手；李一来呢，别看因为有钱，身边各种漂亮妞儿，但王子晴是第一个把他给甩了的女人，他能甘心只回归到朋友关系？所以嘛，咱这少林五祖迟早要散，男女之间就没法有纯友谊，到最后免不了牵扯情爱的，最后连朋友都没得做。"

"谁说的，咱们上次见的李婷，跟她发小处了几十年了，李婷结婚还专门让她发小穿上女装当伴娘，现在两个人都有各自的家庭，关系照样好。"

"李婷那长的，是个男人都只想跟她当朋友，能跟王子晴比吗，王子晴那颜值……"

吴珊顺手抄起多多的拖鞋扔了过来，刘东机灵地躲开，脸上赔着笑。

吴珊嗔怒："我看你也是心术不正，心中有佛看到的就是佛，心中有屎看到的就是屎。"

刘东走过来，从后面搂住吴珊："我心里没有佛，也没有屎，只有你。"

刘东轻轻地咬了下吴珊的后脖颈，吴珊捶了一下他："疼。"

"妈妈吃醋啦！"多多不知道从哪儿学会的词语，闪烁着大眼睛看着两人。

"一个三岁小孩儿，从哪儿学会的词儿。"

"我已经四岁了！"多多穿好衣服，跑向门口，自觉地换鞋子。

刘东从架子上拿下外套，给吴珊穿上，把多多的书包递给她，嘴里说着："真不用我跟你一起？"

"不用，你在家待着吧，网上看看有什么新工作。"吴珊嘱咐他。

"嗯。"刘东打开门，送两人出去。

门一关，刘东匆匆跑到电脑处，打开某个直播网站。画面里是NBA的比赛直播，一个高亢的声音用极不标准的普通话念叨着："兄弟们，赶紧下单了，湖人主场让分掘金7.5，估计这场稳了，能顺利收米！"

刘东忙里忙慌赶紧下注。下完注点上根烟，脚搭在桌子上，悠然自得。之前开的摩托车店倒闭后，刘东一直不知道接下来该干吗，也试着找了那种朝九晚五的工作，到一家信息公司做客服，上午去下午便辞职了，因为不能随便离开工位去抽烟；去做房产中介，因为晚上9点还得集合开会，耽误他回家看老婆孩子，又给辞了；靠着手艺去修车店当修理工，又受不了别人颐指气使……大半年过去了，刘东每天窝在家里，帮忙带孩子做家务，赌几场球打几小时游戏，时间过得飞快，好像一直这么下去也挺好的。

刘东刷了会儿抖音，抬头看了眼比赛。没想到场上瞬息万变，第四节最后两分钟，掘金队连续三个快攻反击，瞬间将比分拉开，湖人教练无奈地摇了摇头，叫了暂停。刘东比教练还激动，破口大骂："一帮笨蛋，这球都能丢，投不进三分不知道退防吗，啥都做不了待在场上干吗？大好局势就被你们这帮孙子给整没了……"

短短的两分钟，对于刘东而言，眼看就要到手的2000块钱瞬间化为泡影。空空的房间里，刘东自顾自地骂着，无限的怒火都倾注到了小小的电脑屏幕上。

吴珊带着多多来到溜冰场，跟教练打完招呼，坐到熟悉的座位上。今天周末，溜冰场里人很多，多多麻利地换上装备，在冰场里自由驰骋，惊得那些扶着边儿战战兢兢挪步的成年人张大了嘴巴，准备自拍的摄像头纷纷对准了多多。每次这个时候，是吴珊最有愉悦感的时候，看着多多游刃自如的滑姿，她沉醉其中。

多多学习滑冰已经有一段时间了，估计遗传了吴珊东北人的天赋，在冰场上平衡能力极佳，悟性也高，摔倒后从来不哭哭啼啼，深得教练喜欢。教练一直把她当重点苗子培养，不止一次地跟吴珊表示可以让多多往职业花滑方向多走走。吴珊也有点动心，她小时候也没少滑冰滑雪，但多多跟儿时的自己相比极具天赋，而且多多身上有那种肉眼可见的对滑冰的热爱，走职业可能真的很适合。但吴珊跟其他孩子家长交流了几次后，就望而却步了。

不谈多多的天赋，花滑真的是一项烧钱又费时间的运动，教练费、场地费，以及不断长脚的孩子没穿多久就要换的冰鞋的费用，考级费、参赛费、演出服费……这些极其琐碎的费用也意味着需要大人付出超多精力和时间来安排、联系，除了冰上训练，还有陆地训练、舞蹈培训，这都需要烧钱和费时间。有时候吴珊陪多多训练完，晚上还要去很远的店里磨冰刀，整个人都扑在孩子身上了。现在刘东的摩托车店关门了，刘东又没找到工作，是有时间可以带孩子了，但也意味着家里收入锐减，日子过得捉襟见肘，吴珊更不敢有让孩子走职业花滑的心了。

一个白色衬衫塞进卡其色裤子里的中年男人坐在了吴珊身边，肚子立马鼓起了臃肿的一块："你家孩子真是进步神速啊。"

吴珊转头看了一眼，是王志强，也是陪孩子来滑冰的家长，之前只见过两面，平常他家孩子都是奶奶陪着来学滑冰。

吴珊客气地回应："她也喜欢滑，你孩子现在也滑得不错了。"

溜冰场里，教练正在手把手地教一个小男孩，小男孩很胆怯，腿始终不敢往前迈，一脸的惊恐。

王志强摇摇头："小宇太胆小，怕疼。"

吴珊客气着："没事，男孩子嘛，越往后滑得越好。"

吴珊想早点结束话题，说完便拿出手机，起身走到护栏处，把摄像头对准多多，拍摄起来。

王志强也站了起来，走到吴珊身边，拿出自己的手机，装模作样地找准角度，"咔嚓"拍了一张。

王志强把手机递到吴珊面前："你瞧，拍得怎么样？"

吴珊顺势一看，客气地回应："挺好的。"

"要不我发给你？"王志强厚厚的眼镜背后，小眼睛充满着期盼。

吴珊没说话，但王志强手机仍在面前杵着，这让吴珊有话说不出口，面对这种不知趣的人，她真不知道该怎么应对。片刻后，吴珊假装回过神来，蹦出个"好"字。王志强收到许可，立马抽回手机，打开微信，点开自己的二维码，又把手机递了过去。吴珊慢吞吞地扫上，在王志强的"监视"下，不情愿地发送了好友请求。

王志强脸上露出了一丝不易察觉的窃喜。这让吴珊内心感到十分好笑，已经有好几个家长装模作样地来加她的微信了，她想不明白，都是孩子的家长了，还有心思想这些乱七八糟的，不知道刘东带多多来的时候，会不会也这样去要别的孩子妈妈的微信，估计不会吧，他即使有那个心，兜里也没多少钱支持他撩别人。

其实吴珊对刘东还蛮放心的。她一毕业就嫁给了刘东，两人知根知底，虽说现在日子过得有些拮据，但感情上除去一些口角，基本上是在往上走。吴珊上学时因为长相清秀可人，也有不少男孩子追，不过学生时代那种食堂里吃个饭、校园里散散步的恋爱对于她而言只不过是懵懵懂懂地从众迎合，像是机械式地完成一本爱情手册里所规定的仪式，过程枯燥乏味。这也让吴珊认为，从小老师、家长所说的"小孩不许谈恋爱"以及影视剧里写到的那些"山无棱天地合",也不过尔尔。后来宿舍姐妹们卧谈会,吴珊说了自己的感觉,被大家揶揄,吴珊开始对自己产生了怀疑,甚至私下百度搜索"情感障碍综合征",认为自己肯定有病,如色盲一般,看不到大家都能看见的爱情的颜色。

然而在那个雨一直下的夜晚,他们在酒吧被围住,刘东只身一人提着钢管出现在酒吧门口的一刹那,她立马心动了。吴珊是一个法律生,脑子里尽是些条条框框,根本不懂,也不知如何形容爱情这种抽象概念,但她很清楚地知道心动是种什么感觉,如果这就是爱的定义,那吴珊坚定地相信,她是"爱"这个男人的,也会一直深深地爱下去。

之后的事便水到渠成了。大家从酒吧里跑出来,冒着大雨一路跑到了刘东开的摩托车店,每个人身上恨不得都挂着五斤雨水。刘东把一箱子衣服都拿了出来,大家挨个到角落逼仄的卧室里换衣服。轮到吴珊进去的时候,她留了心眼儿,故意磨磨蹭蹭,观察卧室的陈列。地上、床下塞满了摩托车配件,角落里堆着没洗的满是油渍的衣服,床头小桌上凌乱地放着烟灰缸、钥匙串、证件卡片等各种零碎,弹在外面的烟灰夹杂着机油、灰尘涂抹在桌面上,轻轻一吹立马颗粒物浓度爆表。然而,在这么脏乱的环境下,那小床却是一尘不染,淡黄色的床单平平整整,看不到一丝褶皱。枕头和被子码得整整齐齐,让人无法相信这是一个单身的摩托车修理工每夜娶睡的床。吴珊没有破坏眼前这充满美感的艺术品,扶着墙摇摇晃晃地换上刘东给的衣服,深深地闻着T恤上的味道。直到外面的人开始催了,吴珊才赶紧穿戴好,开门出去。临出去前，吴珊又把手表放到了小桌上，这样她才有借口再次和刘东见面。

那个晚上，大家坐在摩托车店的地上，撬开了那瓶红酒，拿着大瓷缸子盛着酒轮流递喝，再配着花生米、香肠、泡面，肆无忌惮地玩游戏、侃大山，那真是只有年轻才能体验到的滋味儿。吴珊接过刘东递过来的康师傅红烧牛肉面，平常那么反感泡面味儿的她却吃得特别香，甚至快把汤也喝完了。后来她和刘东好了之后，经常让他给自己泡面，说来也怪，只要是他泡的，都特好吃，但除此之外，吴珊一口都不愿碰。

第二天大家还在迷迷糊糊地睡着，吴珊已经醒来开始收拾昨晚留下的烂摊子，刘东明显对吴珊也有好感，两人你拿笤帚我拿簸箕，没有多余的话，情却完全融在了行动里。大家醒来后跟刘东告别赶往学校，吴珊走出摩托车店的那一刻，已经计划好下次什么时候来找刘东了。谁料心细的宋鹏飞发现了桌子上的手表，专门拿上还给了她。看着宋鹏飞那张做了好事等表扬的脸，吴珊气得不打一处来，整整一个星期没和他说过话。宋鹏飞苦想了一礼拜，把三年来跟吴珊的过往回顾了个遍都没想明白自己到底哪儿得罪了她。

不过宋鹏飞毕竟是刘东的好哥们儿，吴珊也悄咪咪地通过宋鹏飞打探到刘东的很多细节，宋鹏飞呆头呆脑，常常是和盘托出，好在刘东贵在真实，也没啥好包装的，吴珊去了几趟摩托车店后，两人便自然而然地在一起了，速度之快让好朋友们想都没想到。

　　宿舍上铺的姑娘得知两人恋爱后，冷笑着说刘东只用了一碗桶面就把她追到了手，真是太便宜他了。吴珊听出了弦外之音，这明显是在说她浪荡随便，机灵的吴珊笑了笑，拍着大腿表示认同，说自己失策了，女孩子的确应该矜持点，一定要让男孩花够了钱才能答应他。后来吴珊跟刘东结婚时，专门邀请了这位上铺姑娘，姑娘在婚礼上逢人便让别人介绍相亲，滔滔不绝地说着自己的条件和恋爱观，哪怕她还是"母胎SOLO"。

　　这便是吴珊的优点，做事儿洒脱干练，从不拖泥带水。既然是让自己心动的人，还有什么可矫情的，非得有个观察期、追求期什么的，要么就别爱，要么就干脆点。这一点上，她比王子晴强多了，看到王子晴夹在宋鹏飞、李一来之间摇摆不定，吴珊都替她着急，就一个遵从内心的事儿，思前想后考虑那么多干吗，真是个磨叽的娘们儿。其实这便是造物主神奇的地方，有些女人的心天生是铁做的，坚硬无比，但碰到磁，不用招呼自然便会主动吸附上去；有些女人的心是水做的，不断流动着，你给她什么样的容器，她便给你什么样的心。

三　往昔如昨爱如烟

宋鹏飞第一个来到学校旁边的石克牙酒馆，环境依旧如故，几桌年轻的大学生正嬉笑怒骂着。看到他们，宋鹏飞有些恍如隔世。

"鹏飞！"老板娘丽姐从前台兴奋地跑过来。

"丽姐好，生意还好吗？"宋鹏飞把准备好的礼盒递了过去。

"这都好几年没看到你了，咋样现在，还在电视台？"丽姐的手紧紧地挽着宋鹏飞的胳膊，仍然把他当小孩一样。

"没，辞职了，开了家直播公司，现在还没几个月。"

"当老板啦？这敢情好，比伺候人强。女朋友呢？"

宋鹏飞摸摸头："还没有。"

"抓紧找，找到了早点办，把婚结了心就踏实了。"

宋鹏飞点点头，丽姐看着他，眼睛里好像闪烁着几千个问题，不断询问着大小事，宋鹏飞耐心地一一作答。

"唉，不过在北京也不好找媳妇，房子就是个大问题，这么贵的房价，谁结得起啊。我们那会儿，是要什么没什么，连彩礼都没有，更别提什么婚纱照了，结婚当天也没有什么接亲排场，你叔新郎官骑着辆摩托，我坐后面就这样接回去了。现在结婚可金贵了，几百万的房子、几十万的车，搁谁谁不发怵……"

丽姐自顾自地说着，其实这些内容宋鹏飞听着也耳熟，当时上大学，他因为家境困难一直在这小酒馆做兼职，丽姐看他勤勤恳恳，总会多给他盛肉，发工资的时候还会多塞两张，完全把他当自家孩子看待。闲下来了，丽姐便会跟他聊家常，聊她可爱的家人们，她丈夫的那些事儿宋鹏飞已经滚瓜烂熟了，但每次都会听她讲完，不忍心打断。因为认识丽姐这么多年，宋鹏飞只见过她丈夫带着儿子来看过她两次，能看出这段婚姻并不是那么美满，但宋鹏飞一直没问，有时候用心倾听，就是最好的沟通。

"都忘了问你了，怎么突然来这儿了。"

"我们几个约好了，今天在这儿聚聚。"

"你们？"

"王子晴、刘东……"

"想起来了！还有吴珊！还有，那个开跑车的，嫌我家酒不上档次的那个……"

"李一来。"

"对！还是你们几个，已经有好几年没聚了吧？"

"嗯，自从上次在您这儿打了次架后，就再没齐齐整整地聚过了。"

"哎呀，别提了，后来不知道谁报的警，警察都过来了，你们刚走，地上乱糟糟的，我睁眼说瞎话，说没人打架，我自己醉了不小心弄翻的，说完我还给他演示……"丽姐边说边比画着，像是发生在昨天一样。

"当时我们也是冲动，给您添麻烦了。"

"后来王子晴跟你了，还是跟那个什么，李德凯。"

"李一来。"

"就知道，她那么漂亮，李德凯又有钱，她不跟有钱的才怪……"

"不是不是，我说他叫李一来，不叫李德凯。王子晴谁也没跟，后来出国留学去了，这不刚回来吗，约大家吃饭见见。"

丽姐恍然大悟，知道自己说错话了，有些不好意思："这样啊，那姐明白了。今天好好让后厨给你们整菜，你们尽情地吃，不怕你们喝醉了吵闹，难得你们来一次，看着你们从十八岁的愣头青长到现在，岁月不饶人哪。"

丽姐的嘴如机关枪般，停不下来，直到有人喊她结账，她才停了下来。

宋鹏飞来到西北角上的那张方桌，拿过一把椅子坐在了外面。当年，他便是坐在这里，看着李一来和王子晴坐在同一边，刘东和吴珊坐到同一边，自己坐在过道的椅子上，显得碍事儿又碍眼。那时候的自己因为这种小事儿心里十分不甘，可现在，整个人却平和了。

"丽姐！"门口响起了清脆熟悉的叫声，不用看就知道是吴珊来了。

吴珊快跑几步直接给了丽姐一个熊抱，这是独属于她的和丽姐打招呼的方式，难怪丽姐会脱口说出她的名字。别看吴珊平常挺高冷的，可真碰到对眼投缘的人了，不管在什么场合，都会散发出让人无法抵挡的热情。

身后，刘东拉着多多走了进来，宋鹏飞举手吆喝他，刘东看到他，脸立马耷拉下来，一脸失落，弄得宋鹏飞一头雾水。

多多看到宋鹏飞兴奋地跑了过来："宋叔叔！"不愧是吴珊的女儿，打招呼的方式一模一样。

刘东慢悠悠地走了过来，推了宋鹏飞一把，气不打一处来，"你呀，刚路上吴珊还跟我说你肯定又是第一个到，又坐在了老位置，我说不信，要不赌200块钱，她立马答应，还没收了我手机，怕我给你传信儿。我想着都三四年过去了，你不会还记得那么清楚吧，加上你又开公司各种忙活，也不可能比我这个无业游民到得早吧，种种迹象一分析，我这200块钱是板上钉钉的事儿，可一进门看到你那挫样，我就气炸了。最近手气真背啊，赌球没一次押中过，斗地主连欢乐豆都赢不了，你这刚刚又让我输200。"

"爸爸又赌球了，我要跟妈妈说。"多多听到了，挥舞着手朝刘东嚷嚷。

"嘘！"刘东赶紧让她收声："别告诉你妈。"

"那你给我玩儿手机。"

刘东配合地将手机递给她，多多接过手机麻利地解锁，安静地玩儿起了游戏。

宋鹏飞招呼刘东坐下："你还不了解我？跟其他人我倒是不那么上心，每次跟你们出来聚，哪次不是我第一个到，最后一个走，再说丽姐照顾我这么多年，我当然也得提前来跟她多聊会儿。"

"这个我怎么没想到。"

"所以你还是别赌了，你这LEVEL还没到拼手气的阶段，先用用这儿。"

宋鹏飞指了指脑子。

刘东有点生气："你这当了老板，说话的口气怎么这么欠啊。"

刘东作势要打宋鹏飞，看到身后走来的吴珊，消停下来，脸上立马变得一本正经。

宋鹏飞刚想转身打招呼，"别动！"宋鹏飞没再敢动。

身后的吴珊趴在他脑袋上，拨弄着他的头发，用力揪下一根白头发来。

"发量还行，白头发倒长出来了，没少熬夜吧？"吴珊把白头发示意给宋鹏飞看。

"说对了，现在每天都熬到很晚。"

刘东起身，给吴珊让路，让她坐到最里边。

"咋样，公司现在月入多少万？"刘东好奇地问。

宋鹏飞拿起水壶给吴珊倒上水："差远了，每个月尽往里贴钱。"

"跟我当初开摩托车店一样，刚开始没有客源，一直在开销，压力很大。你手头要困难的话跟我说，我给你想想办法。"刘东关切地说。

话音未落，吴珊眉毛立了起来，杀人的眼神转到了刘东身上。

刘东好像感觉到了，假装咳嗽了下，有点露怯。

吴珊从多多手里拿过手机，多多又抢了回去，挪到另一边扔给刘东，嘴里说着："真是敢随便夸海口。"

宋鹏飞赶紧搭话，说："不用的，过段时间公司走上正轨就好了。"

"你公司是做什么的？"吴珊问。

"直播。"

"什么直播？"

吴珊虽然知道这个，但并不清楚一家直播公司具体是怎么运作的。刘东快言快语，接过话茬："就是找一些美女、帅哥做主播，主要是美女，对着镜头唱歌跳舞，观众便充钱给他们刷礼物打赏，等这些人粉丝多了成为网红了再带货卖东西。"

宋鹏飞接着说："刘东说的是现在娱乐直播公司的常规模式，不过我们公司并不是要做网红孵化，而是重点打造高质量内容，通过内容吸引流量，弱化主播自身的影响力。"

吴珊仍然一头雾水："我不懂的是，直播不就是对着摄像头吗，那些主播自己在家就能做到，为什么要通过你们公司？"

"公司的好处是可以让主播快速成长，帮助宣传推广，进行包装。现在直播行业竞争激烈，淘汰率高，如果还是像往常一样单打独斗的话，很难往职业化的道路发展。"宋鹏飞认真地回答。

"把我女朋友包装包装呗。"

李一来出现在身后，拉着一个女孩的手。女孩光着腿穿着马丁靴，包臀的黑色皮裙，大波浪的亚麻色头发，戴着蓝色美瞳的大眼睛扑闪着，巴掌大的脸看上去就很费钱。大家愣住了，试想12月的北京，寒风凛冽，一个光着白花花大腿的妙龄姑娘，天仙一般地出现在面前，这种美是多么让人窒息，甚至连多多也停止了玩手机，抬起头仔细看着这位洋娃娃姐姐。

李一来对大家的反应很满意："愣什么呢，我变化很大吗？"

吴珊嫌弃地说："谁看你了，大家都在看美女呢。"吴珊看了眼刘东。

刘东反应过来，把视线从美女身上挪开："快坐，坐。"招呼两人入座。

李一来绅士地让女孩先坐下，自己环顾了一圈，和宋鹏飞眼神相碰，又快速挪开了。

李一来像是在寻找什么。宋鹏飞心里很清楚，他在寻找王子晴出现过的痕迹。

"你快介绍一下。"吴珊说。

"噢，这是于乐，我女朋友。"李一来又开始跟女孩介绍朋友们，"这是吴珊，这是刘东，他俩两口子，今年差不多是银婚了吧。"

"我有那么老吗？"吴珊不满。

"还在蜜月期呢。"刘东打趣道。

"这位是宋鹏飞，直播公司老板。"李一来语气变得有些许严肃。

"好久不见。"宋鹏飞客气回应。

"是啊，我们上次见面就是在这儿打了一架，座位都没变。"李一来感叹道。

于乐嗅到了一些苗头："你们为什么打架啊，不是很好的朋友吗？"

宋鹏飞和李一来互看了一眼，谁也没说话。对面的刘东和吴珊偷偷笑着。

李一来有些勉为其难，敷衍道："过去的一些烂事儿，回去跟你讲。"

刘东插嘴说："待会儿你就知道了。"

吴珊推搡了下刘东，示意他闭嘴。

于乐是个聪明姑娘，仿佛明白了什么，知趣地没再发问。

李一来赶紧转移话题，说："我们这几个人上学那会儿总翻东门那儿的围墙，然后到这儿来撸串儿……"

"还没介绍我呢。"多多响亮的一句。

"对对，都忘了介绍你了，陈多多，还记得叔叔吗？有一次生病，还是我把你送到医院的。"

多多摇头。

"她那时候才一岁多，哪能记住事儿。"

"她可聪明了，在路上她突然问我……"

几个人七嘴八舌地聊起了陈年旧事，宋鹏飞听着，心思却在那个没来的人身上。她现在是不是堵在路上了？要不要让吴珊问一下？不知道三年没见，她变化大不大，自己该如何跟她打招呼？过去的事情放下了吗？现在会有什么打算？

丽姐走了过来，笑脸盈盈，手搭在宋鹏飞的椅背上，端详着每一位："个个郎才女貌啊，怎么样了？快看菜单，我让厨师给你们先做。"

"哪还用点菜，老样子呗，丽姐。"李一来回应。

"你可得看看菜单，不然又说我们家菜样少。"

"哎呀，我当时就随口一说，您到现在还记得啊。"

"当然记得，因为你这句话，我连着换了俩厨师。"

吴珊把菜单递给丽姐："丽姐，可以上菜了，另外一个人马上就到。"

宋鹏飞下意识地坐直了。

"好嘞！"丽姐接过菜单，"你们喝点啥酒？"

几个人相互看了看，吴珊说："酒就不喝了，大家都有事。"

"都长大了啊，知道喝酒分时候了。"丽姐感叹着，自言自语地离开了。

宋鹏飞坐立不安，也站了起来，指了下门口，跟大家说："我出去打个电话。"

李一来立马便意识到他要去干吗，摆摆手让他坐下："先坐着聊会儿呗，待会儿再打也不迟。"

宋鹏飞突然不知道该怎么回应了，想试图继续编造事务紧急的话，但那种局促、秘密完全挂在脸上的样子在大家看来是那么好笑。

刘东取笑他，说："是个人都知道你想去接王子晴，去吧。"

宋鹏飞不好意思地摸了摸头，李一来见刘东把话挑明了，也不好再说什么："你还是没变啊。"

宋鹏飞快步朝门口走去。外面被夜色笼罩，宋鹏飞站在台阶上左右张望着，思绪万千。

王子晴，是他一生的执念。

这三年，宋鹏飞无时无刻不在搜寻王子晴的下落，然而王子晴跟北京断得很干净，同窗的老师同学、共事的朋友同事，她一概切断了联系，所用的社交软件也未再上线过，她只跟吴珊轻描淡写地说了一句，她要出国念书了，这成了最后的绝句，从此她杳无音信。之后，这个人仿佛刹那间离开了这个世界，同学、朋友议论纷纷，关于那个夜晚的各种流言四处散播，宋鹏飞他们几个守口如瓶，没有跟任何人说起过王子晴真正离开的原因。没过几个月，人们便已经忘却了这个漂亮姑娘，没有人再提及，只有宋鹏飞这几个好朋友还试图在寻找王子晴的踪迹。又过了一年，好朋友之间也默认了王子晴消失的事实，大家有意无意地不再提及，达成了放下的默契。

然而宋鹏飞不是，他一方面深知王子晴并不希望别人联系到她，但一方面他内心又十分渴求再次与她重逢。在这种矛盾的煎熬中，宋鹏飞对王子晴的情愫反而没有冷却，而是随着时间阶梯性地递增。他知道王子晴爱用的字母组合、头像昵称、签名资料等，靠着这些在浩瀚的互联网上打捞着王子晴的痕迹，这种徒劳的行动久而久之成了一个周而复始的游戏，让宋鹏飞沉迷其中。

王子晴的突然出现宣告游戏结束，宋鹏飞的感觉除了惊喜，心里也有一种空落落的感觉，变得有些不知所措，他迷瞪了好几天，才从这种状态里走了出来。既然现在王子晴选择回来，证明她已经将所经历的不堪抛诸脑后，找到了重生的勇气，那他何尝不该放下过去，以全新的姿态迎接她呢。

很快，一个穿着白色大衣的身影出现在马路对面。宋鹏飞心"咯噔"一下，应该是她！他看着红绿灯上跳动的数字，短短十几秒，却突然如此漫长。

"5，4，3，2，1……"

灯变绿了！白色身影开始过马路，一步步地朝他走来。

宋鹏飞看清楚了！对，是她！是那张朝思暮想的脸！仍然美得令人窒息！

宋鹏飞大脑一片混沌，耳边彻底安静下来，只能听到自己"怦怦怦"的心跳声。

王子晴挥着手跟他打招呼，脸上挂着迷人的笑容。宋鹏飞机械地走下台阶，拖动沉重的步伐向她移动。

两人越来越近，宋鹏飞更加清晰地看到王子晴的脸。三年里，他翻看了无数遍她的照片，不敢相信此刻这张脸如此逼真地出现在面前。

"宋鹏飞！"王子晴大喊他的名字，走到他身边，张开手臂给了他一个拥抱。

秀发的芬芳钻到了宋鹏飞鼻子里，宋鹏飞痴痴地咬字都变得吃力："王子晴……"

宋鹏飞伸出手想要紧紧地抱住她，这时王子晴却挣脱了他的怀抱，捶了他一拳："怎么了，不认识我了？"

宋鹏飞赶紧放下手臂，结结巴巴地回应："认识认识，我就是，就是没想到能再次见到你。"

"说得我好像去世了一样。"

"没、没……"

"我有变化吗?"

"没有,跟从前一模一样。"

"那这是好还是不好呢?"王子晴调皮地问他。

"好,还是那么漂亮。"

王子晴很满意宋鹏飞的回答:"不错,比以前进步不少。"

宋鹏飞点点头。

突然两人都沉默下来,相互看着,不知道该说些什么。

旁边行人从身边路过,一辆摩托车朝他们鸣笛。

两人反应过来:"他们到了吗?"王子晴问宋鹏飞。

"嗯,在里面。"宋鹏飞回答。

"我们进去吧。"

"嗯。"

宋鹏飞走在前面给她开门,掀起门帘。

店里热气扑面而来,宋鹏飞感到更加燥热。

突然响起了响亮的歌声:

"十字头的年龄没留下什么

二字头的开始

我好想说如果一切可以从头来过

是否可以选择一次无悔的梦

十九岁的最后一天

阳光似乎也被带走"

　　远处的方桌，吴珊、李一来、刘东边大声唱着，边朝王子晴挥手，饭店里的人纷纷投来目光。宋鹏飞对这首歌同样耳熟，是伊能静的《十九岁的最后一天》，是王子晴过20岁生日时大家专门学来唱给她听的。

　　王子晴看到这几张面孔，听到熟悉的歌声，鼻子立马酸了，她试图保持刚刚跟宋鹏飞见面时的微笑和洒脱，强忍着心头的热流。

　　当王子晴走到桌前，歌声在副歌部分戛然而止，随之而来的是热烈的欢呼声。声音响亮得让一些食客十分不满，让丽姐提醒他们小声点。丽姐应付地点了个头，微笑地看着他们。

　　"欢迎大美女归位！"大家齐声喊道。

　　王子晴彻底绷不住了，眼泪夺眶而出，瞬间泣不成声，哽咽得说不出话来。

　　大家傻眼了，赶紧停下来，拍背的拍背，搀扶的搀扶，递纸巾的递纸巾。

　　王子晴用哭腔，含混不清地说着："我来之前跟自己说了很多次，不能哭，可……可我看到你们……听到这歌儿……我忍不住……"

　　"没事没事，哭出来好。"吴珊抱住她，拍着后背，可拍着拍着，自己眼泪也掉了下来。

　　剩下的三个男人看到这俩姑娘抱在一起哭个不停，情绪上也受到影响，没再说话，静静地站在旁边。

　　其他桌的食客打量着这桌奇怪的人，先是激昂的欢呼又立马变成萎靡的哭泣。

慢慢地，两人哭泣声小了下来。

"都坐吧。"

刘东自己拿了把椅子坐到了宋鹏飞旁边，让王子晴跟吴珊坐一块儿。

王子晴平复完情绪，讲起了自己的经历。

"我其实从美国回来有一段时间了，也没联系你们，现在在一家上市公司法务部做主管。本想彻底跟过去告别，但后来看到一部电影，有几句台词印象很深刻：当普鲁斯特到了生命的最后时刻，他回首往事，审视从前所有的痛苦时光，他觉得痛苦的日子才是他生命中最好的日子，因为那些日子造就了他，那些开心的年头呢？全浪费了，什么都没学到。我立马醒悟了，为什么我一定要让自己忘掉过去呢，就是因为我遇到过那一件事就把这么多年的过往全部否定吗？那太不值了，这些经历塑造了现在的我，我没有理由不强大起来，没有理由不跟你们一起努力追求更好的生活。"

王子晴眼睛里闪着光，认真地说着，大家为之动容。

"那看来跟我们在一起的快乐就是白过了。"刘东打趣道。

大家被逗笑了，气氛也变得活跃起来。

王子晴笑着说："当然不是，我在美国的时候，真的总想起你们来，想到以前咱们一起玩闹的日子，好几次我都想给你们发消息，问问你们最近过得怎样，可又要强行告诉自己得忍住了。那种滋味太难受了。"

李一来见状，举起酒杯，招呼着说："咱们先干一个吧，人终于又聚齐了。"

大家纷纷响应。

"祝酒词谁来说？"

刘东指着宋鹏飞："之前不都是你吗，宋鹏飞。"

宋鹏飞想了想，说："这次让王子晴来吧，她是咱们这次聚会的重头戏。"

"我还想听你讲呢，每次咱们干杯，你的祝酒词说得都特别好，总能打动我。"

吴珊深表赞同："对，你忘了咱们第一次去刘东摩托车店的时候，大家都淋成落汤鸡了，拿着纸杯喝那个红酒，他就随随便便地说了几句，差点把我感动哭。"

"是啊，我这三年都没听过了，还挺想念的。"

李一来也催起来了："咱这还干不干，就你了鹏飞，我们都洗耳恭听了。"

宋鹏飞也不推辞了，润了润嗓子，说："行，那我也不推辞了。先说下我的感受吧，今天我第一个到的酒馆，丽姐热情地拉着我说了很多话，我听到周围饭桌上的学生们仍然像以前一样在聊奖学金、考研，然后当我坐在这儿的时候，又一次看到了天花板上的那行字，"宋鹏飞指了指天花板，"还记得吗？那时候玩儿真心话大冒险，李一来输了后，大家怂恿他把电话写上去，又写了俩字——办证。"

大家一下想了起来，开始七嘴八舌地复述当时的情形。李一来一拍脑袋："怪不得，我说嘛，这几年我反复接到骚扰电话，问我给不给办证。"

大家笑作一团。宋鹏飞继续说："看到这些，我有些恍如隔世，车未变，马未变，我们一如从前。这种感觉让我真的很放松，我不知道大家是否跟我有同样的感觉。王小波说，人在年轻的时候，觉得到处都是人，别人的事就是你的事，到了中年以后，才觉得世界上除了家人已经一无所有了。今天看到你们，我内心有太多东西在涌动，偌大的北京，我感觉你们真的就像我的家人一样。现在王子晴回来了，咱们又在一起了。不经一番寒彻骨，怎得梅花扑鼻香，这杯酒，敬我们弥足珍贵的友谊！"

酒杯碰撞在一块儿，发出了清脆悦耳的声音。

"宋老板，能不能把于乐签了，把她打造成网红。"

李一来脸色绯红，嗑了口烟，说话带着些醉意。

饭桌上大家都已经酒足饭饱，扯着闲天。

"无聊，我才不去呢。"于乐嫌弃道。

吴珊接过话茬，说："我跟刘东也看了些网红的直播。"

刘东一脸严肃，摆手解释："我平常可不看她们啊，就偶尔看看球。"

"你看了！"多多嘟着嘴跟刘东说，引来大家的笑声。

吴珊接着说："我特别好奇那些网红，真的就像是童话里的职业，那些女孩儿像公主一样画着精致的妆容，拍拍照、拍拍视频，直播跟人说说话，一天的工作就结束了，可收入却都不低，一年就可以攒够一套房子的首付，也可以尽情尝试各类昂贵的医美和微整，各种名牌化妆品用也用不完，好像工作就是一个持续变美的过程。"

宋鹏飞摇了摇头："其实任何人只要脱离现实来到网上，就会变成一个角色，这个角色跟你的真人可以是没有任何瓜葛的，简单来讲就是大家所说的人设。我们也会被这些人设所吸引，给这些人设埋单。其实大多数网红真实的情况跟呈现出来的有天壤之别，现在直播行业相对来说还是处在早期阶段的混沌状态。"

王子晴点了点头，"对，我也一直在关注直播行业，大多数直播播主，或者说是素人，目前还是停留在视觉刺激上，通过外在或者标新立异的噱头夺人眼球，来获取关注度。就很像自媒体最早的时候，人人都成了创作人，市场开始一味地追求点击量导致'劣币驱除良币'，优质的内容越来越少。"

王子晴边说边在胸前用手比画着，宋鹏飞没想到她竟对直播行业如此了解，他点头认同，接着说："所以未来直播行业肯定会迎来质的飞跃，它的功能性会远大于现在的娱乐性，不管是现在的销售、教育，还是政府职能等。"

李一来灭掉烟头，说："宋老板算是赶上直播的风口了，估计不出几年，资产就会是天文数字。但你可得警惕，我太懂资本了，哪儿热钻哪儿，这股热潮来得快去得也快。"

李一来泼了一盆冷水给宋鹏飞，宋鹏飞也没反驳，说："的确，现在直播行业鱼龙混杂，真要做出东西来，还是需要冷静的判断。塔勒布在《反脆弱》一书中写道，风会熄灭蜡烛，却能使火越烧越旺。对于当下的风口也是一样：你要利用它们，而不是躲避它们。你要成为火，渴望得到风的吹拂。"

李一来这几句话一说完，在场人被唬得一愣愣的。刘东一摆手，烦躁地说："说的啥啊，听也听不懂，你别说了。来，咱们喝酒。"

刘东一招呼，大家举杯，自然而然把这个话题给盖了过去。

"来，这杯敬宋老板公司蒸蒸日上，等发达了，给我跟吴珊整套学区房。"

"行。"宋鹏飞笑着一饮而尽。

王子晴看着宋鹏飞，发现他身上跟之前有太多不一样的地方，他不再是那个敏感、自卑又孤傲的小镇青年，现在的他，有种洞彻的睿智，冷静果敢。

夜色已深，一行人摇摇晃晃地从酒馆里出来，丽姐依旧热情不减，把大家送出来，一一嘱咐告别。

多多已经趴在刘东的肩上睡着了。于乐挽着李一来的胳膊，整个人都贴到他身上，但李一来的眼睛却停留在王子晴身上。

王子晴正在跟宋鹏飞聊直播的事儿，看上去，两人聊得十分投机。王子晴掏出手机让宋鹏飞加她的新微信，宋鹏飞有些受宠若惊，再次恢复到过去那个跟女孩子打交道时会紧张的青年人状态。

李一来看见了，忍不住上前插话："王子晴，你住哪儿？"

"住望京。"

"顺路，我们住凯宾斯基。要不我送你一程吧？"李一来指了下路边停着的保时捷。

"不用了，你都喝多了。"

"有代驾嘛，怕啥。"

挽着李一来臂弯的于乐看起来喝多了，脑子却很清醒，立马用力地掐了一下李一来的胳膊，迷迷糊糊地说："好冷，先上车吧。"

王子晴看了于乐一眼："真不用，一会儿我男朋友来接我。"

这话一出来，宋鹏飞和李一来都愣了一下，但又很快恢复了镇定。

李一来嬉笑着说："那你这速度够快啊，回来没多长时间事业、爱情就双丰收了。"

王子晴回答："我们在美国认识的，一起回的国。"

李一来自言自语道："那时间还是蛮久的。"

王子晴点点头。

宋鹏飞装不出李一来玩世不恭的样子，他失落的表情挂在脸上，刚刚加上微信的窃喜突然转化为一种不可言喻的落寞。

"我在这儿！"王子晴对着电话说。马路对面停下一辆出租车，一个金发的外国人坐在副驾上。王子晴跟大家告别，比着常联系的手势，跑向出租车。老外下车殷勤地为她开门，两人坐到了后座上。

宋鹏飞和李一来一直目送着王子晴离开。于乐看到李一来的神情，甩开了他的手臂，怒气冲冲地坐到了保时捷里。

吴珊看到愣愣的两人，嘲笑着说："行了，名花有主了，还惦记着，有什么用？”

宋鹏飞和李一来对视了一眼，眼神里没有了饭前的敌意和挑衅。李一来走到宋鹏飞身边，拍了拍他的肩膀。宋鹏飞也默契地拍了拍他。

宋鹏飞心里明白，自己虽然和李一来一切都很相反，不管是家庭条件、成长环境，还是性格爱好，两个人很少单独出来见面，加上因为王子晴的存在，两人常常明珠按剑，引起了很多误会。但这也是他们惺惺相惜的地方，两人在感情上都会孤注一掷，不经意间总会相互比个高低。其实追女孩，一个人追会很无聊，有一个人跟你一起追，激起的那种好胜心和竞争欲反而让人觉得追女孩并不是一件苦痛的事情，反而乐在其中。

刘东一家三口打上车离去，李一来和于乐也在保时捷的引擎轰鸣声中离去。

小酒馆门口，宋鹏飞孤零零地杵着，心心念念的事儿如此轻而易举地实现了，之后的那种落空和空虚却不知该如何应对。他打开了王子晴的朋友圈，并没有看到多少消息，想要给她发个问候的消息，左思右想还是忍住了。虽然他在讲祝酒词的时候，说到车未变，马未变，我们一如从前，但事实是每个人的境遇都变了，生活给了每个人不一样的道路，因此结局注定也会不尽相同。但当我们面对未知的旋涡、深处的幽暗时，是否可以结伴而行，做各自彼岸处那一两点星火，不明亮，但足够暖。

李一来上了保时捷，就陷入酣睡中。于乐憋了一肚子牢骚，这顿饭，自己作为李一来正儿八经的女朋友却丝毫没有存在感，更可气的是，李一来看王子晴的眼神丝毫没有顾忌她的感受。

一到酒店，李一来把鞋子一脱，外套一丢，直接瘫在床上。于乐忍不住了，大声吼着："李一来，我问你，你是不是还喜欢那个王子晴？"

李一来翻了个身："是啊。"

于乐更发毛了："那你跟我是什么关系？把我当什么人了！"

李一来眼睛半睁半闭，慢条斯理地说："你是我女朋友，她是我爱的人。"

于乐被李一来的回答噎到了："行，你厉害，玩儿我是吧。"

于乐把衣服扔到床上开始叠起来，准备收拾东西走人。

李一来伸了个懒腰，说："你干吗跟她比，这不是自取其辱吗？王子晴跟我大学四年的同窗，我在她身上投入的情感可不是一般人能比的。我说你是我女朋友也没错啊，我又没背着你乱来，你生哪门子气？"

李一来一脚把于乐收拾好的衣服给踢散了。于乐气势汹汹地看着他，试图在她简单的头脑里找出一击致命的话语，可想来想去都不知道说什么来反驳他的这种爱情观。既然不知道说什么，那就绕过去，于乐指着李一来说："那你就不能考虑下我的感受？"

"我要考虑你的感受，就不会带你去了。"

于乐彻底绝望了，坐在床边生闷气。

李一来用脚指头在于乐后背画着图案，嘴里安慰道："行了，是我不对。"

　　看于乐仍没反应，李一来接着说："你上个礼拜不是说想要那款纪梵希的手袋吗，我给你买，买俩，不能让你白生气。"

　　于乐有些心动，但又没法立马变一副面孔握手言和，搞得自己像个有心机的人为了个包故意生气演戏。

　　"快来吧。"李一来可不给她排练心理戏的时间，"跟你说话呢。"

　　于乐不情不愿地脱掉鞋子，爬到李一来身上。

　　这便是李一来的厉害之处，他深谙跟异性的相处之道，看似过分的直白和冒犯，其实是一种极具分寸感的恰如其分，女孩往往也会被他这种特别的方式所吸引。这个宝贵的特质很大部分是因为他父亲李建勋的影响。

　　李建勋最早在公派赴苏留学时便开始肩背手提中国的轻纺产品，利用熟悉的市场和人际关系从中倒卖起来。尽管只是个人的小打小闹，但也让李建勋尝到了不少甜头。后来改革开放越来越深入人心，苏联经济日渐下滑，物资紧缺，李建勋审时度势，不顾家里人反对，索性从单位辞职，成为一名"国际倒爷"，乘坐北京发往莫斯科的国际列车沿着西伯利亚铁路线各停靠站一路倒卖起所携带的货物。面对海关、车警、心黑的同行以及时不时冒出来的劫匪，李建勋胆大心细，灵活应对，深知大商不图眼前利，以义为利之举跟大家有利共享、有钱共赚，才能走得长远。为了扩大市场，李建勋说服了几家国有公司提供稳定的货源，承包了几节车皮，在苏联境内打通销售网络，经过短时间的原始资本积累，李建勋迅速富裕起来，很快便脱离了个人的"倒爷"标签，真正地走向了企业化运作。之后中俄贸易逐渐规范化，"倒爷"逐渐退出历史舞台，李建勋又及时转行，进入了国内刚刚兴起的房地产行业，完美地完成了业务转型。

李建勋能白手起家，做成这么大的家业，除了他大格局的眼界和为人，还有他左右逢源、八面玲珑的高情商。李一来没吃过李建勋年轻时受的苦，也没经历过那个热气腾腾的年代，很遗憾没有遗传到父亲的格局视野。不过在衣食不愁、财务自由的生活中，李一来倒是学到了父亲会说话的本事，在情场基本上没失过手。一些漂亮女人认为李一来就是一个没脑子、败家的富二代，自认为能把他拿捏得死死的，耍心机拿到自己想要的。可她们心里那点小九九，李一来门儿清，但他从来不点破，配合出演，拿商人的思维来看的话，想方设法地在她们心里树立一个好形象有那么重要吗？一点都不划算，大家都各取所需，好聚好散，不是皆大欢喜？

但李一来这套法则在王子晴这里失效了，一方面大家是大学期间造就的友谊，有一份难能可贵的真挚；另一方面，王子晴内心没有其他女孩那样的弯弯绕绕，李一来作为一个成功商人的儿子，从小耳濡目染，总觉得人做事儿得有功利性和目的性，但跟王子晴相处的那些日子，这些东西真的消失了。这也是到现在李一来仍对王子晴心存好感的原因。

后来李建勋因为涉嫌经济犯罪畏罪自杀，李一来不得不承担起事业的重担，没有了父亲的保驾护航，公司破产重组，高层出走，业绩一落千丈，昔日的商业帝国摇摇欲坠。李一来在他父亲的那个位置上如坐针毡，那么多双眼睛在黑暗处虎视眈眈地盯着他，任何决策都伴随着巨大的压力和责任感，他变得有些消极，毕竟瘦死的骆驼比马大，父亲打下的江山已经足以让他安享一生了，他找不到辛苦工作的原因。然而这次王子晴的出现，对于李一来而言绝对是史诗般的改变。他心里像是有了一种羁绊，被瞬间填满，人生好像都变得美好起来。

就在于乐趴在他身上的那个夜晚，李一来头枕在手上看着天花板，脑子里已经在想下次跟王子晴的会面了。

没过几天，李一来就出现在王子晴公司门口的咖啡厅，以聊正事儿的身份约她见面。

王子晴十分意外，调侃他："您有谈正事儿的时候吗？"

这句话戳到了李一来的软肋，他音调高了两度，说："之前咱们闹归闹，现在都长大了，玩儿也玩儿过了，当然开始一门心思干正事了，你可别总戴有色眼镜来看我。"

"难得这些话能从你嘴里说出来，你是遇到什么了，怎么变化这么大？"

"还不是因为你嘛。"李一来抿了口咖啡。

"我可没那么大能耐，也不敢有。"

"主要是三年了没你的信儿，就这么突然出现，我过去的那些回忆立马涌了上来。想想三年前，我爸爸还没去世，我还只是个分公司经理，无功也无过。可后来他一走，你也消失了，对我打击特别巨大，我总在想还有哪个人值得我付出真心？的确当时因为我无理取闹，咱俩就好了挺短的时间……"

"过去的事儿不要再提了。"

"对，其实现在我对你并不是过去的那种情感，咱们五个能坐在一起吃顿饭，我感觉已经很珍贵了，我也没想过打破这种美好。来找你的目的，是觉得我们应该一起合作干些事情，互帮互助，路都可以走得顺。而且我现在也是需要用人的时候……"

"你需要我帮你什么？"王子晴打断了他。

"你可以看看这个文旅项目书，有兴趣的话我们一块儿做。"

李一来掏出一本硬纸册递给王子晴，王子晴看了眼标题，快速翻了起来，看着看着，竟笑了出来。

李一来一头雾水，这是他专门让手下人做的提案，虽说时间有点紧，相关资料也不太充足，但他自己觉得还蛮有亮点的，概念也很新颖。

王子晴看完了，把项目书还给他，摇了摇头，说："真是有钱烧得慌。"

李一来很疑惑，问王子晴："怎么了，这个项目有问题吗。"

王子晴说："首先我对文旅产业比较陌生，但从市场角度来看，我并没有看到项目书里给出具体的落地方案，除此之外，盈利点也很单一，通篇只是在讲要打造一个家庭度假生态娱乐的概念，像是一个空中楼阁，毫不接地气，没有做任何风险考量。"

李一来脸"唰"地变红了，十分羞愧，干咳了两声，摊着手说："唉，你瞧，我手下人就这么糊弄我。"

王子晴看着他，没好气地说："李一来，我不清楚你找我有什么目的，但我很清楚你肯定不是奔着这个来的。"

"说真的，我是真想跟你一起合作干些事情。你也知道我爸这公司人多眼杂，山门林立，都得培养自己人，你的能力我能不清楚吗？所以现在其实是来三顾茅庐来的。"

"你要是拿这样的东西来找我，可不只是三顾了。"

"明白，下次我认真准备，准符合您老人家的心意。"

"也难为你了，加油吧，毕竟你手里的牌比我们的都要好。"

"会的。"

李一来认真地向王子晴点了点头。

宋鹏飞跟李一来相反，虽然对王子晴念念不忘，但他却压抑住了内心深处的那种欲望，毕竟现在的自己捉襟见肘，王子晴的出现固然美好，却也加重了自己的无能感。

临近年关，或许是在之前离职的运营人员的怂恿下，公司最近又有两名主播提出解约。邱敏倒不紧张，她认为公司的直播之路更重要的是打造直播间的品牌，弱化个人光环，所以人员流动再正常不过，这同样也给公司带来了活力，虽然会失去一部分用户黏性，但在内容为王的时代，这一点用户流失微不足道。但宋鹏飞不置可否，公司在这两名主播身上也投入了不少的推广费，现在人走茶凉，未免太可惜了。因此，宋鹏飞第一次和邱敏发生了口角，邱敏仿佛看到了争论背后藏着的他的窘迫，告诉他："既然我和你是一起出来创业的，那公司现在经营状况差也有我的责任。我也愿意拿我的钱来跟你一起把公司推进下去。"

宋鹏飞十分感动，他有些不太好意思接受别人的帮助，问邱敏："为什么你愿意这样做呢？"

"因为我相信你，换句话说，我相信我们走的路是对的。"

宋鹏飞还能说什么呢，创业本来就是一件需要勇气又极具风险的事情，最重要的是大家要劲儿往一处使，桨往一处划。

"谢谢你。"宋鹏飞真诚地看着她。

邱敏平常情感从不外露，人前总是铁娘子形象，但这段时间的创业也让她承受了巨大的压力，未免也会流露出柔情的一面。

邱敏听到这声谢谢，心中有万般言语想说却如鲠在喉，她把视线挪到窗外，看着腊月北京的天空，树叶在寒风中飘落，剩下的零星挂在树梢，成为萧瑟冬日里的一份点缀。邱敏随口问宋鹏飞："过年回家吗？"

宋鹏飞点了点头："想回老家看看，最近父亲身体不是太好。"

"嗯，回去照顾照顾他们吧。"

"你呢？"

"我就不回了。"

"一个人在北京吗？"

"嗯。"

"北京过年没什么年味儿。"

"对过年已经不感兴趣了，就是抽出时间给自己放个假轻松一下。再说了，回家了也没什么年味儿。"

宋鹏飞隐隐约约发觉邱敏可能跟父母的关系不是太好，没有继续往下问，跟她提议："我初五就回来了，公司的事儿我多张罗两天，这段时间辛苦你了，你多休息两天，把身体养好。"

"不用，"邱敏表现得轻描淡写，"跟咱们那会儿跑新闻比，算得了什么，直接连着干两个大夜不合眼。"

"那会儿年轻啊，有使不完的劲儿。"

"是啊，年轻真好。"

两人感叹着。

"那我先走了。"邱敏收拾好东西，跟宋鹏飞告别，"新年快乐，大吉大利。"

"新年快乐，万事如意！"

宋鹏飞看着邱敏离去，自己又在公司四处走动了一圈，最后一个人离开了公司，直接去往北京南站。

宋鹏飞老家在北方的一个村庄，那里有广袤的黄土地、淳朴的村民和成群的牛羊。他庆幸父母一直重视子女的教育，使得他跟妹妹们可以走出村庄，过上跟祖辈完全不同的生活。

宋鹏飞靠在椅背上，看着车窗外呼啸而过的风景，思索着这一年的所失所得，不管是上半年在电视台的痛定思痛，还是下半年创业的艰辛，除去现实层面的收获，更重要的是人生阅历的领悟，他明显感觉到了自己的成长，对很多事物、很多现象都开始有了更深层次的看法。但是这些东西该如何说给家里人听呢？老父老母是否能理解他从一个有编制的国企电视台辞职，用全部积蓄去开一家充满风险的新兴行业的公司呢？这让宋鹏飞心情沉闷，渐渐睡了过去。

到达县城后，宋鹏飞直接叫了辆车。要是以前，他总会为了省钱去挤一小时一趟的公交车，但此刻，一方面他知道时间宝贵，另一方面在外漂泊的他太想早点见到父母了。

出租车平稳行驶着，司机看他面善，气质端庄，不断地找话茬跟他聊天，宋鹏飞礼貌地应付着，眼睛不断盯着窗外，脑海里搜索着过去这里的模样，试图去否定物是人非的事实。

快到村里的时候，宋鹏飞让司机停车，他想要沿着这条土路自己走回去。这条小道他一直走到18岁，小时候下地割草，大了骑车去乡镇上学，风雨无阻。路边杂草丛生，树木枯竭，花花绿绿的垃圾散落其中，上空交叉着高压电线，昭示着被人类开发过的痕迹。

宋鹏飞十分有感触，小时候大家都很穷，几乎家家户户全年指望那一亩三分地生活，祖祖辈辈也习惯了面朝黄土背朝天的农耕生活。小时候宋鹏飞放学后便会去地里割草来喂牛羊，割完草到家刚好能吃上妈妈做好的饭，饭后妈妈继续干活，他收拾好碗筷刷完锅后，用刷锅水加些打的草料搅拌均匀后去喂猪，这是宋鹏飞每日的日常操作，他从不跟父母抱怨，因为周围的小伙伴们都是如此，他不愿表现得比他们差。冬天他还要去捡柴火，对于小宋鹏飞而言，捡柴火就像是搜寻的过程，大人有斧子可以砍柴，小孩没有力气，砍不动，只能多走点路，搜刮一些适合烧火的柴火。小宋鹏飞头脑聪明，在砍柴这种事情上，也会花脑筋记，比如柴火的种类，有细柴、粗柴、湿柴、干柴、引火柴等，他也知道在哪些地方、哪些种类的树附近更容易捡到柴火。所以，小时候，每个冬天家里都不缺柴火，整个冬天看着妈妈用他捡来的这些柴火做饭，他感到十分骄傲。正是因为他的努力，全家人热热乎乎地吃着饭，也经常烤火，躲过严冬的酷寒。那个时候，小宋鹏飞最大的愿望就是放牛，他一直盼着自己力气够大了就能拉得动牛绳了，他相信他放的牛肯定比别人放的长得更快、更茁壮。当他把自己的想法告诉父母后，却被母亲严肃地拒绝了，母亲让他专心看书识字，不要走他们的老路。当时的他不理解为什么，只是认为一向慈爱的母亲不让他做自己想做的事儿，要强的他还怄气了很久。可现在他重新走在村庄的这条小路上，心里只有对父母万分的感谢。

宋鹏飞走进村庄，一些老人仍能一眼就认出他来，开心地拍着他的手，询问他的近况。宋鹏飞许久未经历过这种没有距离感的亲近了，他微笑着跟大伯大娘们打着招呼，问候他们的身体情况。

宋鹏飞已经远远地看到了自家的房舍，小巷门口有一个模糊的身影，一动不动地站在那里。宋鹏飞加快了步伐，慢慢看清楚了，那是自己的母亲，瘦弱的身板，苍老的神态，孤零零地站在冷风中翘首企盼。老母亲看到了宋鹏飞，满是皱纹的脸瞬间喜笑颜开，开心地挥着手。

宋鹏飞一下绷不住了，瞬间泪如雨下。

"妈！"

宋鹏飞大声喊着，大步向母亲跑去。

四　出口

　　最近让吴珊花钱的地方太多了，不仅多多发高烧住了次院，治病吃药花了不少，而且这次参加幼儿园的家长开放日活动，瞬间让她有了要给多多换幼儿园的想法。平常多多好动，饭量也大，但幼儿园老师却说她在园里挑食，总不好好吃饭。吴珊也怀疑过幼儿园伙食的问题，跟老师要过食谱和照片，看完后放心了，便嘱咐多多要听老师的话，好好吃饭。这次家长开放日，吴珊亲口尝了尝，按照她的标准来说，简直是难以下咽。校长在台上反复强调，我们幼儿园的饮食完全没有食品安全问题，各位家长朋友们可以放心，但安全并不意味着在校用餐丰富且有营养。

　　吴珊看了一圈家附近的幼儿园，总有各式各样的问题，有的之前出过安全事件，有的刚开业装修完没多久，估计甲醛都没散干净，有国际幼儿园教学质量、课程、环境各方面条件都蛮心仪的，但学费又高到离谱……吴珊十分头大，询问刘东的意见，刘东又是一副甩手掌柜的模样，说这种事交给她做主就行。但现在不是谁做主的问题，而是兜里钱就这些，到了委曲求全的地步。吴珊宁愿自己受委屈也不愿孩子吃苦，她决定家里要开始开源节流，自己和刘东要铆足了劲儿去挣钱，为了应付接下来要考虑的幼升小、买房、摇号买车等种种花钱的地方，还要削减家里的各方面开支，减少不必要的应酬。

　　刘东虽然在开源方面差一些，但是在节流上倒是能全力配合。吴珊嫌他抽烟费钱，他就从18块钱的煊赫门改抽10块钱的云烟，酒说不喝就不喝了，平常就玩玩手机，也没啥不良嗜好，一个月下来花的钱可能都没吴珊的一个眼霜多。吴珊心里蛮不好意思的，觉得他也挺委屈自己的，看他找工作一时半会儿找不到合适的，也不敢硬催，想着过完年再说吧。

但今年不一样了，在全国人民仍像往常包围在"回家过年""春运高峰"这些新闻中时，一则有关疫情的消息改变了国人接下来几年的生活方式。

而在山东西南的村庄里，宋鹏飞正跟妹妹帮助母亲挑拣晚上要做的菜，问询着她在上海的求学经历，这时，他收到了邱敏发来的链接，是关于武汉疫情的新闻。宋鹏飞看着手机，琢磨着，他立马把菜交给妹妹，跑到电脑前，查阅相关新闻，他认为，这次疫情在不久的未来会对人们的生活产生深远的影响。

宋鹏飞拨通了邱敏的电话，跟她说了一下自己的观点，邱敏表示认同。

宋鹏飞挂掉电话，心里已经敏锐地意识到，这次疫情，可能会让自己的直播公司有不一样的转机。虽然现在人在临沂的平房里，但他的心早飞到了北京，他恨不得立马买票回北京开始安排工作。

待到了大年初五，宋鹏飞和家人告别，然后到村里的卫生所买了十几包口罩，和母亲腌好的咸菜一同装进了行李箱，踏上了回北京的列车。

才短短几天，北京已经变了一副模样。火车站的人流锐减，人人都戴着口罩，过去那种混乱的嘈杂声减弱了许多，只剩下匆匆的脚步声、行李箱滚动的声音和语气依旧平和的广播声交错在一起。

　　大街上人烟稀少，稀稀落落地跑着几辆车，除了路边电线杆上挂着的彩灯和大楼底商门上贴着的对联让人不经意想起现在仍然是春节时分。出租车路过国贸，之前总会在这里堵上几十分钟，现在一路畅通。看着外面的街景，宋鹏飞突然有种跟这个城市格格不入的感觉，心里想着不知道这种状态会持续多久。

　　到了小区，宋鹏飞发现常走的大门被封闭了，又提着行李到了另一个大门，依旧如此，直到转了一圈，经过保安大爷的仔细盘问，才走了进去。宋鹏飞一打听，才知道附近好几个小区都已经封闭了，现在自己的小区尚且安全，但不知道什么时候也会接到通知进行封闭管理。宋鹏飞听完心慌慌的，倒不是担忧衣食起居的问题，粗茶淡饭加上几本书，独居时间也会过得很快，关键自己更关心的是接下来工作能不能顺利开展。

　　宋鹏飞回到家，简单收拾了一下，便联系邱敏见面，商量下工作上的事儿。手下的好几名员工都被困在家乡，无法返京。不过幸好是直播行业，邱敏安排员工进行远程办公，对主播们进行运营策划。宋鹏飞到了公司后，邱敏已经把一切都安排妥当了。

　　宋鹏飞走进邱敏的办公室，邱敏看上去比年前瘦了不少，穿着一身干练的职业装，一字扣的款式十分贴合身体的线条，身材凹凸有致，正坐在办公桌旁的椅子上仔细地读着手里的报告，窗外的阳光洒了进来，照在她的脸蛋上，侧颜十分好看，宋鹏飞看得有些傻眼。

邱敏看到宋鹏飞，笑着跟他打招呼："在老家过得如何？"

"跟家里人聚了聚，但其实巴不得早点回来赶紧工作。"宋鹏飞回答，又问她，"这年你怎么过的？"

"健身、看书、看电影。"

"一个人过的？"

"不然呢？那我还找别人陪啊。"邱敏笑了一声。

宋鹏飞突然有些语塞，感觉自己问了一个特别愚蠢的问题，尴尬地笑了笑："毕竟过年嘛，想着你要是一个人的话，可能会比较无聊，会孤独吧。"

"一个人才舒服，想干什么就干什么。"邱敏摆摆手，"不聊我了，你看下这组数据。"

报告上能看到最近的观看量明显增长，然而停留时间却短了，最为致命的是，打赏数目也急速往下掉。按照两人的理解，现在大家被隔离在家，更多的娱乐消遣需要借助线上，所以对直播行业绝对是正向的刺激，但自己公司的业绩反而下滑了。

"对比其他相同体量的公司，我们遇到了一个陷阱：作为没有头部流量、存活在直播产业尾端的我们，其实根本没机会享受当下的风口红利，看似观众人多了，同样，涌入的直播播主和公司也多了，一番稀释下来，竞争反而更激烈了，这对于我们无疑是雪上加霜。"宋鹏飞陷入沮丧，坐在椅子上扶着额头。

"没错，我看到很多传统行业都开始利用直播，比如直播卖房子，直播卖汽车，不管是不是噱头，但起码比关门大吉和颗粒无收强，也在一定程度上解决了一部分运营问题。"

"是，我们一直相信内容为王，但在目前鱼龙混杂的直播环境下，可能还没到拼内容的时候，我们就已经被各种五花八门的形式给击溃了。"

办公室里安静下来，邱敏底气有些不足："坚持下去应该就会成的，或者，我们也改变下策略吧，迎合一下当下的直播环境。"

"来得及吗？"

"来得及，我让底下人抓紧时间，准备话术、道具，让主播们多连麦，玩游戏，多讨好观众。"这些内容都是当初被邱敏否定的，她很看不惯这些，而这时却主动提及，自己内心都感觉到一种讽刺。

宋鹏飞看着邱敏，眼神里充满着不确定："邱敏，这是我们做直播的初衷吗？"

邱敏避开他的眼神，喝了口水，轻轻说道："不是。"

"你是心甘情愿这么做的吗？"

邱敏不说话了，走到窗前，看着外面空无一人的街道，试图寻找能够帮助自己面对的力量。

宋鹏飞很明白邱敏的目的，活下去再说。但宋鹏飞觉得，这话如果从自己嘴里说出来还能理解，但是从邱敏嘴里说出来，他心里就在打战。她是一个多么理想主义的完美战士啊，为了那份美好的追求一直在付出，然而现在却不得不把它放到柴米油盐之后，这真的是一件残忍的事儿。

"我们再等等吧，任性一回，死也要站着死。"宋鹏飞走到邱敏面前，拍了拍她的肩膀。

邱敏看着宋鹏飞，点了点头，内心里涌入一股热流。

吴珊提早在网上买了几包口罩和消毒酒精，给王子晴送去了两包口罩，给了同事一包，自己所剩无几，她一大早叫醒刘东，让他去药店看看能不能买到。刘东打着哈欠到洗手间洗漱，吴珊在外面嘱咐着："多跑两家瞧瞧，能多买就多买，贵点也行。多多一开学，每天在路上来回跑，要是没口罩那多危险。"

"知道了。"

刘东按照惯例，打开排风扇，洗漱完坐在马桶上拿起了手机，打开微信朋友圈，拨动手指翻着，突然看到有朋友在分享科比去世的消息，当时脑袋"轰"了一下，手机没拿稳直接掉在地上。刘东感到难以置信，赶紧打开"虎扑"，看到头条新闻是"科比因直升机事故意外去世，一代巨星陨落！"刘东半晌没出声，就这么干坐着。

吴珊看到刘东半晌没出来，催他："还没洗完？"

卫生间里没有回应，吴珊心里"咯噔"一下，推开卫生间的门，看到刘东埋着头，手捂着脸，样子十分反常。

"咋了你？"

刘东依旧不语，吴珊注意到他的手机屏幕上科比遇难的图片。"你偶像走了？"吴珊拿过手机，看了下报道："唉，倒霉赶上了，能有啥办法。"吴珊并不关心体育，一个跟她生活无关的人的新闻不会激起她内心的任何波澜。

吴珊把手机还给他，催促他赶紧出门："行了，快去药店看看，趁早上人少，还有可能买到。"

刘东没说话，提起裤子往外面走去，吴珊这才看到他猩红着双眼，眼泪在眼眶里打转。

刘东走进卧室，关上门，躺在床上一蹶不振。吴珊十分诧异，不懂为什么会有人因为一个上万公里之外的陌生男人的死讯而难过，她理解不了会有人将自己的浓烈情感倾注在一个和自己生活没有任何瓜葛的人身上。

多多钻进卧室，贴心地守护在刘东身边，问他："爸爸别哭了，是不是妈妈欺负你了？"

刘东摇了摇头，说："不是，是爸爸的偶像去世了。"

多多睁着大眼睛问他："什么是偶像啊？"

刘东说："你以后会有的。"

吴珊很不解，专门去查了科比的资料，还专门问了打篮球的那些同学、同事，大家统一回复他，让他一个人静静吧，他们都很难受。这让吴珊更加意识到男人跟女人是不一样的生物。

几小时后，刘东算是平复了心情，到厨房做起了午饭。饭菜端上桌，自己却一口未动，吴珊试探性地问他："我很少见你打篮球啊，没想到你这么喜欢他。"

"高中一直在打，后来打得少，不过一直在看比赛。"

刘东开始跟她解释，自己并不只是欣赏科比的球技，更重要的是，他身上的精神特质一直在激励着自己，学会在逆境中坚强，越困难越不逃避、不停地创造奇迹。当初自己在北京四处拼凑开了家摩托车店，因为业绩不佳，他跑去借了高利贷，结果等还钱的时候，他偷偷躲在店里听着那些要债的人捶打着卷帘门，大气儿都不敢出，自己愣是躲在里头靠着仅有的食物熬了三天三夜，直到把要债的人熬怕了："我算是服你了，你牛。"一个大背头往门口放了两桶泡面离开了。那三天，刘东反复地观看科比的比赛，用科比对待比赛的斗志和精神激励自己，跟自己说要挺过去，不能服输，总会迎来曙光的。后来科比退役，刘东万般留恋，感叹岁月迟暮，英雄老去，让人唏嘘，而如今，却突然得知他去世的消息，实在不能接受。

多多似懂非懂，夹了一口菜放到刘东碗里，温柔地说："没事儿爸爸，现在你可以多吃点。"

刘东摸着多多的脑袋，深深地叹了口气。

吴珊欲言又止，本来想说，你这么欣赏科比的韧劲儿，咋没把它用在找工作上？闲在家里这么长时间了。但还是把话给憋回去了，她不愿图一时口快伤害自家男人的自尊，对于他这个人，吴珊一向很宽容，把更多的狠劲儿用在了自己身上。

吴珊起身收拾碗筷，随口说道："知道你为什么难过了，每个人内心都有自己珍贵的东西。"

刘东听到吴珊这么说，反而有些不好意思了。

"你在家好好缓缓，想开点儿，人走了也没办法，我下午出去找找，看有没有卖口罩的。"

吴珊拿着碗筷到厨房，刘东正如她所料，没再黯然伤神，赶紧跑进来，从后面抱住她，在脖子上亲了一口，主动张罗洗刷。

吴珊仍然在表示关心："没事，我来吧。"

刘东把她推出厨房，嘴里说着："嗐，就是一时的难受，我都这么大人了，没事儿的，下午我去买口罩。"

"你确定？"

"当然，我哪有那么矫情。"

"好吧。"吴珊走出厨房，嘴角露出一丝微笑，她对自己的表现很满意，没有像一些女人傻傻地发脾气或者直白地表达需求，而是用了一种很聪明的方式把刘东拿捏得死死的。

但其实呢，刘东也是在配合她演出罢了，他很早出来就在社会上打拼，也习惯了察言观色。他能明显地感觉到吴珊对他讲的这些经历并不"感冒"，也只是和和气气地附和，当吴珊给足了自己台阶主动收拾碗筷，刘东也不会得便宜卖乖，赶紧跑上去抢了回来，让吴珊心里能舒畅一些。

刘东明白，归根结底，底气还是源于自己的经济能力，现在自己完全在靠吴珊养着，如果情感上还无法满足对方，那这段婚姻里自己完全就失去了存在的意义。

大年初三的北京，往日喧嚣的街上人车稀少。刘东裹着羽绒服，手揣在兜里，行走在冷风中，转了好几处，药店不是关门就是口罩已售罄。刘东本想回去，却又觉得现在在外面透透气挺好的，说不上为什么，在家里总有种憋闷的感觉，他看了看时间，拨通了韩亮的电话。

韩亮是刘东在监狱里认识的，地道的北京人，因为寻衅滋事被判了两年，跟刘东一个牢房。韩亮是出了名的赌棍，只要能赌的他都感兴趣，出狱后也没老老实实地找份工作，依旧琢磨着一些歪门邪道。

刘东在花家地七拐八绕，来到一个杂院，喊了两声没人应，推门走了进去。房间不大，杂物堆得到处都是，烟雾缭绕的，连刘东这个老烟民都受不了，咳嗽了两声。角落电脑前的韩亮根本没回头，专心盯着屏幕。左边墙上挂着个黑板，黑板上写着最近欧洲杯荷兰对比利时比分赔率算法，荷兰让2球，买平1比0.8，买赢1比1.2之类的赌球玩法。旁边还涂涂画画了不少算术。

刘东站在韩亮身后，递了根烟给他，韩亮没接，看着屏幕上的博彩网站，刘东看他专注的模样，也不好意思再打扰。

韩亮仔细研究后，在下注窗口输入了一串数字，敲下回车，快速地输入密码，屏幕上弹出"下注成功！"这才松了一口气。刘东注意到左上角的余额，大概有五六个零，情不自禁地"我的天哪"脱口而出。

韩亮这才回过头来，意识到他是看到自己的余额而惊讶，有些得意扬扬，给了刘东一拳："咋样，要不要跟你亮哥混？"

"你咋这么有钱？"

"上班工作呗，努力干活儿挣来的。"

"就你，天塌下来也不会上一天班。赌球赢的？"

韩亮摇摇头。

"你不会又做你老本行吧？"

"我可不想二进宫。"

"那是什么？"

韩亮得意扬扬地靠在椅背上，脚抬起来跨到桌子上："先说，你要不要跟哥混。"

刘东态度也很明朗："那我也得看什么事儿，我又不像你，我现在有老婆孩子，违法的事儿可不做。"

"不违法，做买卖。"

"啥买卖，这么暴利？"

韩亮指了指角落的一个纸箱。

刘东走过去，打开纸箱，发现是一包包一次性口罩，瞬间明白过来。

"现在哪儿都断货了，你是咋搞到的？"

"朋友从外国托运过来的，哥的渠道你放心，保证货够。"

"是真的吗？"

"废话，给你瞧。"韩亮翻出手机里质量检测报告的照片给韩亮看。

"你太厉害了，现在口罩比金子都稀缺，我看微信群里有人还想着高价买。"

"咋样，之前跟你讲过吧，算命大师说我今年有财运，这下你信了吧。"

"信是信了，可我担心。"刘东忧心忡忡，"我跟吴珊在一起或多或少也了解点法律，这个算不算是倒卖？搁80年代都是投机倒把罪了。"

"那我问你，微商算什么？代购算什么？我帮朋友买几个口罩，犯哪门子法了？"

刘东低头不语，思索着这里面的法律风险，但又感觉韩亮说得有道理。"也对，吴珊之前的买的口罩就是托朋友在国外买了寄回来的。"

"对嘛，我们就是普通老百姓，现在家家缺口罩，家家买不到，为了亲朋好友的身体，多花点钱跟别人买几个口罩，也就是如此嘛。你脑子得动，得灵活地看待这事儿。"

刘东点头附和着，但神情仍没放松下来："我找了一大圈没找到口罩，想着来看看你，没想到歪打正着。我先买你几包。"

韩亮从椅子上坐了起来，走到纸箱处，拿出个塑料袋，往里塞了五六包，递给刘东："送你的。"

"这太多了，我给你赚点钱。"

"别介，都好兄弟。"

"行，谢谢亮哥了。"

"这疫情一时半会儿可结束不了，好多店都关了，估计今年经济不大行了。"

刘东不知道韩亮怎么突然说这个，一头雾水地点头附和。

"兄弟，你现在在做啥？"

"闲着呗，每天看看球赛押点小钱，做饭照顾孩子。"

"你这比我压力大啊，可要好好想想接下来了。这个世界，赚钱太难了，一般人可真的没机会赚大钱。"韩亮眼珠子转着，刘东大致明白了他的意思。

刘东其实内心纠结，首先自己知道口罩这东西在当下意味着什么，他感觉到前方有大把的钞票在向自己招手。当年自己开摩托车店，辛辛苦苦，埋头苦干，也没攒下多少钱，如果自己现在抓住这个机会，不仅能让吴珊轻松一些，多多吃的、穿的还能更好一些，家里也能重新租一个电梯房……但这一切美好想象，却附着在韩亮这样一个人身上。

他深知韩亮的为人，他嘴上是这么说，但这东西到底有没有风险，接下来怎么做，都是未知。而且韩亮虽然跟自己在牢里有两年的铁窗之谊，可回到社会上，大家都在讲利益，现在韩亮主动抛出橄榄枝，让他来分一杯羹，也就意味着这事儿他得承担一定的风险。

韩亮看到刘东犹豫，掏出根烟递给他："你别多想，口罩你就先用着，别跟其他人说，哥们儿挣点钱也不容易，对吧？"韩亮眼神里透着隐秘。

"放心，你知道我的。"刘东点着了烟，明白了这口罩肯定是通过特殊渠道来的。

"改天咱再吃饭，我得送货去了。"韩亮开始穿衣服。

刘东本想回家跟吴珊商量商量，但他一想，吴珊甚至都讨厌韩亮这个人，咋会让自己跟他干活儿呢？再说，这种事儿自己偷摸地做着，到时候把钱摆在她面前，起码自己腰板也能挺直一些。想到这儿，刘东想通了，瞬间开了窍："亮哥，要不要帮忙，有啥我能做的？"

韩亮笑了："帮啥，我这一个人赚得不是挺好的。"

刘东有些结巴，语气委婉地说："其实我现在日子也过得很拮据，亮哥能不能带带我，我之前开店也加了不少人，能不能跟你这儿进一批口罩卖一卖。我也不贪，你说多少钱就多少钱。"

韩亮假装反应过来，一拍大腿："原来你是这意思啊，早说嘛。咱俩什么关系，相互帮衬不是应该的？"

韩亮用手捏着刘东的肩膀。

"谢谢亮哥！"

"哥先说好啊，千万别被人举报了，跟亲戚朋友们说说就行了，价钱也别定得那么高，咱虽是赚钱，但也不能发国难财，对吧？"

刘东很认同："放心，我也就做个小代购，挣个零花钱。"

"我真是冲你这个人，不然我压根儿就不会提起这件事儿，懂吗？"

刘东突然感觉到了韩亮的真诚，有些受宠若惊："放心，亮哥，我肯定靠谱了做。"

刘东走出韩亮家院子，一路上眉飞色舞，自己在家里窝囊了半年之久，现在终于盼来了一个发财的机会，他边走边打开微信梳理了一遍联系人，翻看着自己加的各种微信群，盘算着大概自己能发展多少客源，卖出多少包，每包该如何定价……

"姐，咱多多这边剩的课时不多了，等我上完后，可能就辞职了，您再找找有没有其他合适的教练吧。"教练李达趁休息间隙跟吴珊说。

"你辞职了？"吴珊感到很意外。

"嗯，打算回老家了。"李达点了点头。

"太可惜了，像你这样负责又认真的教练太少了。"吴珊十分惋惜。

"没事儿姐，碰到多多这样优秀又努力的孩子，我也发自内心地想要教好她。对我来说也是蛮可惜的，本来想把多多一直教下去，亲手把她送进国家队。"

"这两年，多亏你了，多多进步这么大，希望你在老家能有好的发展。"吴珊真诚地祝福他。

的确，千里马也得碰到伯乐，特别是像多多这样仍然在成长的孩子，碰到一位德才兼备的好老师实属不易。吴珊经常坐在溜冰场外观察，一些教练看上去很严厉，不厌其烦地抠细节，但并没有考虑孩子本身的具体情况，使得孩子很容易失去滑冰的乐趣，一旦没有了乐趣，这项运动对于孩子来讲无非是一种折磨；而一些教练很温柔、体贴，尊重孩子，但又过于宽容，很容易变得没有原则，不利于孩子往职业化方向发展。李达则很好地将二者结合起来，对多多因材施教，既不揠苗助长也不放任自流，吴珊明显感觉到他跟多多的合拍，而现在李达离开了，那多多接下来要怎么继续训练呢？

多多依旧在溜冰场里闪展腾挪，吴珊心事重重，正想着，突然有人叫她："多多妈妈，又见到你了。"

吴珊回头看去，是之前跟她打招呼的王志强，上次他穿着一身房产中介般的衣服，挺着个大肚腩，毫无气质可言，让吴珊对他没有一点好感。这次王志强穿得很休闲，不过身材依旧臃肿。

吴珊微笑着礼貌点头，大脑里快速搜寻他的名字。

王志强继续说:"小宇还挺喜欢跟你家多多在一起的,技术也长进了不少。"

王志强指着溜冰场里正在跟多多一起滑的小男孩,吴珊一下有了印象,这个小男孩总蹑手蹑脚的,稍微摔一下就哭哭啼啼,吴珊特别不喜欢这样胆小的孩子,倒是多多很有耐心,会主动带他一起训练,现在看上去,小宇在场地里也收放自如了。

"小孩子学东西本来就快。"

"教练刚跟我说了他要辞职的事儿,他跟你提了吗?"

"嗯,他说了。"

"你有考虑接下来让孩子跟谁学吗?我这边可以推荐。"

吴珊眉头紧皱,她讨厌别人窥探她的隐私,特别是王志强这种既没有分寸又没有任何交集的人。吴珊依旧保持礼貌:"不用了,谢谢。"侧过半边身子假装开始玩手机。

王志强也看出来了,不过并没有知趣地停下,解释道:"昌平九华山庄有个滑冰俱乐部,专门给运动员提供训练,不仅场地和各种配套设施好,老师也都是从国家队退役下来的,可能会对孩子练滑冰更好一些。"

"可以让你家孩子去试试。"吴珊把话题抛回给他。

"嗯,之前都是小宇他奶奶带他学滑冰,他自己也不是很感兴趣,我纯属是让他有个打发时间的爱好,没想到现在他主动念叨着想要来学滑冰,也不怕摔不怕疼了。我就好奇地问他,他扭扭捏捏地跟我说,因为想见到多多,哈哈,你说孩子之间,感情建立得多快啊!"

王志强表达欲旺盛，自顾自地说了一通，吴珊差点没忍住反驳他说那是因为你家孩子遗传你了，但还是没说出口，转而敷衍地回答着："小孩子嘛。"

"最近我工作少了些，空出时间带他来了几趟，就发现这里还是不够专业，李教练一走，这里唯一的优势也没了，你看你家多多，她天赋优秀，是个好苗子，可得好好培养一下。我寻思着你有没有想法，咱们一块儿把孩子送到昌平那块儿，接受更好的训练，这样孩子也能有个伴儿。"

吴珊嘴上不说，心里说，你让我干什么我就干什么？她继续敷衍着："再说吧，她现在在这里挺好。"

王志强有些语塞，不好意思地笑了笑："我也是，太想当然了。"

溜冰场里的多多和小宇结束训练，朝他们滑了过来，两人起身迎接孩子。

小宇对王志强说："爸爸，我想吃麦当劳。"

"走，爸爸带你去。"

吴珊从储物柜里拿出外套给多多穿上，多多自己换着鞋子，看了小宇一眼，跟吴珊说："妈妈，我也想吃。"

"回家吧，你爸爸做好饭了。"

多多噘着嘴，挺不开心的。搁以往，吴珊就满足她了，但今天，她实在不想再跟王志强有什么接触。

王志强倒主动张罗起来："要不一起吧，孩子们滑了这么长时间，也饿了。"

多多拉着吴珊的胳膊哀求着："求你了，妈妈。"

吴珊骑虎难下，帮多多穿上外套，又不好直接批评她，看着她渴盼的眼神，无奈地点了点头。

多多看到妈妈答应了，兴奋地跟小宇争论起麦当劳最好吃的是什么。

王志强嘴角露出一丝不易察觉的微笑，主动拿过多多的冰鞋到前台还。

吴珊无奈地叹了口气。

麦当劳里，王志强买了一堆吃的，两个小孩开心地在全家桶里翻找着，远远看去，就像是一个幸福的四口之家正享受着一顿快餐时光，如果有摄影师路过可以为他们抓拍一张，或许照片都能直接挂在麦当劳店门口当品牌广告使用。

"你做什么工作？"王志强咬了一口汉堡。

"律师。"吴珊很少碰垃圾食品，拿起根薯条轻轻放到嘴里。

"哪方面的？"

"国际贸易方面。"

"我们公司也有这方面的业务。"

"嗯。"吴珊回应了一声，不愿意多聊。

"不过现在疫情扩散和推迟复工可能会带来很大影响。"王志强又补充了一句。

"很快就会过去的。"

"不一定，这种大范围的病毒传播对国际贸易影响很大，需要做好广积粮高筑墙的准备了。"

吴珊愣住，突然对面前这个其貌不扬的中年油腻男有些刮目相看。

"你是做什么的？"

"风投，或许以后我们还可以有合作。"

吴珊笑了一下："希望吧。"

"对了，刚刚跟你说的那个昌平的训练馆，馆长是我的好朋友，可以让多多一对一训练，也能给一个很大的折扣，算下来比这边便宜不少。"

"我想想吧。"吴珊有些犹豫。

"最主要的还是能让小宇和多多开开心心地学下去，比什么都值。"

吴珊没有回应，心里却有些动摇。她倒没多想王志强的动机，也不愿去多想，当务之急是让多多继续接受专业的滑冰训练。

"亲们，谁还有多余的口罩呢？之前的都用完了。"

宋鹏飞看着王子晴发的这条朋友圈犹豫着，他在下方准备回复，又退了出来，进入跟她的聊天界面，思考片刻后，发消息问她："王子晴，我这里有多余的口罩。"

"棒！"

王子晴随即发来一个地址："闪送，地址是……"

王子晴丝毫不见外，也没一句客气话，这的确符合她的性格。宋鹏飞笑了下，回了个"好的"。

这时，宋鹏飞突然又想到什么，又回了句"我离你不远，我给你送一趟吧。”

“好！”

宋鹏飞从床上"刺溜"坐了起来，开始穿戴收拾。自从王子晴回来，自己也就见过她一面，之后好像又陷入那种习惯性的臆想和思念，却忘了她已近在眼前，可以有些实际行动了。他想过这个问题，他归咎于自己的年龄，已无法像年少青涩时，为了爱可以飞蛾扑火，而现在经过岁月的洗礼，他变得成熟起来了。

宋鹏飞来到王子晴家小区，小区很安静，王子晴直接让他给送上去，宋鹏飞顿了顿，练习了下待会儿要说的话，走了上去。

敲开门，王子晴穿着一身棉麻睡衣出现在宋鹏飞面前，头发简单盘着，素面朝天，笑着看着他："新年好啊，鹏飞。"

"新年好。"宋鹏飞把手里装着口罩的塑料袋递了过去。不知怎么回事，刚站在门外还很紧张，可看到王子晴这么自然的模样，整个人也瞬间放松下来。

王子晴家里收拾得很齐整，客厅设计简约大方，铺设了原木地板，连家具都是原木材质的，环保且健康。沙发是淡黄色的，前面是新潮的客厅茶几。沙发背景墙不是单纯的装饰，而且充分利用墙体，打造成一个嵌入式的书架墙。开放式书架墙上摆满了各种书籍，一眼望去就像书的海洋，极具文化气息。窗户朝南，采光极佳，客厅宽敞明亮。飘窗前摆放着一张意式单人沙发，枣红色的座椅在客厅中特别出彩，与众不同，上面摆放着一本正在看的书，宋鹏飞看了眼书名，是罗伯特·戴博德的《蛤蟆先生去看心理医生》。

"你也在看这本书？"

"你看过？"

宋鹏飞点了点头："嗯，这本书虽然是讲心理学的，但深入浅出，并不难懂，而且能让人看到童年经历对人格的深刻影响。"

"是啊，书里的每一句话我都看进去了，带入了自己的经历和状态，因为有带入感，所以在看的时候就会有情绪波动，然后不断审视自己和自己身边的人。"

宋鹏飞突然想到了王子晴之前经历过的那档子事儿，说话变得小心了一些："但我们都很难像书里的蛤蟆那样把自己剖析得那么彻底，我们还需要不断地学习、反思，不再像儿时那样逃避。"

王子晴点了点头，递给宋鹏飞一杯水，自己盘腿坐在沙发上，宋鹏飞坐到了沙发另一头。

王子晴接着说："但很难的。这本书看得我挺痛苦的，它让我发现自己原来对很多小事耿耿于怀，又好像自己从来没开心过，书里有一句话我印象蛮深的：所谓活得真实，就是真诚地回应当下的需求。可是我真的很难做到。"

宋鹏飞看着王子晴，温柔地说着："的确，但仍然需要去尝试，多观望自己的内心，沿着自己一路的人生轨迹，找到自己的人生坐标。毕竟说到底，自己才是自己的避风港，自己才是自己的摆渡人，能真正帮你的，永远只有你自己。"

"是啊，要是我早点明白就好了。"王子晴喃喃地说。

"现在也不迟的，而且在咱们过去那个年纪，可能看到了都领悟不到。"

"嗯，成长总伴随着痛苦。"

房间里的气氛变得有些沉重。王子晴拿起茶几上的塑料袋，"不聊这个了，你怎么给我这么多口罩？"

宋鹏飞说："在老家买的，当地还没有疫情，口罩也好买。家里除了口罩，还需要备些消毒酒精、消毒片，我这两天给你找找。"

"谢谢了，有朋友照顾的感觉真好。"

"应该的，咱们一路走来也挺不容易的。"

王子晴换了个舒服的坐姿，将一双秀脚搭在了茶几上，身体塌陷在沙发中，缓缓说着："之前在国外，什么都是一个人，一个人去超市，一个人做饭，一个人吃，一个人组装家具。"

"能想象到。有没有去参加当地的社交活动，认识认识朋友？"

"我在的那个城市，基本没中国人，没有人带的话，很难融入当地人的圈子，生活过得特别单调，即使想要出去玩儿，还得开两小时的车，慢慢地，自己就开始封闭孤僻起来。"

"回来就好了，大家都在你身边，能帮衬着你。"

"嗯，起码现在看来，当时做的回国的决定挺对的。"

"你男朋友跟你一起回来的？"这个问题藏在宋鹏飞心里已经好久了，上次在小酒馆吃完饭看到来接王子晴回家的老外，心里就凉了一大半。

"什么男朋友？"

"上次来接你的。"

王子晴反应过来："戴维啊？那是我公司同事，我们关系挺好的，他也住这个小区。"

"原来这样。"宋鹏飞笑了笑，内心一下变得释然起来，瞬间轻松了许多。

王子晴看了他一眼："你把他当成我男朋友了？"

宋鹏飞挠了挠头："主要也是很多年不见你了，你又那么有魅力，有另一半也是顺理成章的事儿。"

王子晴撇了撇嘴："感情真是一个奇妙的东西，很多时候，理智告诉你，这个人蛮适合自己的，不要瞻前顾后太多，要厘清现实，但自己内心很清楚，再怎么相处都缺乏那种感觉。后来我就不为难自己了，我毕竟是学法律的，一直以来都是按照理性的逻辑思维面对生活和工作，既然这样，那就在感情上自我一些，感性一些吧，听从内心的直觉。不然，我会觉得我在这个世界上变成了一台浑浑噩噩泯然众人的机器，跟别人没有任何不同。"

"你也说出了我的心声，但我跟你相反的是，我恰恰习惯了去压抑自己的情感，告诉自己要去理性地看待一切，这也是我痛苦的根源。"

"你女朋友呢？"

"我没谈。"宋鹏飞摇摇头。

"那你痛苦的意思是指现在更多地考虑谈婚论嫁、门当户对这些现实因素，因为找不到匹配的，所以……"王子晴直言不讳。

宋鹏飞赶紧否定："当然不是，是因为面对心中那份珍藏已久的情感时已无法那么纯粹，积聚许久后变得十分复杂。"

宋鹏飞看着墙上的绘画，喃喃自语。他真的很惊讶自己会当她的面儿把这些真实想法说出口，他不敢看王子晴，但却十分期待她的反应。

虽然宋鹏飞说得很隐晦，但王子晴也听明白了，她很开心宋鹏飞对自己仍然保留着那份真挚的爱，哪个女人不希望听到别人说爱自己呢？何况他曾经也让自己动心，只不过两人就像《卧虎藏龙》里的李慕白和俞秀莲，被沉重的成见束缚着，抱着为对方着想的心态，长期对真实的爱情持逃避态度。因为自己被强暴的事，加上国外长时间的独居学习，已经磨薄了她情感上的保护层，宋鹏飞刚刚的话，像是一滴露水滴在了王子晴干涸贫瘠的沙漠般的心中。

"你还是这么文绉绉的，没怎么变。"王子晴半开玩笑地说。

宋鹏飞微笑着看着她："希望我们都没变吧。"

王子晴看着他的眼神，温柔又充满了力量，突然有些害羞，避开了。

"我给你找点吃的。"王子晴起身去厨房找吃的，宋鹏飞也从刚刚些许暧昧的气氛里醒了过来，他意识到自己无理由地继续在这里逗留，是挺不礼貌的，于是也站了起来，跟王子晴说："不用了吧，我不打扰你了。"

"你要走了？"王子晴从厨房探出头来。

宋鹏飞结结巴巴："嗯……想着你可能要忙会儿自己的事儿吧……"

　　"好吧。"王子晴有些失望，没再说什么。

　　宋鹏飞欲言又止，想说什么但说不出口。两人走到门口，宋鹏飞穿上外套换上鞋，王子晴跟他寒暄着："你那直播公司怎么样了？现在大家都不出门了，看直播的人应该越来越多了吧。"

　　"对，但对于我们这种想要打造优质内容、去除娱乐化的公司来说，反而生存压力更大了。"

　　两人正说着，突然有人敲门。

　　开门发现，是两个身穿防护服的医护人员，拿着消毒器具。其中一个拿着表格让他们填写，并告诉他们，未来14天内请居家隔离。这时，两人才明白，小区楼里出现了新冠病毒阳性患者，需要立即封闭。

　　宋鹏飞反应过来，赶紧解释："我不是这里的住户，刚来我朋友家。"

　　"那也必须就地隔离，现在整栋楼都封闭了，不能进不能出，请配合我们工作。"

　　宋鹏飞和王子晴大眼瞪小眼。

　　这意味着，接下来的14天，两人将要共处一室了。

五　共处、解忧

刘东花了五千块钱跟韩亮进了两箱一次性口罩，数量不多，只有两千个，但捉襟见肘的自己，已经耗尽了所有的积蓄。他依旧瞒着吴珊，一方面以吴珊律师的职业素养肯定会嗅到这事儿的风险，加上她本来就是正义的好市民，肯定不愿意自己搞这些歪门邪道，另一方面也考虑到大环境下，口罩太过稀缺，政府也会严厉打击利用口罩非法牟利的行为，一旦售卖环节出现差池，他也不会连累不知情的吴珊。

他给自己的朋友圈分了个组，将人品不错、私交挺好的朋友划为一组，然后简单发了个朋友圈："我这有富余的口罩，有朋友需要吗？"了解他的朋友都知道既然他说出口，就不可能是来虚的，需要的肯定会给他发私信。

果真，如刘东所料，很多朋友直接问他有多少个，怎么卖，对他很信任，二话不说就把钱转过来了。宋鹏飞也打来电话问他有多少口罩，刘东忍着赚钱的心给他留出一箱来。

仅仅一条朋友圈，不到半天的时间，微信转账红包声不时地响着，口罩已经卖出去一半，本金也已经收回来了。刘东从未感觉到挣钱竟然可以如此轻松，他找来了相熟的快递小哥，给他买了两盒硬中华，两人一个下午按照名单把快递给寄了过去。

刘东甚至有些后悔，自己是不是可以把价格定得再高一些，现在奇货可居，明明可以赚更多的钱。但他还是压抑住了内心的躁动，人心隔肚皮，万一被人举报，可就赔大发了。一些朋友买完后，又介绍了其他人给他，大家都在很真诚地问刘东，有没有多余的口罩给他们和他们的家人，不管多少钱都愿意买，这时反而成了刘东选择买家的时候。

刘东看着一条条渴求的信息，突然有种错觉，就好像自己手里拿着可以救命的特效药，微信消息背后都是一个个亟须拯救的生命。

突如其来的使命感和责任感让他大脑充血，但强烈的自我感动之后，刘东冷静了下来，他还是没法像电影里的人那样无私，自己无非是一介草民，只不过是为了让多多和吴珊生活得好些。

忙活完快递后，刘东跑到集市上，好好地采买了一顿，晚饭可以整几个硬菜，再跟吴珊喝点小酒，舒服又简单的小幸福。当他提着大包小包走到小区门口，却看到吴珊和多多从一个陌生男子的奥迪A6里走了下来，陌生男子热情地跟两人告别，驱车离去。

"爸爸！"多多先发现了他，跑过来帮他提东西，吴珊看到了刘东，脸上有些尴尬，但并没有主动提及，而是问他怎么买这么多东西。

刘东心里五味杂陈，说："今天看球，赢了点钱。"

"说了别碰那些赌博的东西，十赌九输。"吴珊嘟囔着。

"几十块钱图个乐。那人是谁？"刘东直接明了地问她。

"溜冰场的，他孩子跟多多一块儿训练，正好顺路就把我们送回来了。"

"这样啊。"刘东欲言又止，明显刚刚感觉他们聊得还挺开心，但自己又不想显得想太多，对她不信任。多多在旁边补充了句："王叔叔还请我们吃了麦当劳。"

刘东愣了一下："他为什么要请你们，家里不有饭吗？"

多多正要回答，吴珊接过话茬："她非要吃，就一起了。"吴珊神情变得严肃，对多多说："把你任性得没边了，以后你不许这么乱来，明白了吗？"

多多低下了头，离开吴珊身边躲到了刘东另一侧，从刘东口袋里掏出手机，开始玩儿起了消消乐。

"多多的教练把剩下的课时教完就辞职了，需要给她找新教练，这个姓王的认识昌平滑冰馆的馆长，那里师资不错，费用上也能给个很大的折扣。"

"他为什么要帮你？"刘东听出了猫腻。

"他孩子跟多多玩得好，希望两人继续一块儿训练。"吴珊很不喜欢刘东这种质问的语气，皱着眉回道。

"哦。"刘东察觉出了吴珊的不开心，觉得继续追问也没意思，"咱就先自己找找吧。"

"我也是这么回他的，不过现在多多正在关键节点上，不管是老师还是场地设备都得往好了来，这都需要不少钱，他要是能帮忙，咱也能省不少力。"

"天下没有免费的午餐。"刘东文不对题地回了一句。

"那就张罗钱吧。"

两人陷入沉默，谁也没再说话，进电梯，出电梯，开家门，各司其职。搁以往，刘东总会底气不足，顺着吴珊的话说下去，但今天他鲜明地表达了自己的态度，最重要的还是自己揽下了这个口罩生意，身为男人，经济能力带来的底气大过了其他一切。看到那个开奥迪A6的陌生男人，刘东的心一下就坚定了，他决定去找一趟韩亮，当面跟他做个交易。

同时单身独居多年的人突然同在一个屋檐下，很多背后的另一面都要暴露给对方，真的是一件头疼的事情。

王子晴很慌，她想到了浴室地面出水口水漫金山似的头发，想到了放在洗衣机里却又一直懒得洗的脏衣服，想到衣柜里乱七八糟堆在一起的衣物，想到了冰箱里放了一个冬天都没吃的火龙果，想到了梳妆台上都没拧上盖儿的化妆品，这可怎么办？彻底要在宋鹏飞面前现出原形了。

宋鹏飞同样很慌，他从来没跟女生同居过，记得之前上学时宿舍的同学们总在熄灯后就开始聊女生，畅想跟美女一起同居的日子，而现在，这样的画面摆在面前，自己的内心却一片惶恐，自己要怎么做才不会冒犯人家？他不希望自己有哪些举动伤害到这段感情。

王子晴给她找来一床被褥和毯子，铺到客厅，翻出洗漱用品，专门在卫生间的衣物架上腾出块儿地儿搁他用的东西。虽然被封闭事发突然，但庆幸的是依旧可以叫外卖让工作人员给送上来，所以除了行动受限外，其他基本上不受影响。

头一个晚上，两人都有些拘谨，叫了份外卖简单吃完后，又一起看了部电影，随后便各忙各的，两人都在试图保持距离。

第二天早上，王子晴从睡梦中醒来，关掉闹钟，伸着懒腰穿着吊带短裤直接走出房间，结果看到客厅椅子上坐着一个活物，吓得赶紧跑了回去，她穿好睡衣整理了下凌乱的头发，对着镜子看了下自己的黑眼圈，一本正经地再次走出来跟宋鹏飞打招呼。

其实宋鹏飞全程头都没抬，他听到了动静，意识到王子晴又再次返回房间，内心十分自责，认为自己不该起这么早，不该坐在椅子上。宋鹏飞听到王子晴跟她打招呼，抬起头微笑回应。

王子晴走进卫生间，开始洗漱，她发现洗漱用品和化妆品都被摆放得整整齐齐，知道宋鹏飞给她收拾了，但自己有苦说不出，现在被他一收拾，自己反而找不到要用的瓶瓶罐罐在哪儿了，忍着起床气找了好半天，才把该走的洗脸护肤程序走完。王子晴心里想着，还是独居好，自己已经习惯了一个人看电影，一个人冲喜欢的咖啡，一个人放着音乐在家里扭动身体，有个人在身边蛮碍事的。

王子晴洗漱完，走出卫生间，刚想问宋鹏飞有没有吃早餐，看到了餐桌上摆放的煎蛋、面包和牛奶，有点意外。

"今天我起得早，准备了早餐，也不知道你一般吃什么。"

"有心了你，我挺喜欢吃这些的。"

"嗯嗯。"宋鹏飞点了点头，内心乐开了花，能为王子晴做一些事儿，得到她的感谢，实在是一件让自己十分愉悦的事儿。

"今天你打算干吗呢？"王子晴问宋鹏飞。

"我让员工帮我取电脑去了，等工作人员把电脑送上来，处理下工作。"宋鹏飞说。

王子晴坐在沙发上："嗯，要是不工作，这一天真不知道该怎么打发。"

宋鹏飞回答："是啊，突然闲下来的感觉还挺不舒服的。你呢？"

"我也跟公司讲了，这半个月在家远程办公。"

"嗯。"

两人都不知道为何，明明关系很好，搁平常肯定嘻嘻哈哈，打打闹闹，可这一刻嘴里说出来的话是如此客气和礼貌，其实原因是在这种封闭的环境下，曾经有过故事的两个人不知道该以什么关系相处，拿捏不好那个度的情况下，只好用这种安全的交流方式。

两人不再说话，王子晴坐在沙发上翻着短视频，宋鹏飞坐在椅子上翻着书，很明显两个人都看不进去。

客厅里安静得可怕。

终于，王子晴忍不住了，伸了个懒腰，随口说了一句"我再进去睡会儿。"

"好。"

卧室门关上那一刻，两个人都长出一口气，王子晴肆意地往床上一躺，卷着被子，自由地做着各种姿势；客厅里，宋鹏飞松了松颈椎，放松地靠在椅背上，享受一会儿慵懒。

宋鹏飞想到什么，拨通了刘东的电话。

"刘东，问你个事儿。"

"咋了？"

"你当初跟吴珊认识没多久两人就同居住一块儿了，每天也不出门，你每天都做什么呢？"

刘东发现了端倪："咋了你，找到女朋友了？"

"没。"

"跟妹子同居了？"

"不是，是，不是。"宋鹏飞有些结巴："我是打比方，假如你跟一个女生住一块儿，你会怎么做？"

"各干各的呗，咱们之前又不是没跟女生合租过。"

"跟合租还不一样，假如这个女生正好是你喜欢的。"

"那就帮着为她做些什么呗，拉着她多说说话，不然你还谈哪门子喜欢。"

宋鹏飞若有所思，的确，刘东说得有道理，自己应该抓住机会为王子晴做些什么。卧室里，王子晴前思后想后，拨通了戴维的电话。

"帅哥啊，在忙啥呢？"

"刚清醒，准备起床，咋了？"

"问你个事儿。"

"怎么了？"

"我记得你跟我说，你和前女友认识没多久就搬到她那儿了，你对她也没深入了解，就不怕尴尬？"

"咋问我这个？"

"噢，我一个闺蜜，她公司有个社会调查的课题，想研究下当代都市青年对同居生活亲密关系的实践阐述。"

"一个高高在上的上市公司的法律主管，你还关心这个？"

"说不定公司遇上诸如此类的案件呢，多掌握点知识总没什么坏处。"王子晴编得有些不耐烦了，"哎呀，大帅哥，你跟我说就行了。"

"我想想，那时候学校也没啥事儿吧，就在她那儿躺着，也不知道一天咋过的，说说话，打打闹闹的很快就过去了。"

王子晴思索着，这可不适合她，自己的目的只不过是不想跟宋鹏飞这么一直尴尬下去。

"在一块儿说什么呢？"

"瞎聊呗，啥不能聊，因为不熟，所以能聊的更多。"

的确，自己对宋鹏飞的了解也主要建立在出国前，其实对他实际上更多的还是陌生。

王子晴挂掉电话，立马醒悟过来，现在的惶恐完全来源于自己的独居生活状态被打破，至于客厅外是宋鹏飞还是别人，对自己都是一样的，就相当于客厅租给了一个男人，没必要考虑他是谁，依旧按照以往的规律做自己的事儿就好了。

想到这儿，王子晴决定把客厅里的笔记本电脑、茶杯、书本以及会用到的东西都拿到卧室来，尽量在卧室里享受独居的快乐。王子晴走出卧室，发现宋鹏飞并不在客厅，厨房里传来阵阵动静。她好奇地走了过去，发现宋鹏飞拿着抹布正在仔细地擦洗吸油烟机，煤气灶已经被擦得锃亮。

王子晴哑然失笑，有些不好意思："你怎么想起干这些事儿了？"

"闲着没事，也没带电脑，看到这个脏了就擦擦吧。"

"我哪儿好意思让你一个大老板帮我擦这个，放下吧，不用了。"

"没事儿，就当锻炼了。"

"行，那谢谢了。"

"你午饭想吃什么？我看你这儿调料挺齐全的，我可以给你做。"

王子晴愣了一下，她没想到自己可以在自己家里不用动手就能吃到热腾腾的饭菜。

看到王子晴没回答，宋鹏飞补了一句："当然我做的饭不知道合不合你口味，或者咱们叫外卖也行，看你想吃哪家。"

王子晴看着擦拭得满头大汗的宋鹏飞，想到小时候，爸爸每天下班后顾不得休息便拿着菜钻进厨房开始忙活，自己蹦蹦跳跳地跑进来问爸爸今天吃什么，要不要帮忙。每到这时，爸爸总会摆摆手让她出去，只要吃饭的时候多吃几口就是对他最大的帮助了。可惜后来爸爸因病去世，从那以后自己再也没体会过这种感觉。

但王子晴话到嘴边，却变成了："我中午一般不吃饭，你自己解决吧。"

王子晴到客厅拿上电脑、茶杯钻进了卧室，整个下午，她没再出来一趟。宋鹏飞擦完吸油烟机，又把客厅擦了一遍，把地拖得干干净净。等到下午，电脑送过来，宋鹏飞终于舍得坐在沙发上了。

看着干净整洁的客厅，宋鹏飞有一种强烈的满足感，虽然这不是自己家的客厅，但却莫名地对此有了一种难以言说的情感。宋鹏飞打开电脑，准备工作，结果没一会儿，自己的眼睛便疲惫地闭上了，思绪被深深的睡意遮掩了过去。

睡梦中，宋鹏飞感觉到有人在摇晃他，他睁开惺忪的双眼，已是傍晚时分，眼前的王子晴泪眼婆娑。

宋鹏飞一个激灵坐了起来，心急地问："怎么了，王子晴？"

王子晴见宋鹏飞惊醒后，她又连忙装作什么事都没有的样子："没事儿，就是看你睡着了没。"

"涮肉，走不？"

"OK。"

韩亮是典型的北京人，要请他吃饭那非得是老北京涮肉不可，而且得是正宗的吃法。涮羊肉的汤必须是清汤白水，不能加任何东西，羊肉放在锅里涮多久，水都是清的，不浑浊，否则羊肉就要扔掉，不能吃了。他说，好的涮羊肉是不含一点水分的，放在盘子上立起来也不会掉下来，而且我们面前这些看似一样的肉分别都有自己的名字，它们来自羊的不同部位，吃起来口感和味道也是不一样的，应当遵循涮肉的先后顺序才是最好的。

刘东哪懂这些规矩，每次吃饭都得韩亮在旁边教办着，次次如此。韩亮倒也好脾气，或者说他巴不得刘东不懂，才使得他有机会滔滔不绝地卖弄自己老北京人的做派。刘东也就听着，等几瓶啤酒下肚了，借着点酒劲儿，就跟韩亮热闹地聊起来了，毕竟两人都是蹲过号子、吃过苦的难友，一回想起监狱里的心酸，两人聊到深处，就开始抱头痛哭。旁边人总会奇怪地看着这两个又笑又哭、吵吵嚷嚷的男人，但谁也不敢上前打扰。

"亮哥，口罩还有吗？"菜过三巡，刘东压低了声音，抛出了今晚最重要的问题。

韩亮面露难色："有倒是有。"

"我这块儿卖得还可以。"

"当然，现在这局势，能不好卖吗。"韩亮掏了根牙签剔起牙来。

刘东感觉自己说了句废话，下意识地挠了挠头，接着说："亮哥，还有富余的话，就再给兄弟两箱吧，你也知道，我家里老婆、孩子的，现在又没有工作。"

"别介兄弟，跟我说的这是什么话。"亮哥板着脸，有点生气，"哥当然要照顾你，主要是啊，最近风声紧，我这边儿不敢像以前那么扩散了。"

刘东点了点头，有些失落。

韩亮拽着椅子往刘东这边儿凑了凑，压低了声音说："我找了两个大客户，给的价儿挺高，要的量也大，货都已经处理掉了，你那两箱我倒是可以给你挤出来。"

"他们这是要了多少？"

"这你就别问了，主要是你这量不大，我安排工厂给做，还不够塞牙缝的，拿的量够了才好跟工厂压价。再等等吧，等我联系好其他买家了再统一安排进货。"

"我看新闻，现在很多企业都加班加点地赶生产线……"

"你放心，不会的，北京有多少人，口罩每天都得换，一天下来就得两三千万个，别看新闻里那么说，短时间内根本满足不了缺口，哥比你清楚。"韩亮夹了口菜放进嘴里，又咕噜噜地咽下去几口啤酒，打了个饱嗝。

"你这边大概什么时候进货？"

"快则三五天，要是没那么大量就再等等，估计得两个礼拜吧。"

刘东点了点头，心里盘算着，又问道："得需要多大量？"

韩亮琢磨了下："三十箱吧。"

一箱一千个，三十箱的话是三万个。

"还是原来的价格吗？"

"你要多要就能便宜些，工厂那边儿拿货价格也就低。"

刘东犹豫着，韩亮看在眼里，拍了下他的肩膀："兄弟，不急，再等等，这可不是小数目，咱都是卖给熟人，这么多你可一时半会儿脱不了手。"

"倒不是急，有些朋友也着急用，问我还有没有，不过三十箱我的确是拿不下来。"

刘东考虑的不仅是自己能卖多少的问题，更重要的是，他得考虑自己的本金，财政人权掌握在吴珊手里，自己能凑出多少钱也关系着自己能挣回多少来。

"行，你掂量掂量吧，我也联系下其他人，尽快下单。"

　　刘东举起酒杯，敬了韩亮一下，说："谢谢了，如果这次迈过了这个坎儿，就舒坦多了。"

　　韩亮一饮而尽："一样，兄弟。"

　　刘东回到家时多多已经睡了，吴珊正躺在床上玩儿手机，她翻看着昌平那个训练馆的资料，招生细则里，费用一栏的确高得吓人，不知道会不会像王志强所说的那样，可以给个很好的折扣。

　　刘东酒气熏天地躺到床上，搂住吴珊，含住她的耳垂轻轻地一咬，在她耳边呼着热气。吴珊挣扎着想要推开，无奈力气不够，只好作罢，把手机锁屏放到一边，没好气地问他："跟谁喝了这么多？"

　　"跟一老乡。"刘东虽然醉意熏熏，但大脑却很清醒，他突然问吴珊，"如果我们现在有一笔钱，你最想干什么？"

　　"哪儿来的？"吴珊永远都是这么实际，即使是假设也不脱离实际。

　　"我说假如。"

　　"那要看这笔钱有多少。"

　　刘东心里简单盘算了下："十万吧。"

　　"先把多多的滑冰费付了，然后攒下来，准备给她上小学。"

　　"你想不想出去旅游。"

　　"没时间，也没那闲钱。"

　　刘东有点自讨没趣，侧过身子，盯着天花板。

　　"想什么呢？"

"想挣点钱。我在想年轻的时候为什么不好好学习，每天不务正业的，这都三十出头了，什么也没落下。"刘东突然有些伤感。

"这不还有我和多多嘛。"吴珊回了一句。

就在这么不经意间，吴珊的一些话和细节总会打动刘东，刘东转过头看着她，窗外的路灯微弱地洒在吴珊脸上，她的侧颜是如此动人。吴珊也回过头看着刘东，眨着大眼睛，眼神一片懵懂。顿时刘东扑了上去，趴在她身上，贪婪地亲吻着她的脸颊还有温热的嘴唇，手伸进了睡衣里，吴珊轻叫了一声，伸手紧紧搂住他，热烈地回应着。

宋鹏飞不知道现在是该开心还是该怀疑这是梦境，因为他怎么也没想到，自己已经住进王子晴家一个星期了。尽管这个星期，宋鹏飞从不敢相信到强迫自己清醒地意识到这是真的，但每天面对自己曾经"爱而不得"的人，心里难免会怀疑这个梦境太真实了。

宋鹏飞回忆起大学时的那段时间，那是与李一来"争斗"得最激烈的时候，一次，为了能多看王子晴一会儿，他竟突发奇想学起了侦察兵，试图潜入王子晴的宿舍楼附近，好离王子晴更近一点。那天晚上，宋鹏飞穿了一身黑色衣服，从女生宿舍楼附近人最少的一条路绕着弯悄悄往王子晴宿舍楼走去。这是宋鹏飞第一次试图在宿舍楼偷看王子晴，宋鹏飞隐约记得上一次这么偷看还是在农村的时候，那是他去猪圈偷偷看邻居家刚下完崽的母狗，那一次的教训让他下定决心这辈子都不再做偷看的事情，因为当他发现一窝小奶狗时，恰好也被母狗发现，那母狗追着他绕着村子跑了好几个来回。在追逐宋鹏飞的过程中，村里其他听到母狗叫声的狗狗们也跟着追了上来，一时间，宋鹏飞身后的"汪汪大队"越来越壮大，但绝大部分都是公狗，这让宋鹏飞十分惊讶。最后，在众人的掩护和"劝说"下，宋鹏飞身后的众狗们才依依不舍地各自散去。

　　往事的教训历历在目，宋鹏飞慢慢靠近王子晴的宿舍楼，脑海中被狗追逐的画面涌上心头，这让他紧张得汗如雨下。宋鹏飞努力在脑海中回想起王子晴的画面，甚至在悄悄爬进王子晴宿舍楼边上的草丛中时都没注意到保安的存在。宋鹏飞身后的保安没有打草惊蛇，而是想看看宋鹏飞鬼鬼祟祟的究竟要做什么，毕竟现在抓到宋鹏飞也构不成"人赃俱获"的作案现场。于是，那保安也学起了宋鹏飞，偷偷趴在草丛中随着他的视线望向女生宿舍楼。保安看了半天，发现宋鹏飞并没有下一步行动，便有点不耐烦了。而宋鹏飞始终一动不动地望着宿舍楼，直到王子晴的身影出现时，他脸上终于露出了微笑，这时身边不耐烦起身准备走的保安也引起了他的注意。当发现身边竟趴着个保安时，宋鹏飞吓得立马爬了起来，他拼尽全力头也不回地往自己的宿舍跑去。宋鹏飞不知道的是，那身后的保安根本没有兴趣追他，一脸不屑地看着他说道："你这样的人我见多了。"

　　宋鹏飞看着王子晴的房间，一想到自己曾经去宿舍楼下偷看她的场景，立马就跑进洗手间清洗自己最近时常忍不住偷笑的脸，好让自己相信这一切无比真实。

一开始，宋鹏飞与王子晴都觉得他们只是这个世界或者说小区最近运气不好的人，但随着铺天盖地的新闻报道，他们才明白，外面的世界也发生了明显的变化。

宋鹏飞与王子晴在客厅认真地看着电视新闻播报，两人脸上面无表情。

"什么时候才是个头啊，我们不会隔离14天再来个14天吧？"王子晴失落地说道。

宋鹏飞正在喝水，听到再来个14天，一口水立马喷了出来，脸上看不出是惊讶还是略带喜悦，王子晴发现了宋鹏飞的异样。

"你不会真的想多来个14天吧？"

"想什么呢？我公司的事情一大堆，哪有时间一直待在这儿，更何况……"宋鹏飞支支吾吾。

"何况什么？"

"更何况我的性格也宅不住。"

王子晴听到宋鹏飞的解释，她失落地往沙发上躺平了，这时发现自己养的小奶狗正望着窗外一动不动。

"可怜小旺财了，平时都会带着它下楼溜达溜达，现在它只能独自望着窗外了。"

小旺财还没等主人说完，就急得汪汪大叫了起来，它已经憋了一个星期，终于忍不住狂叫了起来。王子晴发现了小旺财的委屈，连忙把它抱在怀里哄了起来。宋鹏飞看着王子晴像哄孩子一样，不禁想到王子晴有孩子的样子，然而这画面只是一闪而过。

　　"同居"的这些天，王子晴发现邻居们也陆陆续续像他们这样被隔离，但少有像他们这样男女没有睡在一个房间的，也因此，隔离的日子少了些事情做，多了些无聊，比如邻居此时就在忙碌着，那声音穿透墙壁隐隐约约传到了他们的房间。起初，王子晴听着隔壁情侣的声音并没有多奇怪，但每晚如此就有点让她无法忍受了。

　　在客厅的宋鹏飞，睁着眼，仔细地听着这声音，心中不断默念"刘东那小子说得还真对，隔离确实容易让人意乱情迷。"宋鹏飞打算睡觉，但邻居们跌宕起伏的声音实在让他无法入睡，于是便起身去洗手间。在洗手间内，宋鹏飞没有关门就开始方便起来，就在他闭着眼尽情方便时，门外的王子晴开了灯突然闯入。

　　"你怎么不开灯，你在里面做什么？"王子晴看到宋鹏飞吓了一跳叫道。

　　宋鹏飞转过头发现了身穿睡衣的王子晴，此时的王子晴脸上流淌着些许汗珠，身上的连衣裙也由于出汗的原因紧贴着身体，王子晴凹凸有致的身材在宋鹏飞面前一览无余地展现了出来。

　　"我上厕所，忘开灯了，不好意思。"宋鹏飞看了眼王子晴，连忙把视线从她身上挪开。

　　王子晴发现宋鹏飞不敢看自己的眼神，这才打量了下自己，顿时也被自己的身材所折服，脸上露出了一丝笑容，她逮着机会调侃起了宋鹏飞。

　　"怎么了，大老爷们儿还害羞，单身这么久真难为你了。"

　　"别开玩笑了。"宋鹏飞说完就赶紧回到了自己小床上。

"你睡得着吗？你看别人晚上多忙，现在的年轻人精力也太旺盛了，这都连续一个星期了。你有对象后也会这样吗？"

"我们也年轻，快睡觉吧。"

王子晴见宋鹏飞不回答她，这才勉强关上门，在洗手间内，王子晴看着自己通红的脸，瞬间佩服起了刚刚自己的演技，其实王子晴已经十分难为情了，却还要装作对邻居的事情习以为常。看着镜子里的自己，王子晴才想起，其实自己一直以来在宋鹏飞他们心中是个害羞又传统的女孩，而自己这次回来却要装作女强人，对什么事情都习以为常。从洗手间出来后，王子晴小心地往自己房间走去，生怕打扰到宋鹏飞，而宋鹏飞故意打起了呼噜，以此来掩盖他们都能听到的声音。

在宋鹏飞故意打呼噜时，小旺财屁颠屁颠地向他跑去，然后在他脸上舔来舔去，宋鹏飞为了把戏演下去，他强忍着小旺财在自己脸上"肆意妄为"。王子晴不忍心看着宋鹏飞被它折腾，于是准备上前把小旺财抱走。她走到宋鹏飞旁边，正准备抱小旺财时，脚一滑竟重重地摔在了宋鹏飞身上。宋鹏飞被突如其来的王子晴压得有点喘不过气，连忙扶住了她，王子晴看着宋鹏飞心跳加快，她急忙站了起来。

"意外，意外，我抱小旺财。"王子晴抱着小旺财连忙回了自己房间。

宋鹏飞还没反应过来，王子晴已经关上了门，等反应过来，宋鹏飞才回想起刚刚王子晴身上留存的体香。另一边的王子晴，原本已经在洗手间平复了的心又剧烈地跳动起来，她想到了曾经与李一来的一段短暂恋爱，才让炽热的身体逐渐冷了下来。她又拨通了戴维的电话。

"帅哥啊，睡了吗？"

"刚洗漱完，准备睡，咋了？"

"问你个事儿。"

"又怎么了？"

"你和你前女友第一次，大概是在同居后多久？"

"咋问我这个，又帮着闺蜜做咨询呢？"

"原因不重要，你就说多久。一天，两天还是一周？"

"我如果告诉你，同居前我们就N次了，你怎么看？"

"我祝贺你。"王子晴显然没料到是这个答案，"哎呀，大帅哥，打扰了。"

"你有点奇怪，恋爱了？同居了？"

"瞎说啥呢。"

"也理解，隔离期间容易空虚嘛。"

戴维挂断电话，思索了一会儿："有情况，绝对有情况，不会吧？"

他自言自语地在卧室里来回踱步。

戴维985大学法律系毕业后，顺利进入上市公司负责公司法务工作，王子晴是他的主管。开始他对这个主管并不感冒，以为她就是个在国外镀了个金才成为他的领导的。高大帅气的戴维在公司有不少拥护者，特别是法财部门那些姐姐们，经常调侃他为什么还没对象，要不要就地解决之类的问题，高情商的戴维总能笑着应对且给出让姐姐们满意的答案。以好人缘自居的戴维，唯有王子晴对其冷眼相对，这让他很不适。经过半年多的相处，王子晴业务上展现出来的超强能力以及对部门组织结构的重新调整，让整个部门工作环境融洽，工作效率高效，也让戴维心服口服，同时部门在王子晴的带领下获得了公司季度奖，让平日消沉的法务部门受到关注。戴维和王子晴工作上是上下属关系，私下却是很好的朋友。

第二天两人闭口不谈昨晚的事，此后，也像是约定好一样缄口不言。直到两三天后，同样的声音再次传进他们的房间后，王子晴火爆的脾气瞬间上来了，于是她在窗户上大声制止了几次，然而并没有作用。王子晴尝试了各种办法，始终没有让隔壁在晚上安静下来，宋鹏飞此时却装作什么都没发生的样子，还调侃起了他们。

"这几年出生率越来越低了，今年这局势肯定要被打破了。"

王子晴听着宋鹏飞的调侃，气得直接往门口走去，宋鹏飞见状突然想到什么，连忙去拉她，可还没等宋鹏飞拉住王子晴，她已经开门出去找邻居理论了。宋鹏飞看着由于开门撕下的封条，失落地站在门口。

"这下完了，又得14天。"

与邻居理论完后，王子晴满意地准备回来，一见宋鹏飞就发现了他的愁眉苦脸。

"怎么了，我去让他们晚上安静点你不开心吗？"王子晴边走边说道。

宋鹏飞叹了口气，把手里的封条递给王子晴，说道："又是14天。"

王子晴恍然大悟，顿时觉得自己犯下了大错，像个孩子一样乖乖往屋里走去。很快，社区工作人员又上门贴封条了。

"怎么回事，还有一个星期就出来了，就这么急吗？现在好了，重新开始。"社区工作人员边贴边说道。

在屋里的宋鹏飞与王子晴两人呆呆地坐着，身边的小旺财显得比他俩更加惆怅。

"这是我的错，连累你了，公司有什么我能帮上忙的尽管开口。"

"没事儿，我也有责任。如果及时拦住你就好了。"

宋鹏飞说完就回到电脑前开始了自己的工作，这时邱敏打来了电话。宋鹏飞接到电话后，脸色慢慢沉了下来。

李一来第一次找王子晴谈旅游项目碰壁后，又对自己进行了反思，他深知在别人眼里他是个浪荡之人，然而自从父亲去世后，他早已经下定决心改过自新，要做出一番事业向所有人证明自己。同时，为了掩盖自己内心的脆弱，李一来也在别人面前表现得一如既往的只顾享受，可没有人知道，他内心的孤独与压力。直到前些天，王子晴的出现像一道久违的光照进了他的内心，尽管王子晴对他始终保持一贯的看法，但李一来孤独的内心也只有从自己喜欢的王子晴那儿寻找到一丝安慰。

颓废了几天，从回忆与王子晴曾经的画面中走出后，李一来只身一人去看望了父亲。在一片环境优美、安静的墓园，李一来站在父亲的墓碑前，墓碑前放了许多鲜花。

"如果你还在，肯定也不想看到我现在的样子，但是我也不知道如何改变现状。公司里没有我信任的人，我信任的人也不相信我能做出一些事情，不知道你是不是也这么认为。"

李一来在父亲的墓碑前诉说了一番，说着说着眼里竟还泛出了些许泪花。在李一来早几年的世界里，眼泪是不可能在他脸上出现的，极强的自尊心让他像一个冷酷又自私的人，这也是王子晴不喜欢他的原因之一。但也只有他自己知道，这源于他从小的生长环境，是缺乏父母的关爱造成的，而他心里也并不喜欢这样的自己。

把心里话诉说完，在回去的路上，李一来刷朋友圈时，无意中发现了个对他来说的惊天大事。他手机朋友圈里的一条消息显示："既来之则安之，好歹比小旺财要过得舒服。"文字下还配上了一张小旺财的照片。开始看到这条消息还不足以让他感到震惊，然而当他从另一条朋友圈中看到同样的照片背景时，他才发现其中的奥秘：宋鹏飞和王子晴住在一起了。起初，李一来并不相信，因为在他看来这事发展得也太快了，但随后他分别给宋鹏飞和王子晴发消息论证后，他确信他们住在一起了。

李一来惊讶之余也难过起来，他迅速给吴珊、刘东打去电话才得知，他是第一个知道这事的。一时间，这件事在他们的小团体中闹得沸沸扬扬。迫于无奈，宋鹏飞与王子晴才道出了原委，他们是因为疫情隔离才住在一起的。听到这个原因，大伙儿被他俩逗得开心了好长一段时间，刘东连忙调侃起宋鹏飞问他关于男女住在一起该干什么的事情。吴珊顺势也调侃起他们是不是要趁这个机会在一起了。只有李一来这个时候意外地展现出了成熟稳重，他表示尽管因为疫情住在一起，但男女授受不亲这点传统美德还是要坚持。大家一听他这么说，都知道他心里的那点小心思。

一场误会后，尽管李一来知道宋鹏飞与王子晴并没有那回事，但他总是放心不下，所以一有空儿就给王子晴发各种问候。王子晴也看出了李一来的心思，但作为多年的朋友，她对此也不以为然。

王子晴一边应付李一来，一边也注意到了宋鹏飞。王子晴发现，宋鹏飞竟然和小旺财越来越像了，他也学起了小旺财，时不时地站在窗户边看向窗外，一看就是许久，但这时，自己却不能像安慰小旺财那样安慰他，这确实是种遗憾。好几次，王子晴忍不住上前询问，这才得知，宋鹏飞公司又遇上麻烦了。

"前两天公司运营邱敏打来电话，说公司又有两名主播辞职单干了，现在这个环境，主播们都觉得是个风口，一个人也可以在家直播，没有任何限制。"宋鹏飞说完转身抱起小旺财去了客厅。

"你要相信自己，公司一定会好起来的，毕竟直播行业正在风口上，肯定会有越来越多的人关注和收看。要相信站在风口上，猪也能飞起来。"

王子晴试图安慰宋鹏飞，而她也明白，只有让宋鹏飞的公司活起来才是对他最好的帮助。王子晴分不清是因为害宋鹏飞隔离的原因，还是曾经的愧疚，她决定帮帮宋鹏飞。

　　刘东开始忙活起来，先是要解决钱的问题。现在大环境不好，大家都把积蓄捂着，找了自以为关系还可以的高中同学，结果对方为难地说了一顿日子过得紧，房贷车贷上学看病都要钱，恨不得让刘东借给他点儿。于是刘东便不再找人借了，首先自己坐过牢，别人肯定会戴着有色眼镜来评估自己，而且自己挺要脸的，也不喜欢低三下四地因为钱哀求别人。他下载了几个小额网贷的App，分别借了些钱，再加上信用卡的取现，凑齐了5万块钱，给韩亮打了过去。

　　韩亮收到钱后，先是确定好了其他客户的货量，之后马上联系国外的工厂调集口罩。刘东开始问询那些上次买到口罩的人，看他们或者亲朋好友还有没有需求，一笔笔记下来，又精心编辑了一条朋友圈，说自己这儿批发了一批口罩，如果有需要可以私聊。

　　效果比想象中要好，这段时间正是疫情白热化阶段，加上之前售出去的口罩价格划算，很多人给他发消息问询，也把不少亲朋好友介绍给了刘东，甚至有人没见到货就先把订金付给了他。

　　刘东从未感到像现在这么充实，人在做一件有丰厚回报的事情时是十分投入的。吴珊也发现刘东最近变化挺大，整天捧着手机聊天，还在笔记上写着什么，吴珊趁他不注意偷偷地翻出笔记检查，发现上面写的是一些数字和人名以及地址，她猜不透这是在干吗，只好张嘴问刘东。刘东看到局势已定，也就敢轻描淡写地回了句"朋友有批口罩，我在帮他卖。"

果然，吴珊又是一连串的问题，刘东含糊其词地回答完她，让她放心，口罩已经被预订一大半了，订金也收了不少，已经回本了。吴珊嘱咐他说，天下没有免费的午餐，只有免费的陷阱，刘东不以为意。

吴珊心没那么大，拿着刘东卖给的口罩按照网络上的教程辨别真伪，发现口罩有些异样，又拿去找自己的医生朋友鉴定，朋友说口罩虽然是外国进口的，但包装上缺少正规的药品编码，而且里面的夹层摸起来手感比较粗糙，怀疑这是国外的劣质口罩。

吴珊慌了，作为律师，她知道贩卖劣质口罩是什么罪行，她赶紧回家，把口罩拍在桌子上，让刘东赶紧把货退了，把钱拿回来。刘东虽然有些诧异，但不愿听她的："口罩嘛，国外标准又跟国内的不一样。"

"你这口罩来历不明就敢到处卖？"

"我之前已经卖过一批了，没一个人说这是假的。"刘东不服气。

"那是别人还没发现，一旦发现了，你这又要坐牢知道吗？"

"没人会有那闲心拿个几块钱的破口罩去鉴定？"刘东很不爽吴珊去找医生朋友鉴定的事儿，别人都没说啥，自己家老婆反而给自己添乱。

"你什么意思？非得等把你抓进去了你才后悔？"吴珊语气变得激动，有些生气。

刘东看到她脸色大变，赶紧换了语气说："不是，老婆，我知道你对这方面很敏感，但我也问朋友了，这就是国外常用的口罩，我只不过是代购，代购违法吗？朋友圈里那么多，也没见警察去抓啊。"

"那能是一回事儿吗？国家都有明文规定。"吴珊指了指笔记上的数字，"看你这数量，是代购那么简单吗！"

"算了，说不过你，你文化高，说的句句在理。"刘东脸色涨红，明显是在憋着。

"我是就事论事，现在口罩这么稀缺，你从哪儿来的货源？"吴珊仍在质问。

"一个朋友。"

"谁？"

"你又不认识，打听这个干什么？人家也是帮我，我这快一年没有工作了，就想着挣点儿钱，难不成你希望我每天躺在家里就这么混吃等死？"

"我知道你想赚钱，可咱们能不能正儿八经地谋个差事，不是我故意为难你，是我不想再经历一次等你出狱了，那种感觉真的太难受了。"吴珊说着，突然情绪激动，小声抽泣起来。

刘东慌了，一下子不知道说什么好了，上前安慰吧，显得自己很没原则，就这么在这件事儿上妥协了；不理会吧，看着她哭得梨花带雨的样子又十分心疼。

"放心，不会让你经历第二次的。这口罩我再打听打听，看是不是真是次品，我跟朋友了解下详细情况。"

"真的？我们可以少赚些钱，但不能为了钱去冒那种无谓的险，你可以看看新闻，很多人都是因为口罩的问题被刑拘的，你推了吧，让他找别人。"

刘东沉默不语，内心也纠结着，思考片刻后他终于开口。

"好，我答应你。"

刘东看着吴珊，内心十分复杂，吴珊的出身、成长经历毕竟都跟自己不一样，社会上的很多东西她都没接触过，换句话说，像她这样从小养尊处优、象牙塔里的乖乖女已经对社会的灰色地带形成了天然屏障，在法律边界打擦边球在她眼里是一件十分没有安全感的事。

刘东嘴上答应了吴珊，但已经下定了决心要赌一把，不管怎么样，他从未像现在这样渴望过金钱。他继续暗中统计买家，不断追问着韩亮口罩的运送情况。

到了韩亮应承的日子，他打过去电话，很长时间都没人接听。刘东起疑，马不停蹄地跑到韩亮家，却发现他家房门大开，屋里一片狼藉，没见到韩亮的人影儿。刘东彻底慌了神，他这才意识到，在监狱外面他和韩亮一个共同的朋友都没有。他翻检着地上的垃圾，试图从房间里找出些许蛛丝马迹。

待了整整一天，刘东不敢出去吃饭，也不敢随意走动，万一韩亮悄悄摸摸观察，发现自己就转头溜走了呢。韩亮能去哪儿呢？往好了猜他可能惹到人了，躲两天就会回来，或者是去进货了？再或者只是出门，手机给弄丢了……刘东心里各种胡乱猜测，心神不宁。

　　然而等到晚上，韩亮都没有出现，这让刘东深受打击，一方面源于损失的钱，不仅拿不到口罩，订金也要退回去，自己借的网贷要怎么还？另一方面源于自己的失手，刘东自认为看人挺准，自己和韩亮的关系真的是在监狱里一点一点地建立起来的，两人每天厮混在一起，每根香烟都是你一口我一口地抽，有次韩亮生病了，自己连着一个礼拜把伙食里的肉和菜全给他吃，可真想不到，他现在却见利忘义，真是世事难料啊！

　　刘东黯然惆怅着，电话响了，他赶紧接起来，结果是吴珊打来的，问他怎么还不回家。吴珊很少会这么主动地催他，估计她看不到自己人影儿心里也会胡乱猜测。刘东抽掉烟盒里最后一根烟，一脚把地上的废纸盒子狠狠踢远，留下一句脏话，走出了平房。

　　刘东耐着性子等了几天，依旧没有韩亮的信儿。一些订了口罩的人开始追问他口罩什么时候能到手，刘东含糊其词，打着马虎眼，让人再多等几天。一个姐们儿按捺不住，直接把事儿捅到了吴珊那儿，吴珊这才知道，刘东仍在背地里卖口罩。刘东别无他法，一五一十地把现在的境遇跟她坦白了。

　　吴珊得知是韩亮所为时，丝毫不觉得奇怪，"三进宫"的人的承诺哪能信，但刘东脑子缺根弦儿，偏偏还就信了。

　　"走吧。"

　　"要不算了吧，挺不好的。"刘东很为难。

　　两人在派出所门口，刘东还是没做好准备，迟迟不愿进去报案。

"都什么时候了，你还为别人着想？"

"监狱可不是人待的地方，他要因为我又进去了，我这心里有点儿过意不去，毕竟之前他没少照顾我。"

"他都骗你钱了！有把你放在眼里吗？屁都不是，你觉得这钱还不如你俩的交情大，知道这钱难挣吗？"吴珊质问他。

刘东叹了口气："我不是那意思，是我现在搞不懂韩亮在玩儿什么幺蛾子，想着再等等。"

"行了，别抱幻想了，就算他突然出现给你拿口罩来，我也不会让你卖，你就死了这条心吧。"吴珊斩钉截铁地回应道。

"好吧。"刘东放弃了，跟吴珊走进了派出所。

后来，刘东才发现，韩亮之所以没接电话，是因为他人已经被抓进去了。韩亮压根儿没有货源，他收取了多人钱款，但迟迟未给发货，被人举报了，算下来前前后后骗了几十万，骗来的钱又被他拿去赌博、消费，挥霍一空，估计这下又要判好几年。

钱铁定是拿不回来了，刘东的心情跌到了谷底。吴珊没有发脾气，心平气和地从卡里转了5万给刘东，让他先把借的贷款还了。事已至此，吴珊深知大发一顿脾气毫无意义，并挽回不了什么，日子总要过下去的，只是突然间变得很难。

刘东挨个儿给人们发消息，把钱一笔笔退了回去，在吴珊面前仍然要硬撑着若无其事，然而他的内心已经丧失了对一切的热情和积极，有个声音萦绕在自己头顶："已经这样了，还能怎么着，索性躺平吧。"

吴珊也能看到刘东的变化，她明白，刘东的监狱PTSD（网络用语，指创伤后应激障碍）因为这件事儿估计又给放大了，凡事总往消极悲观的方面想，使得他整个人陷入了一种颓丧的情绪，浑身充满了无助感。但吴珊暂时还没把心思放在他身上，她的当务之急是解决多多的滑冰费用及学费等方方面面需要花钱的问题。

吴珊试图发展更多的客户，但自己擅长的领域与经济大环境息息相关，现在市场不景气，海外贸易及外企业务频频下滑，收入断崖式地下跌，这让吴珊陷入深深的焦虑之中，就在这时，宋鹏飞打来电话，约她一起吃饭商量个事儿。吴珊挺纳闷，宋鹏飞跟她能有什么事儿，不会是因为刘东吧？

吴珊不会预料到的是，接下来她要做的事儿给她和刘东的婚姻埋下了破裂的种子。

李一来自从知道宋鹏飞隔离在王子晴家后，就想着法子打探王子晴家的事，包括询问什么时候隔离结束，有没有办法让他们俩分开隔离。尝试了各种办法后，李一来只好无奈地接受了这个事实。

与李一来想着法子来王子晴家一探究竟不同的是，宋鹏飞在王子晴家日复一日地焦虑着。每天与邱敏对工作时，总没有什么好的消息，自己又困在房间里无法出去。宋鹏飞公司最后一名主播离职后，作为一个直播公司竟然没有了主播。

唯一让宋鹏飞感到欣慰的是邱敏一直留在公司，直到这次她管理的所有主播都离开了，她也相信公司总有一天会好起来。邱敏真的是相信公司吗？与其说相信公司，倒不如说邱敏对宋鹏飞一直有所期待，这种期待在邱敏这儿似乎已经越界了，只是宋鹏飞从未察觉。

看着宋鹏飞的状态，王子晴实在不忍心，不是因为宋鹏飞跟小旺财抢发呆的地方，而是继续这么下去她怕自己成为一个罪人。当天晚上，王子晴主动要求他们的晚餐由她一个人搞定，并且为了保密还把宋鹏飞关到了自己的房间里。这是这些天她第一次做饭，其他时间都是宋鹏飞抢着做。

宋鹏飞与小旺财在王子晴房间里不明就里，只能听着房间外的王子晴在一阵倒腾，放心不下的宋鹏飞贴在门上朝着王子晴喊。

"还是让我来做吧，不要勉强自己。"

"没事，你千万别出来，我马上就做好了。"

王子晴极力阻止宋鹏飞，宋鹏飞见王子晴做饭的决心如此之大，他也只好作罢。

"行，着火了记得给我开门就好。"

王子晴继续倒腾一小阵儿后，终于把房门打开让宋鹏飞出来了。宋鹏飞立马好奇地往餐厅走去。

"你真厉害，竟然都能把鸡蛋炒出几个花样。"宋鹏飞看着桌上的西红柿炒鸡蛋、土豆炒鸡蛋、辣椒炒鸡蛋及蛋花汤不禁说了出来。宋鹏飞看着王子晴满脸的喜悦，顺势又表扬起了她。

"你也算是大厨了，在所有厨师中，你是最会炒鸡蛋的，有机会可以开家饭店，生意肯定好。"

"行啊，我们一起再创业。"王子晴开心地说道。

宋鹏飞入座后，听到王子晴说起再创业，他神情又严肃了起来，王子晴发现自己的话让宋鹏飞想到了自己快要倒闭的公司，连忙岔开话题。

"没关系的，创业总是有起有落，更何况我这不是还没完全失败嘛，至少还有个同事在。"宋鹏飞见王子晴岔开话题，他反而自我安慰起来。

"真是难为你了。"

"这几天有时候也会想到之前辞职的时候，现在想想，当初好像在跟所有人做对，父母希望我留在那儿，朋友、同事也是。我却一意孤行，跟他们说自己肯定可以做出一番事业，他们不知道的是我当时离开还有个原因是想离开那个伤心的地方。"

宋鹏飞像打开了话匣子一样说起了过去的事情，他丝毫没有动筷子吃饭的迹象，这让已经折腾半天饿得肚子直响的王子晴也不好意思破坏他的情绪。

"因为失恋吗？"

"准确来说应该还没开始。"

"那没事，还没开始不算失恋。"

王子晴笑着说完话，看着宋鹏飞脸上的表情放松了许多，连忙把重要的事情说了出来："快吃吧，菜都凉了。"

宋鹏飞听王子晴说吃饭时，才注意到土子晴的肚子一直不听话地响个不停，于是连忙不好意思地拿起碗吃了起来，生怕耽误了王子晴吃饭。

"今天应该是我们隔离的最后一天了。"王子晴突然笑着说道。

"所以你做了一桌好菜庆祝一下吗？"宋鹏飞调侃道，"时间真快，终于可以出去了。"

"小旺财也自由了，它憋了这么久，都长大了许多。"

当天晚上，两人吃完饭后，很默契地都回到了自己该待的地方。宋鹏飞躺在客厅临时的小床上，尽管这些天因为公司的事情十分焦虑，但他自己也不能否认的是，这些天是他这些年最难忘的日子。宋鹏飞不敢想象自己与王子晴在一起待了这么久，一想到这儿，他还有点儿舍不得。宋鹏飞身边的小旺财似乎都看出了宋鹏飞的小心思，小旺财起身就往门口跑去，然后用爪子不住地刨了起来。

宋鹏飞一下子就想到了小旺财的暗示，这是在暗示自己把门打开然后再隔离14天吗？宋鹏飞一想到这个"坏心思"就连忙打住了，起身往门口走去，想把小旺财抱回来。正当宋鹏飞在门口抱起小旺财时，身后一个声音突然传来。

"你现在要出去吗？"王子晴突然说道。

"不是，我抱小旺财。"

"嗯，现在时间还没到。"

"对，还不是时候。"

在王子晴家的最后一晚，宋鹏飞一夜未眠，他想起自己曾经追求王子晴的各种画面。记得在大学校园里，宋鹏飞因为自己的害羞，总是在课堂上、校园中能偷看几眼就看几眼，很长一段时间里，宋鹏飞也觉得自己这样的行为过于龌龊。直到王子晴被李一来追到后，宋鹏飞才从自我反省的旋涡中走出来，同时也带着"爱而不得"的情伤。如今王子晴近在咫尺，如果按照时间来对比的话，自己跟王子晴住的时间比她跟李一来在一起谈恋爱的时间还要长。一想到这儿，宋鹏飞心里乐了会儿，但很快，宋鹏飞的思绪就回到公司的事情上来。

宋鹏飞从王子晴家"解放"后，第一时间来到公司，一到公司便感到一种荒凉感。邱敏一早就收到宋鹏飞要来公司的信息，于是早早地就在公司等候他。

"隔离的日子还好吧？"邱敏问候道。

"还行。"

"情况大致跟你汇报了，相信你也……"

"我知道，难为你了，公司现在就我们俩了。如果你也想走我不会拦你，工资方面也会结完。"

"我不是这个意思，我还是想留在公司。"

"谢谢你这么支持我。"

"这是我的第一份工作，当初如果不是你收留了我，我想自己也会到处碰壁。不管怎么样，我相信公司能好起来。"

邱敏试图安慰宋鹏飞，而他看着邱敏努力地安慰自己，也露出了微笑，以此缓和一下气氛。

"公司这不是还没倒闭嘛，就算真倒闭了这不也是很平常的事情，马云不也是创业好几次才成功吗？所以我们现在经历的所有事情都是为以后的成功做准备，加油。"

邱敏看着宋鹏飞如此坦然，她也更加有动力了，而宋鹏飞自己却没有谱儿。宋鹏飞与邱敏简单地交流完后，就回了办公室，又一个人思考起来。

王子晴恢复上班后，便约了一个跟直播行业相关的客户老张，向他了解直播的一些事情，看看对宋鹏飞有没有什么帮助。老张之前是做艺人经济的，对捧红自己的艺人有自己的方式方法，如今他的几个艺人也都进入了直播行业，这给他带来了丰厚的收入。

王子晴与老张约在了他住所附近的咖啡馆，说明来意后，老张便调侃起了王子晴。

"怎么，王大美女要转行吗？我觉得你转行肯定吃香，你这气质与长相不用美颜就可以直播了。"老张笑嘻嘻地打量着王子晴，这让她有些不自在，就如同当初帮助他打艺人官司期间他的举动一样。

"不是，我朋友做直播，遇到点儿困难，想请教一下你，毕竟你现在做得有声有色，不妨指点一下晚辈。"王子晴尽可能面带微笑地说道。

"指点谈不上，有些经验确实可以分享，不过，我很好奇，是什么样的朋友能让你帮忙呢？"

"就一个大学同学。"

"大家都知道，直播行业是现在的风口行业，就像当年的互联网一样，当然直播也跟互联网紧密相连。既然是风口行业，就有很多人贸然进入，想分一杯羹，然而市场竞争激烈，大部分的公司都很难生存下去。"

老张的几句话就把直播行业分析得头头是道，这让王子晴内心一阵欣喜，觉得这次肯定会对宋鹏飞有些帮助。

"张总你这么成功，对直播行业分析得又这么深刻，相信你一定有自己的方法，方便透露一下吗？放心，跟你成不了竞争关系，毕竟市场这么大。"王子晴说完又露出迷人的微笑，老张看着也露出一脸笑容。

"方法肯定有，不过你跟我又没什么关系，我指的是那方面。"老张说完，色眯眯地看着王子晴。

"我听说你是个正直的人，没想到也是俗人一个。"王子晴转变思路，开始用激将法，没想到却十分管用。

"你听说的没错，不过这行确实不容易，得有人带路，我可以先告诉你其中一个方法就是有自己的特色，其他的方法等你想清楚了我们可以再好好谈谈。"

老张说了个谁都能想到的方法后不忘继续勾搭下王子晴，两人的见面很快就结束了。回去的路上，王子晴想到老张说的有特色这点，尽管她也觉得不管什么创业似乎这点都是必不可少的，但又有多少人真正做到了自己有自己的特色？王子晴思考后，也没太放心上，毕竟宋鹏飞也可能想到了这点。

王子晴回到公司楼下，又遇见了来找自己的李一来，这次他没有再说项目的事情，而是询问起了隔离的情况，尽管没有提宋鹏飞，但字里行间满是想打探她跟宋鹏飞之间有没有发生点什么的意图。李一来的意思很快被王子晴发现，王子晴直截了当地告诉了他他想要的答案。

"你想啥呢？我跟他是无意中隔离才住一起的。这事儿纯属巧合，更何况你急什么？"王子晴心有不快地说道。

"我也没别的意思，关心一下你们而已。"李一来笑嘻嘻地打着圆场说。

"真想关心就多关心一下宋鹏飞，他现在事业上遇到大困难了，正是需要帮助的时候。"

"他公司又遇到什么困难了？怎么他从来没向我提起过？"

"你忘了你两曾经还是情敌来着？不知道你是装不知道还是真不知道，以他那要强的性格，他再怎么困难也不会向你求助吧。"

"也对。我找他聊聊看。"

李一来找王子晴了解了情况，得知他们之间并没有发生什么后，李一来这会儿心里舒服多了。从王子晴这儿得知宋鹏飞遇到了困难这事儿，李一来也放在了心上。

六　微妙

刘东自从卖口罩被骗后，时常羞愧得不愿回家，吴珊也明白这是他对自己的一种反省，尽管心中已慢慢产生不满，但家庭的琐事已经压得她喘不过气来。刘东的逃避，让吴珊偶尔在忙碌中，也会对他们这些年的感情有些动摇，但也仅是一瞬间的感觉。

每次刘东让自己失望时，吴珊总是想起曾经与他的那些浪漫时刻，以此来缓和自己对丈夫的矛盾心理，这也是她的精神麻药。吴珊不否认丈夫对她的爱，她一直记得在还没有孩子前，他们的生活充满了浪漫和欢乐，尽管那个时候刘东也沉迷赌球和喝酒，但在吴珊心中这并未影响他的魅力。一想到这儿，吴珊心中总有些许安慰，吴珊正在想着这些曾经的美好画面时，她不知道的是，刘东此时正在路边摊把一杯杯啤酒往嘴里灌。

"我真没出息，竟然相信这么一个烂人，我是不是也跟他一样，从头到尾都是个烂人。"刘东边喝边说自己，说到关键词时还笑了起来，周围人看到刘东这副样子连忙远离他一些。

刘东看着周围的人在远离他，他又笑了起来，又喝了几杯后趁着自己还没完全醉就打上车往家方向走。在小区门口，刘东醉意中竟说不出自己的房号，无奈的同时自己索性就在小区大门边一躺就睡了过去。直到第二天清晨，吴珊送多多上学时，多多在马路边儿上一眼就认出了父亲。"妈，你看，爸爸睡在路边了。"

多多摇着妈妈的手说道。吴珊顺着多多的视线看了过去，发现刘东此时睡得真舒服，还打起呼噜来了。

"快迟到了，得去上学了。"

"把爸爸叫醒。"

"让你爸再睡会儿，他工作累了。"

吴珊说着就拉着多多往学校方向走，然而她脸上明显有了些失望。将多多送到学校后，吴珊再次回到路边，她故意用力一巴掌把刘东拍醒，然后装作若无其事的样子。刘东被打醒后，看到一脸严肃的妻子，这才回想起昨晚的事情，随后脸上露出傻傻的笑容。

"我们是不是该好好谈谈了。"吴珊坐着说道，脸上顿时严肃了许多。刘东难得见她这样，也知道自己确实过分，于是像个做错事的孩子头不自觉地往下低。

"家里的钱都让你赔了不说，你还打算一直这样下去吗？你如果还有点以前的骨气，你就应该知道我们的状况了。"

"我知道，最近发生了很多事情，都是我的错。这些年来我让你失望了，也没有照顾好你跟多多。再给我点儿时间，我会改变过来。"

"这样的话你说了很多次了，你是不是也不相信自己说的。"

刘东又一次信誓旦旦地承诺后，吴珊很快就反驳了他，这让他有点儿意外，按照以往的经验，这会儿吴珊已经不会再继续询问下去了。刘东自知自己也一直在重复以前的承诺，并且做着截然相反的事情，无地自容的他很快就出去了。

　　离家后，刘东决定找份稳定的工作先做着。对于刘东而言，找份稳定的工作并不难，毕竟他在北京混迹多年，很快他就经朋友推荐找到份给社区配送蔬菜的工作。一连好几天，刘东都是早出晚归，吴珊四处打听后也得知丈夫最近正在努力工作，这下吴珊心里感到十分欣慰。刘东也感觉到，自己工作后，吴珊对自己的态度好了很多。他也在一段时间内对家庭中有所缓和的气氛感到满意，但配送蔬菜的工作毕竟赚不到大钱，这在他心里一直是个心结。

　　自从丈夫有了新工作，吴珊也觉得以后的生活总归会越来越好，这时她又想到了之前滑冰教练说的话。一番纠结后，吴珊决定不让多多放弃学滑冰的愿望，于是第一次主动联系上了王志强，很快，王志强便约她一起去新的滑冰馆给多多报名。报名后，王志强送吴珊回家。

　　"孩子有个更好的学习环境对她来说是最好的，你家多多这么有天赋，以后肯定能当职业运动员。"王志强在车上夸着多多。

　　"做家长的，只要小孩儿开心就好。这次还要谢谢你，帮了这么大忙，学费这么低。"吴珊坐在车后排不好意思地说道。

　　"哪里的话，他们都是同学。我夫人离世得早，我也希望小孩子能有个伴儿。"

　　王志强终于道出了关键信息，这让吴珊很不自在。王志强看出了吴珊的表情，他聪明地立马岔开话题。"现在疫情反复不定，有什么其他需要也尽管说。"

　　"谢谢了。你把我们放在路口就好了，走过去就到了。"

　　吴珊见快要到小区门口了，于是就向王志强说道，但王志强却坚持送她到小区门口。当王志强的车到门口时，刘东这会儿恰好从外面回来，见妻子从豪车上下来，他装作没有看到便从路旁快速走过。从车上下来，到与王志强道别，吴珊都没有发现已经进小区的刘东。直到来到家门口时，她才发现了忘记带钥匙的丈夫。此时的刘东正坐在地上，见吴珊回来才连忙起身。

　　晚上，刘东闭口不提遇见她从别的男人的车上下来的事情。刘东只顾低头吃眼前的饭菜，一杯杯地喝起了旁边的啤酒。吴珊见刘东这样，也发现了刘东的异样，于是主动说起今天给多多报名滑冰的事情。

　　"爸爸，我今天去了个更大的滑冰馆。"多多吃着饭菜，开心地与父亲分享，可惜父亲满不在乎。

　　"是多多同学他爸帮的忙，给你提过的。我知道你那点儿心思，别想太多，别人就是好心想让多多跟他儿子一起学滑冰。多多也要有自己的朋友圈。"吴珊一本正经地说着，但她心里清楚，在王志强心里可不是这么简单，但这怎么能摆在明面上说给刘东听呢。

　　"是我小心眼了，放心，我不是个不会赚钱的人。"刘东说完，喝了最后一口酒后就往沙发上躺去。

　　"妈妈，爸爸怎么了？"

　　"没事儿，爸爸喝多了要休息下。"吴珊看着女儿，微笑着说。

　　"多多，到爸爸这儿来，爸爸给你讲故事。"刘东见吴珊与女儿微笑着对话，自己也不甘示弱地连忙把女儿叫了过来。多多开开心心地往父亲那儿跑去。刘东看着可爱的女儿，一时也露出了笑容，在给女儿讲故事时，他几乎用尽了毕生所学，美中不足的是，故事讲到一半就编不下去了。听着刘东讲故事，吴珊强忍着没有笑出声，实在憋不住时才笑了出来。刘东见吴珊笑自己，连忙说道："你会讲，你来。"

"随便编吧，你不是挺会说的吗？"吴珊冷冷地说完就去了厨房。刘东见她去了厨房，就向女儿打探起她同学父亲的事。

"乖女儿，你今天是不是坐同学家里的车回来的？"

"嗯。"

"你同学他爸爸有跟妈妈说什么吗？"

"没。"

刘东从女儿这儿得不到什么有价值的信息，但在他心里，总觉得吴珊正在慢慢远离他。刘东一直以来都是一个自信的人，他从来没有怀疑过吴珊，直到最近一系列事情的发生让他第一次怀疑起了吴珊。刘东自己也明白，对吴珊的怀疑可能并不对，但目前做什么都失败的现状让他十分没有安全感，于是对吴珊的怀疑就自然而然地产生了。刘东也在尽量找回信心，找到可以应付柴米油盐的办法，让吴珊不再从别人的豪车上下来。然而，一想到这些，刘东就对自己最近所做的配送蔬菜的工作更加看不起了。刘东越想越多，想着如何赚到更多的钱，思考中，歪念头又时不时地在他的脑海中闪过，这会儿刘东还是理智地克制着。

晚上，待吴珊把多多哄睡后，刘东才悄悄地进了吴珊的房间。躺在床上，刘东一直没有入睡，他身边的吴珊也同样如此。吴珊想，最近受一些事情的影响，老公似乎很长时间没有碰自己了。

另一边，刘东也试探性地故意咳嗽几声，暗示自己一直没睡着。由于最近一直觉得自己挺失败的，刘东也不敢主动提那事，现在只好偶尔暗示一下。同样想了好长时间，但吴珊也不好意思主动，实在没憋住的她突然说了句："你是不是不行了？"

听到老婆说自己不行了，刘东瞬间躺不住了，他连忙蹦跶了起来就开始脱身上的衣服。

"谁说的，让你看看我行不行。"

"小声点儿，你想让全小区的人都知道吗？"

"知道也没关系，难道他们晚上就不吵吗？"

吴珊自从把多多送去王志强推荐的滑冰馆后，与他见面的时间就更多了，王志强就像买通了滑冰馆的工作人员一样，总能准时地出现在吴珊面前。王志强的意图已经十分明显，吴珊自然也是知道的，他逮着机会就在吴珊面前展示自己的魅力，但大多数时候是展现物质条件和夸赞自己方面。吴珊似乎已经习惯了王志强的吸引方式，一想到自己如今过得十分拮据，她无意中也会羡慕起那些不用为钱发愁的生活。

另一边，刘东自从看到老婆从王志强的豪车上下来后，就提高了警惕，一方面寻找赚大钱的办法，另一方面像个侦探一样盯着吴珊。好在刘东在做"侦探"这方面十分熟练，暂时还没有被吴珊发现。只不过，如今自己却像个侦探一样四处留神着妻子，刘东也觉得自己变成这样很窝囊，一想到当年自己潇洒的样子，就立马放下手里的蔬菜抽根烟给自己缓缓。

"卖菜的，这蔬菜哪里买啊？现在都买不到蔬菜。"一个文身大哥看着刘东搬下一篮蔬菜后就问了起来。

"就你这身板还要吃蔬菜？吃点儿肉不是更配你，看你肥头大耳的。"刘东抽着烟毫不客气地回答。

文身大哥见刘东也不是好惹的，骑着他的哈雷便准备走，边走还边说，"现在有菜的都是大爷，有钱不赚。"

刘东看着他走后一脸不屑，文身大哥不知道的是刘东也只是个配送蔬菜的，他哪知蔬菜哪儿来的。他知道这是个商机，但还没有弄清楚蔬菜的供货渠道和销售渠道，此时的他也只是羡慕老板而已。

这天回到家后，刘东对妻子的观察一无所获，晚餐后他试图从女儿多多那儿找到突破口，而他的举动也被妻子看在眼里。

"你就别多想了，你那点儿心思都摆在脸上了，难怪你最近天天要给多多讲故事。"吴珊不客气地说道。

"妈，我不想听爸爸讲故事了，同一个故事都讲了几十次了，我想玩儿手机。"

见女儿终于忍不住抗议，刘东也只好不再继续强迫。虽然知道这是自己不会讲新故事的原因，但他心理上多少有点儿失落。

"这么想跟女儿多待一会儿？明天女儿有滑冰比赛，你带她去吧。"吴珊主动提出这事儿，这让刘东喜出望外。吴珊知道，明天如果陪多多去比赛，必定又会遇见王志强，与其听他各种显摆，倒不如让刘东去会会他，这样一举两得。

"你确定吗？"刘东不敢相信地问道。

"这有什么确定不确定的，作为父亲，你从来都没陪她去滑过冰。"

吴珊说后，刘东反而有些自责，毕竟一开始在他心里他只想着如何会会那个男人，却忘了承担起作为一个父亲的责任。

"辛苦你了。"刘东说完后又看向多多，"明天爸爸陪你去滑冰，开心吗？"

"嗯，别迟到就好了。"多多笑着说。

爸爸第一次陪自己滑冰，尽管有些不习惯，但多多一路上也十分开心。到了滑冰馆，刘东按照吴珊提前做好的各种指示给多多做着准备工作。就在刘东给多多穿鞋时，他见到了王志强。王志强看见多多便带着儿子上前打招呼，发现吴珊不在便好奇地询问起来："多多，今天你妈妈没送你来？"

"妈妈今天休息，这是我爸爸。"

"你好，我叫王志强，小宇的爸爸，小宇跟你女儿是同学。"王志强笑着打了个招呼。

"知道，还是你是个负责任的爸爸，你看这里带孩子来的都是女人，难得你这么有心带儿子来滑冰。我应该向你学习。"刘东开始就没给王志强好脸色，直接嘲讽起了他。

王志强笑而不语，随后儿子便拉着他往滑冰场那边儿走去。

"爸，我们也赶紧去吧。"多多见同学走后，也着急地叫了起来。

"不急，你看现在还没开始。"刘东说着也带着女儿跟了上去。

多多进入滑冰场后，有专门的教练带着他们做赛前准备，刘东这会儿也得以清闲，于是他便在观众席上扫视了一圈，找到王志强后就走了过去。

"那么多女家长在那边，我们要不要过去。"刘东靠近王志强后就说了起来。

"你喜欢，你去吧，我在这儿挺好。"王志强也不甘示弱。

刘东与王志强在看台上针锋相对，滑冰场上，多多与小宇也在你追我赶，谁都不愿被落下。

"上次看到你送我老婆回来。"刘东把事情挑明了，他眼睛看着赛场，连看都不看王志强一眼。王志强作为一名成功的商人，丝毫没有意外的神情，他表现得十分镇定自如。

"哦，那是顺路送了多多妈妈回去。"王志强只是阐述事实，没有任何多余的话。

刘东看出了王志强并没有把他当回事，这强烈地刺激到了他，但他并不清楚王志强平时是如何想方设法靠近吴珊的，于是气往肚子里憋了回去。好在赛场上的多多为父亲争回了一次面子，赛场上，多多一直处于领先位置，直到冲过终点。

"多多好样的！"刘东站了起来大声喊道，"如果想让别人不知道，只有管住自己，作为男人我想你明白。"刘东转过身又跟王志强说了起来。

刘东说完，王志强面带微笑地看了看他，随后挑衅地说道："一个男人应该让自己的家庭过上更好的生活，而不是把时间花在没有意义的事情上。"

王志强的话深深地刺痛了刘东，气愤的刘东冲上去便与王志强扭打了起来。刘东年轻力壮，王志强没几下便被打倒在地。刘东把压抑了许久的愤怒一次性地发泄了出来，在众家长的拉扯下刘东才意犹未尽地收手。

吴珊见到刘东的时候已经是晚上，在派出所里，刘东与王志强坐在一起，王志强脸上明显有伤痕，但他始终十分镇定。吴珊见着他俩时，一眼就分辨出了谁胜谁负，于是连忙向王志强道歉，而他一如既往地表现出他的微笑和绅士，这让刘东更加气愤。

"没有关系，这样的经历也是一件好事，毕竟不会常有。"王志强说完就起身走了出去。

"看他那样儿。"刘东气愤地小声说道。

"谢谢你！太对不起你了。"吴珊边拉了拉刘东的衣服边说道，随后又朝刘东生气地说，"别人没追究你的责任算你走运了，你还在这儿逞强，陪多多去一次就弄成这样，要是多去几次你是不是要大闹天宫了？"

刘东被吴珊说得不再作声，在吴珊面前，刘东似乎已经没有什么话语权了，尤其是现在自己先动手打人的情况下。吴珊也没有想到，原本是想让刘东与女儿培养一下感情，却让刘东与王志强打了起来，她唯一失算的就是刘东那不怕事的脾气。吴珊意识到，这些年里，刘东失去了很多曾经的影子，但他的脾气却一直都在。

在回家的车上，刘东见女儿始终沉默不语，他知道女儿这是在生他的气。

"今天是爸爸不对，让你在同学面前难堪了。不管怎么样，打架就是一件错的事情。"刘东看着女儿说道，这是刘东第一次向女儿道歉。多多见爸爸已经道歉，她看了看母亲后才露出一丝笑容。

"妈，我今天得了第一名。"多多说着拿出了奖状给妈妈看。

"我们多多以后要成为奥运冠军，肯定不会跟爸爸一样，多多要做一个懂事上进的孩子。"刘东见女儿不再生气，于是趁机又教育起了她。

吴珊脸上满是嫌弃，刘东也看出来了，他自己并不是一个好的榜样，于是也只好不再说什么。重新沉默后，刘东又想起王志强在滑冰场说的那句话："一个男人应该让自己的家庭过上更好的生活，而不是把时间花在没有意义的事情上。"他知道王志强说得对，但也正是因为这样，他才深深地受到了刺激。

从王子晴那儿得到宋鹏飞公司遇到困难的消息，李一来很快便约了宋鹏飞见面，不出所料，宋鹏飞拒绝了他的帮助。

"我们这么多年的同学，你还是这么倔强，一起做生意不好吗？"李一来再次试图说服宋鹏飞，宋鹏飞见李一来十分认真地想帮自己，也十分开心。

"你应该了解我的,这不是好不好的问题,现在让你加入就是在骗你,我不想做这样的事情。"宋鹏飞深知公司即将倒闭,他坦然地说道。

"做生意是你情我愿的事情,虽然这个世界上做生意都是一半忽悠一半骗,但你知道我的意思,同学之间我就是想帮帮你。"

"谢谢了,公司的事情我会处理好。不说这个了,聊点儿别的。"宋鹏飞打算岔开话题,李一来也了解他的性格,于是帮他这事只好作罢。

这不是宋鹏飞第一次拒绝李一来的帮助了,上大学时李一来是众所周知的富二代,室友们也都知道宋鹏飞出生在农村。有段时间因为家里拮据,两个月没有给宋鹏飞生活费,李一来无意中发现了他的情况并主动提出给他帮助,被要面子的宋鹏飞断然拒绝了。那两个月宋鹏飞就靠着每天在学校做小时工才撑过来。那次以后,宋鹏飞便把大部分空闲时间用来挣钱了。这次宋鹏飞又拒绝了李一来,正当宋鹏飞回想往事时,李一来岔开了话题聊到了关键的问题上。

"你跟王子晴住一起这么久,真没发生点儿什么?"李一来突然问道。

"你看你,这么多年过去了,还提这茬儿。我们之间没什么。"宋鹏飞不耐烦地说,李一来听他这么说后也笑着说了起来。

"我就是好奇地问问,看把你急的。"李一来说完后连忙继续说,"改天叫上大伙再聚聚,既然大家都在北京了,应该常聚,有什么事也能互相照应,别什么事都憋在心里。"

"这个可以有，对了，你自己的公司怎么样了？"宋鹏飞提醒道。

"我公司没事儿，挺好的。"李一来说这话时，眼睛不自觉地低了下来，只有他心里清楚，在自己的家族企业里，已有许多人对他虎视眈眈，他们打着各种算盘试图在公司得到最大的利益。其中，对他威胁最大的就是公司的二股东张军，张军是他父亲的创业伙伴，这么多年来，在公司一直处于二股东的位置，直到父亲去世后他才敢露出极大的野心。张军在公司时间长，与高管们也都熟悉。

李一来那天与宋鹏飞分开后，在回去的车上又想起张军对公司的各种小动作。很多事情李一来并不是不知道，只是他暂时还不愿意与二股东针锋相对，毕竟现在自己并没有站稳脚跟，公司也没有自己信任的人。所以，李一来选择卧薪尝胆寻找机会，在公司做每一个决定时也都极其小心，生怕被抓住把柄。

李一来自己也觉得这几年变化很大，原本是一心只知道玩儿的心态，此时却要学会各种职场规则和手段。一想到自己要变成一个冷漠和玩弄权术的人才能证明自己，并完成父亲的愿望，李一来便会陷入巨大的纠结中。好在母亲郑芳是他最好的港湾，每次回到家见到母亲，李一来觉得这才是生活，也只有这时他才能真正做回自己。

"回来啦？"母亲郑芳见李一来回来便笑着迎了上去。

"嗯，妈，不用等我吃饭，都这么晚了。"李一来边走边看着桌上的饭菜说道。

"我一个人吃也不习惯，等你回来聊聊天多好。"

母亲已经做好一桌饭菜在等他了。很多次，母亲无意中都说到一个人不习惯，他知道，这是母亲想父亲了。自从父亲离开母亲后，母亲就把所有的念想都放在了他身上，对他也越来越依赖，至此李一来不管在外面怎么玩、怎么应酬，都会尽量回家陪陪母亲。

李一来也尝试过让母亲多与朋友出去散散心，但母亲执意一个人待在家里，母亲常说，父亲就在家里，她得陪着他。见母亲想起父亲就难过，李一来也是深深自责，他还记得父亲刚去世那段时间母亲的憔悴和难过，那是他见过的母亲最低落的时候。事情已经过去几年了，尽管母亲相较那时候已经恢复很多，但有件事情母亲却始终未向他提及，那就是父亲自杀的原因。母亲相信父亲有过错，但父亲的错不至于让他选择走这条路，母亲总是怀疑父亲的死另有原因，但自己又想不到更好的解释。李一来刚开始听到母亲提这事时，也觉得这是母亲在为父亲"开脱"，可是时间久了，他难免也会思考其中的原因。思来想去，并没有线索，他只好暂时把这事搁置一边儿。

"妈，最近有去找刘阿姨玩儿吗？"饭桌上，李一来边吃边问母亲。

"没有，你刘阿姨估计也忙着带孙子呢，哪有时间闲玩儿。"母亲笑着说道，"我也很忙的。"

李一来见母亲说自己也很忙时开心地笑了，这是他希望听到的，"忙点儿好啊。"

"人总要找点事情做，不然都成闲人了。"

"你不是在暗示我吧？"

"妈知道你不是这样的人，一直都知道。"

母亲说完看着李一来，脸上露出了幸福的笑容，李一来看着母亲心里却说不出的心酸。

七 失意

　　王子晴第一次想帮助宋鹏飞碰壁后，没有就此打住，而是默默地又约了几个从事相关工作的朋友，想找机会看能不能帮上宋鹏飞的忙。尝试几次后，王子晴第一次感受到了接连碰壁的滋味，这种滋味对她来说格外难得，毕竟长相十分出众的她一直以来找人帮助都是顺风顺水的。可这次，王子晴是越战越勇，不服输的精神一下子就被激发出来了。

　　宋鹏飞这些天为公司忙前忙后，但没有什么进展，他肯定想不到，王子晴也在背后默默帮助自己。尽管公司遭遇大困难，但宋鹏飞很幸运，不仅王子晴在帮助自己，邱敏也在通过各种途径帮助公司招聘主播，如果说邱敏的行为只是为了工作，但游说自己的闺蜜加入公司做直播这已经超出了工作的范畴。邱敏不会承认自己对宋鹏飞暗生情愫，但这逃不过闺蜜的火眼金睛，邱敏见闺蜜不愿意做直播，于是就向宋鹏飞毛遂自荐了。

　　"要不我来做主播吧？"邱敏一本正经地看着宋鹏飞说道。

　　"邱敏，公司所有事情你都做了，现在还让你做主播，这太辛苦你了。"宋鹏飞不好意思地说道。

　　"你看我这长相、身材不能做主播吗？在大学时我也主持过晚会。"邱敏自豪地说道。

　　"不是这意思，你长得美这当然是显而易见的了。"

　　"那就行了，晚上我来直播。"

　　到了晚上，邱敏难得化了次十分漂亮的妆，宋鹏飞第一次见邱敏如此漂亮，却不好意思看她。邱敏发现了宋鹏飞与往常不同的眼神，于是调侃起他来。

　　"怎么了，第一次发现我这么漂亮吗？我可是一直以来都这么漂亮，只不过我低调而已，不要打我主意。"

　　"漂亮漂亮，现在公司的主播你是最漂亮的了。"

　　"公司就一个主播，我不是最漂亮的谁是？"

　　宋鹏飞笑而不语，等他准备好器材后，邱敏便回到了直播的位置。邱敏性格开朗外向，但终究没有做过直播，所以难免会紧张。等直播开始后，邱敏便凭着平时观看网络主播时学习的方法和自己的感觉播了起来。直播中，邱敏把介绍产品的部分和唱歌部分交替进行，看似紧张的邱敏却掌控力十足，整个直播没有太大的失误，唯一的遗憾就是观众太少。宋鹏飞看着直播人数一直在两位数徘徊，于是自己也不再继续盯着屏幕，而是看着正十分卖力唱歌的邱敏。邱敏没有关注有多少人在看自己，她专注着自己直播的状态，用尽一切办法让自己看上去更加舒服和自然。直播间观看的人数虽然少，但宋鹏飞对邱敏的肯定是对她最好的安慰。

　　邱敏一连做了好几天直播，但情况跟第一天一样，邱敏没有放弃，反而安慰起宋鹏飞来："没事的，直播就是这样，观看的人数随着持续的直播会越来越多的。"

　　"当然了，你这么努力又有才，肯定会有很多人来看的。"

　　两人一顿互相安慰后，总归也要面对现实，邱敏直播一周后两人还是放弃了。

"对不起，还是我不太行。"邱敏委屈地说道。

"不是你的问题，你已经做得很好了，如果去别的直播公司你肯定火啦。"宋鹏飞笑着说。

"我要是会魔法就好了，直播的时候来个魔法，估计大家都喜欢看了。"邱敏自己也调侃起来。

"如果你会魔法那我就不希望你直播了，直接让公司上市吧。"

"对，上市，做中国最好的直播公司。"

"到时候公司给你放几个月假，发很多奖金，然后免费让你全球旅行。"

"不，我更希望公司给我发个对象。"

"那这就难了。"

"不发对象的公司都不是合格的公司，我赖公司一辈子。"

宋鹏飞与邱敏互相逗趣，谁都知道事已至此，公司基本上没有运行下去的希望了，但两人却笑得比任何时候都开心。晚上，宋鹏飞笑着送邱敏上了出租车，见出租车走远了他脸上的愁闷才自然地流露出来。这些天，宋鹏飞明显憔悴许多，邱敏也同样如此。

宋鹏飞独自一人走在街道上，平时热闹的街道在午夜1点后也变得安静起来。在空荡荡的街道上，只有少数夜间修路的工人在忙碌。宋鹏飞并不是第一次像现在这样在街上漫无目的地行走，只不过如今变得更加失落和迷茫，就像他没有辞职前在电视台一样，并不清楚未来的路在哪儿。在北京，有无数人像宋鹏飞一样，为了梦想在拼搏，也只有心中坚持梦想的执念才能让他们在这个城市感到欣慰和充满动力。然而，有多少人真正地实现了梦想？宋鹏飞知道坚持梦想的路上肯定充满艰辛和坎坷，但他没有想到，那种挫折感就像永无止境的海浪一样不停地向他袭来。

自从创业后，宋鹏飞很少怀疑自己的决定，然而今天他第一次反思了自己是否做出了错误的决定，也第一次问自己离开家乡来到这里所坚持的梦想是什么？创业成功做个成功人士？证明寒门也能出贵子？

一路上，宋鹏飞没少探寻自己的内心。经过一个小区时，宋鹏飞在小区门口发现一个老奶奶骑着三轮车往垃圾站的方向驶去。那老奶奶行动缓慢，此时却还在四处"寻宝"，宋鹏飞一直观察着老奶奶，直到她前往下一个目的地。在这个城市，不仅仅有梦想，还有生活。生活和梦想哪一个更容易？宋鹏飞思绪万千，待老奶奶走后，他想到了自己的母亲。母亲一直希望他在家乡过平凡的生活，尽管反对他辞职，但在送他来北京时仍然把大部分积蓄都给了他。

宋鹏飞一直记得母亲当时跟他说的话："如果有困难就回家。"宋鹏飞不可能因为在北京混不下去了便匆匆回家，但他怎么也没想到，因为母亲的一个电话他不得不回家。

事情是这样的，那天晚上在街道上"漫步"后，一早，宋鹏飞便接到了母亲的电话。

"儿子，最近怎么样啊？"母亲开心地问道。

宋鹏飞还在迷迷糊糊中，但他听到母亲的声音后就立马清醒了，装作一副忙碌的样子说道："妈，我挺好的，你怎么今天打电话来了？"

"没什么事，就是看看你最近忙不忙，累不累。"

"最近是稍微不忙了一点儿，平时有点儿忙，公司事情太多了，创业都是这样。"

"最近不忙就好。妈有个事跟你说下，你最近回来一趟吧。"

"什么事？"

"妈给你介绍个对象，你姑姑推荐的，那女孩子很好。"

听到母亲说给自己介绍对象，并没有继续询问自己创业的事情，这让宋鹏飞稍微松了口气，但一想到让自己立马回去，宋鹏飞又犯起难来。

"我最近没有心思找对象，这事晚点说吧。"

"你看你都三十的人了，别人三十小孩都打酱油了，你三十连个老婆都没有。你还记得你爸经常说你什么吗？我们村加上你都可以组个光棍营了，拉出去就是一个小光棍部队。"

母亲一听说自己不想找对象，瞬间像打开了话匣子一样，滔滔不绝地说了足足十分钟。宋鹏飞在妈妈数落自己的时候完全插不上话，在找对象这点上，母亲跟自己没有任何商量的余地。其实他也明白，母亲在他创业的事情上不会给他任何压力，但在找对象这点上，母亲却十分上心。宋鹏飞也能理解母亲，因为毕竟自己在农村出生，到他这个岁数不找对象，就会成为全村人的讨论对象。尤其自己还是父母唯一的儿子，所以家中独子一直没对象，父母在村里人面前也会觉得没面子。宋鹏飞父母遇到村里人时，最怕的就是别人问："小飞找到对象了没有啊？"

宋鹏飞单身这事，往小了说是自己缘分未到，往大了说是不孝。等母亲把想说的话都倾诉了一遍后，尽管这些话宋鹏飞都能背出一二，但这次他没有立马反驳母亲，而是顺从了母亲的意思，回家相亲。

"早点这样该多好，何必耽误这么久。"母亲听儿子答应回家相亲后，立马笑了出来。

"妈，你就放心吧，对象这事迟早的。"

"知道了知道了，赶紧回来吧。"

宋鹏飞这次准备回家却轻松了许多，因为公司的事情没有什么可以交代的，只是他与邱敏说离开几天时，邱敏担心他有想不开的意思，于是反复追问他。

"老宋，你要去哪儿？不会是想不开吧？"邱敏担心地问道。

"不是，就是有点小事儿，过几天就回来了。"宋鹏飞解释道。

"你可别骗我了，你我还不了解，你肯定瞒着什么。公司的事情我也知道，其实就等于没有了，但你也不能想不开啊。你想想，自己这么勤奋靠谱的青年，长得虽然不是最帅，但气质绝对没的说，尤其是认真工作的时候，所以不能年纪轻轻的就想不开吧。何况你还单身，总得尝到爱情的美好吧。"邱敏把宋鹏飞当作要想不开来安慰了，表扬他时一点儿都没有吝啬。

"你这把我夸得都不好意思了。"

"你告诉我你要干吗去，我就不说其他的了。"

"我妈让我回家相亲。"

宋鹏飞终于说出了自己回家的真正原因，说完后，电话那头的邱敏许久都没有说话。

"怎么了？不相信？"

"不是，也好，尝点儿爱情的苦也好。祝你顺利。"邱敏说完后就挂了电话。

宋鹏飞被邱敏的话说得一愣一愣的，但也没多想。正想说自己只是做做样子，邱敏早就挂了电话。

宋鹏飞想着，这次相亲一方面是顺了母亲的意，另一方面也想散散心调整一下心态。当他再次回到村里时，他发现许多之前在城里工作的青年还待在村里，一打听才知道都失业了。宋鹏飞意识到，自己创业弄成这个样子好像也"情有可原"了。这次父母没有问过他任何有关公司的事情，自打他回家就开始计划相亲的事情。一开始，宋鹏飞以为只跟一个女孩相亲，这样自己也有放松的时间。宋鹏飞万万没想到，自己相了一个后就停不下来了。

"来都来了，多相几个怕什么。"母亲一看到宋鹏飞有抵触的心理就劝道。

"妈，这哪儿是相亲，跟应聘一样。"

"相亲不都是这样。"父亲也难得地说上一嘴。

"老头子你少说几句。"母亲连忙制止了父亲，"好好相亲，总有一个适合你的，刚好现在的年轻人很多都在家。"

　　宋鹏飞算是明白了，母亲想趁着这次机会一定要给他相亲成功。她不知道的是，儿子每次相亲都是他的一次煎熬，宋鹏飞跟女孩见面时心里总是想到王子晴，这让宋鹏飞觉得自己像出轨了一样，尽管所有人都知道宋鹏飞单身好多年了。

　　在连续相亲了三四个女孩后，宋鹏飞已经疲惫了，有女孩看上了他，也有没看上的。看上宋鹏飞的说他人挺老实的，没看上的也说他挺老实的。最后宋鹏飞在村里乃至隔壁几个村的相亲圈成了名副其实的老实人，村里的大爷大妈也都知道了宋鹏飞单身的原因，并以此告诫村里其他的单身汉："追女孩子一定不能太老实了。"宋鹏飞也十分赞同村里人对他的这个评价，因为王子晴也曾经不止一次说他太老实了。

　　"这么多年来，你爸没什么优点，但最大的优点就是'不老实'，尤其当年跟我相亲的时候，那个厚脸皮真是比过几个村的人。"母亲对宋鹏飞说道，试图把这些年从丈夫这儿看到的经验传授给他。母亲说完，还没等宋鹏飞说话，父亲就率先说了起来。

　　"我当年也是很受欢迎的，看上你完全是你的福气。"父亲与母亲争辩了起来。

　　宋鹏飞原本还想为自己相亲失败做点解释，父母你争我辩停不下来，他倒是清闲了。傍晚时分，宋鹏飞自己往门口一坐，看着村里安静又祥和的景象，心中十分舒坦。他想起小时候曾经一起玩耍的同伴，想起一起到地里偷红薯时的快乐，一起去隔壁村看新来的女同学的莽撞。美好的回忆，在宋鹏飞脑海中播放，他脸上难得地露出了自然的微笑。在他身后，父母还在为自己的婚姻大事争吵，这种踏实的生活气息是宋鹏飞的精神家园。这时，宋鹏飞接到了王子晴的电话，父母一听有女孩子来电便立马安静了下来。

"你在哪儿呢？"王子晴问道。

"这几天在老家。怎么了？"宋鹏飞回答道。

"没事儿，就是想问问你的情况。"王子晴又补充道，"你怎么回家了？"

"也没别的事情，想回来散散心，顺便……"宋鹏飞想说出真实原因，但立马又打住了。

"也好，等你回来叫上大家聚聚。"

"好。到时候联系。"

宋鹏飞与王子晴通完电话才发现，父母一直在他身后，等他转过身来，父母又装作什么事都没有的样子，随后恢复之前的争吵状态，这一整套动作如此熟练。宋鹏飞看着父母，知道父母憋着想问他谁打来的，于是他主动"坦白"了。

"是个女孩儿打来的。"宋鹏飞说完，父母脸上都露出了笑容。

"不要太老实了，凡事脸皮厚点儿，不然女孩子容易跑。"父亲一本正经地说道。

"就是这样的。"母亲附和道。

父母的话并不是没有道理，宋鹏飞当年追求王子晴时，那句喜欢她的话从来没有说出口，直到她被李一来追走，宋鹏飞对王子晴的喜欢也只是停留在关心和"偷看"上。如果不是宋鹏飞心里的蛔虫谁都不知道他喜欢王子晴，而所有人知道他喜欢王子晴也是源于一次巧合，并且成了同学们的调侃乐趣。

几天的相亲就像宋鹏飞的公司一样，进行不下去了，但好像还没彻底失败，父母送宋鹏飞走时又说出了那句话："如果在外面遇到什么困难就回家来。"

宋鹏飞再次听到这句话时，一瞬间他还有过怀疑，父母让他回来相亲究竟是看出了他最近的困难故意为之，还是希望他找个老婆过平凡的生活？不管怎么样，宋鹏飞这次启程回北京，在追求梦想上变得更加坦然了一些，毕竟生活本身才是最有意义的事情。

吴珊对王志强被刘东揍了这事一直心怀愧疚，尽管王志强对自己的追求已经很明显，但感情也是两个人才能拍得响的事情，更何况自己与王志强并没有发生什么，最为重要的是王志强除对自己的帮助和暗示外并没有做过什么出格的事情，所以吴珊觉得应该好好向王志强道个歉。

一连好几天，吴珊送多多去滑冰馆，想着遇见王志强时请他吃顿饭，可是连续好几天都没见到王志强，这让吴珊感到不安，她发现自己竟连续想了他好几天。终于，在第五天的时候，王志强出现了，吴珊看到他便主动上前打起招呼。

"好久不见，你脸上的伤没事了吧？"吴珊上前不好意思地笑着说道。

"你好！早没事了，这不算事儿。"王志强一如既往地表现出他的绅士风度。

"好几天没见你了。"

"最近有点儿忙，出差谈点生意上的事情。"

"忙点儿好。对了，如果方便的话中午一起吃个饭吧，那个事情太不好意思了。"

王志强听到吴珊说请吃饭，尽管心里早就欣喜若狂，久经商场考验的他脸上却十分镇定。

"我看不用了吧，再被误会就不好了。"

"没事，不用管，他没这么小气。"

吴珊提起自己的老公便浅笑起来，刘东在吃醋这件事上也从来没让吴珊猜错过，大学期间宿舍保安多看了她一眼，刘东都能找到吃醋的点，不过这也是吴珊爱他众多点中的一个。刘东吃醋时的样子，还是蛮可爱的。

刘东不知道的是，吴珊与王志强正在餐厅吃着中饭。

"公司事情太多了，每个月都要出京几次，现在的生意越来越难做了。"王志强边吃着饭边说道。

"我们公司也一样，工资都拖了两个月了。"吴珊抱怨了起来。

"如果想辞职，不妨考虑下来我公司，至少工资怎么都不会拖。"

王志强逮着机会就想跟吴珊拉近关系，吴珊自然知道王志强的意图，这次同样拒绝了他的好意。

"谢谢你了，我还是想继续留在这个公司，毕竟它给了我很多机会，不能在它困难的时候离开。"

"你不仅是个好妻子，还是个好职员。现在像你这样的好女人太难得了，你应该过上更好的生活。我一直觉得生活是往前走的，不能被错误的人和事拖着，这样只会越走越错。"

王志强话里带话，这让吴珊感到有些不自在，察觉到吴珊的变化后王志强知道自己想表达的意思已经传到，于是找了个借口就离座了。

吴珊知道请王志强吃饭他也会逮着机会说些别的，她有心理准备，但当他说的每句话都说到自己的心坎上时，她心里那脆弱的一面也经不起这样的反复"洗礼"。在王志强离座的这会儿，吴珊难得安静一会儿，她不禁想起自己那不争气的丈夫和自己这么多年的付出。尽管吴珊在外人面前看上去很坚强，但她的内心也有女人柔弱的一面，她也希望自己有个依靠——类似王志强这样的成功又对家庭负责任的男人。与刘东结婚的这些年，吴珊发现自己越来越独立，付出的也更多，而想到刘东这些年对家庭的付出，心里便一阵凉意。唯一让吴珊开心的是，女儿多多十分懂事又可爱。

吃完饭后，吴珊去结账，才知道王志强已经悄悄付了钱。王志强看着不好意思的吴珊，脸上又是微笑着。

"刚刚接电话就顺便买了，以后有机会你再请。"

吴珊这天回到家的时候刘东还没回来，等刘东回来后，吴珊也没把与王志强吃饭的事情告诉他，连多多都很配合地帮妈妈保守这个秘密。刘东回家后就一个人待在沙发上捣鼓着，也没与吴珊交谈，吴珊看着刘东专注的样子也不搭理他。

"放心，我只是看球，戒赌了。"刘东见妻子没有理会自己，于是主动说了起来。

"不用告诉我，在赌球我也习惯了。更何况，你也得有钱赌才行。"吴珊无所谓地说道。

刘东没有与妻子过多交谈，自从上次打了王志强后，他与妻子的交流就更少了，两人谁也没有心思去和对方多说什么，因为刘东也在忙着自己的计划。

王子晴最近忙乎了一阵，见自己对宋鹏飞的公司没有帮助后也沮丧了起来。那天给宋鹏飞打去电话，得知宋鹏飞去散心了就更加担心他了。在公司，戴维也发现了王子晴这些天的恍惚，于是调侃起她来。

"我们王大美女最近怎么了？这精神像是追求哪个帅哥没得手啊。"戴维笑着调侃。

"别取笑我了，哪有追什么帅哥，我这辈子就跟帅哥没缘，只是最近没睡好而已。"

"我不信。"戴维满脸坏笑。

"快去忙你的吧，多勾搭几个美女。"

"那必须的，到时候让你把下关。"

戴维在办公桌前边敲打键盘边斜视着王子晴，左思右想后还是开了口："领导，楼下新开了一家甜品店，我刚办了卡，请你品尝下，可否？"

"切，如果没记错，你还真没请过我，必须去。"王子晴说道。

上班时间甜品店里人并不多，王子晴找了个靠窗的地方坐了下来。

戴维从柜台拿着甜品笑意盈盈地走来。

"很好吃，相信我。"

"说吧，有啥事？"

"此话差矣，你最近不对劲儿，吃点甜品会好点儿。"

戴维真诚地盯着王子晴说。

"你有过想为一个人做点事，但无能为力的经历吗？"

"有。"戴维脱口而出。

"说说看。"

"说来话长，有机会再说，但我知道这种心情，那时我帮不上忙，我能做的就是每天为她叠一个千纸鹤，每个千纸鹤上面写着想对她说的话，没解决什么问题，只是给自己一个交代而已。"

"浪漫有余，效果有限，学生时代做到这样已经不错了。"王子晴略带沉思地说。

"现实中想为一个人做点事，需要付出太多，无论怎样，只要你想，总会找到方式的，我们的美女领导可不是一般人，吃完甜品方法就有了，快吃吧。"戴维意识到王子晴要帮的人不是一般人，要做的事也远比每天叠一个千纸鹤难得多。

与戴维回到公司落座后，王子晴想起聚会的事情来。王子晴也得知了吴珊与丈夫刘东的情况，于是想着借聚会的机会给他俩也调节调节。王子晴很快就给吴珊和刘东打去了电话，表示等宋鹏飞回来就找机会聚。现在只剩下李一来没有通知了，王子晴思考了一会儿，一开始想着让宋鹏飞通知，怕自己给他打电话说聚会让他误会，但她还是主动拨了过去。

"太难得了，你竟然说要聚聚，还是你给我打电话。"李一来的表现果然不出所料，对王子晴给自己打电话显得十分兴奋。

"别想太多，又不是跟你一个人聚。"

"我知道，我知道，最近大家好像都不太顺，是应该聚聚。"

"那就等宋鹏飞回来了。"

"嗯。"

把所有人都通知了一遍后，王子晴也舒了口气，想到上次大伙见面后各自都在面对自己的事情，而自己好像过得最悠闲。曾经，王子晴对吴珊与刘东一直很羡慕，他俩在一段时间内也是众人眼中的模范夫妻。如今，得知吴珊与刘东的感情也面临问题时，王子晴对感情的思考也较以往深入了许多。

宋鹏飞回北京后，大伙定了个时间，将聚会地点又约在了经常去的小酒馆。赴约前，宋鹏飞特意把全身上下整理了一遍，好让王子晴看不出自己最近的憔悴。当天，宋鹏飞也是第一个到小酒馆的。丽姐一看见宋鹏飞出现，连忙打起招呼。

"又来这么早，永远是第一个到。"

"嗯，还好，约了下午六点。"

"那你这也太急了，是不是因为那个谁？"丽姐说完笑嘻嘻地看了看宋鹏飞，宋鹏飞倒是不好意思起来。

宋鹏飞与丽姐的接触比其他人都要多，他始终记得，大学时自己在丽姐酒馆工作的那段日子。丽姐对他的照顾和帮助，宋鹏飞一直记在心里，所以宋鹏飞在大学时就时常找丽姐谈心，时间久了丽姐自然也就知道宋鹏飞喜欢王子晴的小秘密了。在丽姐面前，宋鹏飞感觉十分自在，自从毕业后再次来到北京创业，宋鹏飞每到心情低落时就来石克牙酒馆坐坐。丽姐看着宋鹏飞这一路的成长也总是调侃他，是时候让自己稳定下来了，可宋鹏飞总是以事业未成为由开脱。丽姐其实也知道，宋鹏飞心里一直念着一个人，那就是王子晴。

"你这点心思我还不知道。"丽姐又与宋鹏飞聊到感情问题时说道。

"没有没有，都这么久了。"

"没有就最好，别老想着她了。"

正当丽姐说着时，王子晴也正从外面往里走，宋鹏飞发现王子晴后便连忙给丽姐使了个眼色让她别继续说了。王子晴一看宋鹏飞已经到了，连忙打招呼，宋鹏飞也笑着迎了上去。

"来了好久了吧？"王子晴笑着说道。

"一小会儿而已。"宋鹏飞也笑着说。

"丽姐，你又漂亮了。"王子晴与宋鹏飞边走边夸丽姐，丽姐被王子晴这么一夸就笑得更开心了。

"还是你会说话，你们五个不仅你最好看，说话也最好听。"

"说谁最好看呢？"李一来赶到酒馆后就大声问了起来。

"反正不是你。"丽姐笑道。

"说我们王子晴好看就对了，反正也不是宋鹏飞。"

李一来到了不久，吴珊与刘东也一前一后地赶来了。王子晴见吴珊一个人赶来时，敏锐的她看出了他们夫妻之间并不愉快，于是只与她寒暄没提刘东，倒是不会看脸色的李一来连续询问了好几次，好在被宋鹏飞及时岔开了话题。待所有人到齐后，五个人才围坐在一起，但这次明显感觉到气氛有些安静。刘东与吴珊两人故意分开了坐，互相之间也不说话，只是刘东时不时偷偷看看吴珊，吴珊却与王子晴聊得正在兴头。王子晴作为聚会的组织者，便开始张罗气氛。

"来来来，大家先一起喝一个，都把酒杯举起来，拿瓶喝的也把瓶举起来。"王子晴说着先举起酒杯，随后几人也在她的招呼下纷纷拿起酒杯。刘东最给王子晴面子，拿起酒瓶就一口闷了下去。

"真厉害，人高马大就是不一样，刘东这是口渴了吗？"李一来见刘东一瓶啤酒三两下就喝完了，由衷地佩服起来。

刘东喝完后，面对李一来的夸赞也没当回事，脸上依旧一脸不屑。吴珊看了眼刘东，知道他这是在故意跟自己斗气，于是毫不客气地说了起来。

"他这是找对地方喝酒了，平时忙得哪有机会喝酒。"

"哪有你忙，我就是一闲人，我再忙也就给别人送送菜，哪有别人有钱。"

"真无聊，谁说你没钱了。"

吴珊见刘东把话题引到钱上，知道他还纠结在王志强的事情上，吴珊此时为了聚会的气氛也没跟他多计较。

"什么钱不钱的，好好生活就对了。"王子晴笑着打起圆场。

"来，老宋，我们喝一个。"刘东一门心思全在酒上，拉着宋鹏飞又喝了一杯。

"算我一个，算我一个。"李一来也急忙附和上来，生怕自己错过喝酒的机会。

在宋鹏飞他们仨你一杯我一杯喝酒这会儿，王子晴与吴珊说起悄悄话来。

"我知道，作为女人是挺难的，他们这些男人也不理解我们的难处。不过，有什么事情也别老想复杂了，生活还得继续，凡事看开点儿。"

"你说的我都懂，我已经忍他好久了，最近几年光是忙着瞎折腾去了，这个家他好像都不在乎一样。"

"他是有些毛病，男人哪有几个没毛病的，只要是他爱你，愿意改变一下，总还有用对不对？"

"让他改变，你看他喝酒这样子，能改变得了吗？"吴珊说着就看向刘东，刘东此时笑得十分灿烂，酒水已经沾得他脸上都是。

王子晴看着刘东一副"摆烂"的状态，也直摇头。

"他最近遭遇什么了，以前明明不是这样的。真难为你了。"

"不说他了，我们也喝一个，开心一下，说他越说越气。"吴珊拿起酒杯与王子晴碰杯后就一口喝了下去。

"哦哟，你们五个今天是怎么了？喝酒跟闹着玩儿一样。"丽姐端上一盘菜打趣道。

"我们今天要把这几年没在这儿喝的酒一次补上。"宋鹏飞先说了起来。

"对，补上。"李一来也兴奋地附和起来。

"你俩就别吹牛了，就你俩加一起也不够我喝的。"刘东看着他俩得意起来。

宋鹏飞他们三人已经喝了好几圈，三人也都喝得十分尽兴，王子晴看着宋鹏飞，见他十分高兴自己也笑了起来。

"今天这聚会就是为了大家开心，今天开心就好，都别给我喝醉了，谁喝醉谁就睡大马路。"

"刘东你听到没，喝醉了睡大马路。"吴珊盯着刘东说道。

"我什么时候喝醉过？"

刘东这话不假，他们五人在一起这么久，刘东从来就没醉过。

"这也是，一般傻大个儿都不容易醉。"吴珊说完后就与王子晴闲聊，王子晴见吴珊逮着机会又数落了次刘东，就与吴珊一起偷偷笑着。

刘东看到王子晴与吴珊偷笑，也装作没看到一样，转过头又看向正闲聊着的李一来与宋鹏飞。

"恕我直言，你那公司迟早得关门，要不早点儿到我这儿来上班，我正缺人。"李一来摇着头说道。

"还不用，公司还运营着呢，你就这么想让我给你打工是吗？"

"不是这意思，你还是不相信我是真的想干出一番事业。"

"你什么时候开始学我了，我现在做公司不就是在干出一番事业的路上吗？"

"要说在路上，我每天都在路上，老宋，你跟我一起送菜吧，这会是个好路子，我想好了，相信我马上就能发大财。"刘东立马插话说了起来。

"你别吹了，跟你能发财才怪。跟着我才能发财，帮我把公司搞定一定能发财。"李一来有些醉意地说道。

"你是不是在公司都快待不住了？都这样了还想带老宋，你待不下去了也来找我。"刘东也不甘示弱。

宋鹏飞见两个好兄弟借着酒劲，互相争着要自己跟他们混，其实宋鹏飞也知道，他们各自都面临着困难。

"你俩是不是混不下去了，平时都没见你们吹牛，今天怎么都吹牛不封顶了。"丽姐路过，实在忍不住说道。

众人听丽姐这么一说都笑了起来，其中吴珊笑得最开心。

"丽姐说得太对了，看他们把牛吹的。"吴珊笑道。

李一来与刘东暂时停止了争辩，宋鹏飞等他们安静后才说话。

"这些天，好像大家都遇到了不同的问题和困难。我想，不管怎么样，这么多年我们都一起走过来了。我希望，我们所有人的困难都会得到解决，未来在前，生活也终将继续。"

"一起干杯，大家加油。"王子晴在宋鹏飞说完后大声说道。

王子晴领着大家一起喝了一杯，这次刘东没有拿起酒瓶，他偷偷地望向吴珊，发现吴珊的眼神里并没有对自己的恨意，而是一丝憔悴。尽管有些醉意，刘东也发现了吴珊憔悴的神情，他恍然间想到吴珊这几年为家庭的付出，瞬间竟要哭出来。为了不被众人发现他眼里的泪水，爱面子的刘东突然转向酒馆小舞台，然后拿起话筒说要给众人唱首歌，随后一个人东倒西歪地胡乱唱歌。不怕事大的李一来还拿出手机准备录下，以此作为刘东喝醉酒的证据。

"别给我丢脸了，赶快下来。"吴珊嚷嚷着要把刘东拽下来，但被开怀大笑的王子晴拦住了。

"让我们再开心下，难得见他这样。"

"加油，相信你自己。"宋鹏飞安慰起了五音不全的刘东。

得到宋鹏飞的安慰，又见大伙笑得十分开心，刘东以为自己唱歌十分好听，唱得越来越起劲，这也让他暂时忘记了眼里的泪水，反而陶醉在自己的歌声中。歌唱到高潮时，刘东又跳起了舞，还不忘向吴珊抛媚眼，似乎又找到了当年的感觉。

所有人都没想到，在聚会的最后，大家竟欣赏到如此的"才艺表演"。聚会结束后，除了吴珊所有人都十分满意。大伙临走前，吴珊扶着唯一喝醉的刘东尴尬地与众人打完招呼后就打车走了。在车上，吴珊看着躺在自己怀里的丈夫，刘东此时还不忘偶尔叫句她的小名。对刘东有些不耐烦的吴珊，一听到刘东叫自己恋爱时的小名，她便心软起来。

另一边，李一来亲眼看着宋鹏飞与王子晴各自走后才放心地坐上了自己的专车，随后才忍不住在车里吐得一塌糊涂。

而宋鹏飞，碍于分别时有李一来在，只好等坐上出租车后才给王子晴打去电话。

"你到家了吗？"

"没有，你呢？"

"我还要一会儿，今天的聚会很开心。"

"哈哈，大家开心就好，希望我们都能一直开心下去。"

"相信会的。"

王子晴以为宋鹏飞打电话来只是寒暄几句，没想到一聊就收不住话了，她听得出来，宋鹏飞也有些醉意了。王子晴到家后，在她主动结束话题时宋鹏飞才不舍地挂了电话。

王子晴在聚会上没有问过宋鹏飞公司的事情，她知道宋鹏飞的公司已经在倒闭的边缘，宋鹏飞对王子晴这些天想办法帮他的事情毫无察觉。王子晴觉得帮宋鹏飞的事情一点着落都没有，在聚会的时候还有点儿不好意思。

李一来回到家时，母亲也在门口等他，见儿子回来她连忙和保姆一起把儿子搀扶下车。尽管李一来没有喝醉，但也晕乎乎的，他看到母亲扶自己于是又傻笑了起来。

"妈，我来扶你，都这么晚了，你也该睡觉了。"

李一来说着就要扶母亲，而自己脚都站不稳，好在身边的两个保姆搀扶着他。

"也不看你还站不站得稳，快进屋休息。"母亲说着就强行把李一来扶进了屋。

五个人中，刘东是最舒服的，回家的车上他躺在吴珊怀里，脸上笑着还叫起吴珊的小名。一路上，连出租车师傅都羡慕刘东。

"这哥们儿真幸福，喝酒喝成这样还有人照顾，要是我家那老婆子，我脸上非得挨几巴掌不可。"师傅从后视镜中看了看说道。

"你快别羡慕他，吹牛跟说相声一样，张口就来。"

"姑娘，还真是难为你了。"

"我倒是也想学学你老婆，给他这脸上来几巴掌。"

"这个别客气，你尽管学。"

师傅怂恿吴珊，吴珊还是犹豫了会儿，但看着不争气的刘东右手不自觉地举了起来。师傅发现吴珊举起右手又不舍得扇，忍不住笑了。吴珊见师傅笑自己，事情已经走到一半，这会儿也不好半途而废，只好一巴掌狠狠拍在了刘东脸上。挨了一巴掌的刘东瞬间安静了，吴珊也装作没事一样看向前方，师傅这会儿又富有经验地开始闲聊了。

"你看，男人还是得打才听话吧。"

师傅说完，吴珊与师傅不禁都笑了。

与刘东有人陪的幸福不同，宋鹏飞独自一人回家，只有在路上借着给王子晴打电话的这段时间度过了一段幸福时光。等到家后，宋鹏飞又不得不面对空荡荡的房间。来北京的这段时间，宋鹏飞其实已经习惯了一个人住，自己的心思也都在创业上，所以回家的孤独他并不在意。然而，自从与王子晴一起住了二十天后，宋鹏飞却喜欢上了两个人的生活，尽管那时充满尴尬与害羞，但好在也有个说话的人。幸福的错觉有时来得太快了，这并不是一件多好的事。这会儿宋鹏飞回到家，就迷糊了一阵，左顾右盼发现还只是自己一个人时便倒头就睡。空荡荡的房间内，只有他的呼噜声跌宕起伏，像是一首前进的摇滚曲在送他进入梦乡——那个有王子晴的地方。

相对宋鹏飞睡在床上打呼噜，王子晴此时躺在床上就安静许多，身边的小旺财也陪着主人一起，一人一犬都睁大眼睛望向天花板发着呆。王子晴想起回家路上宋鹏飞给自己打电话，她知道，宋鹏飞心里有话，只是不知道如何说，于是只好说些无关紧要的问候。在她看来，这与在学校时，宋鹏飞对她的状态一样似乎并没有改变，都是憋在心里。王子晴自己可能也不知道，此时她竟还在想宋鹏飞给她打电话的事，这说明在她这儿，似乎除了开始单纯想帮助老同学，她对宋鹏飞是不是有了别的想法？一想到这儿，王子晴就立马打住不再多想，抱起小旺财便准备入睡。

小旺财是王子晴回北京后买的第一只狗，在王子晴无聊或者孤单时，小旺财都表现得十分乖巧可爱，这让王子晴对小旺财十分疼爱。

八　启程

李一来还在睡梦中便接到了公司秘书的电话，秘书提醒他今天将召开一个重要的会议，这也是他交代秘书早上必须提醒他的事情。等李一来收拾好到公司的时候，会议室已经坐满了公司的同事，连一向迟到的二股东张军也到了。尽管李一来准时到了，但见所有人都到齐就等他了，也不好意思起来。

"大家都到了，不好意思，昨晚有点事起晚了。"

"没事儿，我们习惯就好了。昨晚不会又有什么活动吧？"张军看着李一来笑着调侃。他似乎一点儿都不给李一来面子，说着还笑了起来，李一来看着周围的同事都严肃地看着自己，为了不显尴尬便也赔上笑脸。

"张叔别见笑了，有活动肯定叫上你。"

"我老了，不适合年轻人的活动，男男女女在一起玩儿还是吃不消。"

"张叔确实不年轻了，老了就应该好好享享清福了，每天还为公司忙前忙后，太难为你了。"

这样的言语交锋，李一来这几年也已经锻炼出来了，张军见李一来丝毫没有退让的语气，立马把话题转到他熟悉的商业领域上。

"我们开会吧，今天有几个项目得有个决定。"张军一脸严肃地说道。

　　张军说完，公司同事便开始汇报，等所有项目都汇报完后，李一来才发现，自己的项目被排在了最后。自己的这个项目也正是拿给王子晴看的那个，王子晴看完立马给了他反馈，在那之后李一来也进行了项目修改，但他没想到的是，现在出现的是自己没有修改过的。李一来知道，把项目排在最后汇报一定是张军指使的，但自己修改的项目只经了自己秘书的手，难道秘书也站在了张军那边？李一来意识到事情的严重性，自己身边的人突然给他捅了这么大一个篓子，他瞬间感觉到自己此时正在被"围猎"中。尽管发现了端倪，但李一来强作镇定，脸上并没有表现出来，准备先等张军发言，再看看他在耍什么心思。

　　"前面三个项目是今年的重点，也符合公司的发展方向。经过公司的市场调研和内部讨论，大家都觉得前三个项目前景广阔，投资回报率高。"

　　张军绝口不提李一来操盘的这个项目，周围同事对此也心知肚明，在座的许多同事都是张军一手带出来的。张军说完后，李一来故意试探几个同事，让他们对前三个项目做个发言。

　　"我觉得张总说得挺对，这三个项目如果做的话，对公司绝对是有利的。"

　　"张总果然是对公司了如指掌，项目也都符合公司的利益，同时这三个项目每一个都是公司所擅长的。"

　　李一来彻底明白了这几位同事的意图，张军听着同事们的发言，抑制不住自己脸上的笑容，李一来瞟了他一眼后便说道："那大家对最后一个项目怎么看？"

李一来说完，同事们互相看了看，谁都不敢做第一个发言的人。张军见同事都不敢说话，自己就准备给大家打个样。

"这个项目是我们小李提出的，我认真看了。本着对公司负责任的态度，我也就不藏着掖着了，大家都是为公司好。总体来说，这个项目是很新颖，但问题也很明显。短时间内，这个项目可能收益不会很好，与公司的战略也有一定的偏差。另外，最近公司资金也吃紧，这个项目投资并不小，如果前三个项目要进行下去的话，这个项目就难免要进行取舍。"

张军一口气说了一大堆，把自己置身在为公司利益考虑的全局上，进而对李一来的项目进行全方位的否定。有了张军的首要发言定基调，其余同事似乎也明白了意思，放宽了心，随后纷纷大胆发起言来。

李一来听了同事们对自己项目的发言，他们句句说到了要害，字里行间对这个项目丝毫不留情面，把项目批得体无完肤。他知道，自己的项目虽然有缺点，但绝不是一个一文不值的PPT。这一刻，李一来彻底明白了，这次自己实实在在地又成了一个猎物，在被众人无情地捕食。作为公司最大的股东，李一来却遭受到这般待遇，然而这几年类似这样大大小小的情景他已经司空见惯了。

"老张的三个项目看上去确实非常不错，相信也能给公司带来丰厚的回报。"

李一来试探性地说了个开头，张军脸上露出了胜利的表情，周围同事的表情也明显放轻松了许多。然而，停顿后的李一来继续说道："不过，老张刚刚也说了，公司最近资金紧张，如果贸然投资多个项目，可能对公司的资金链造成压力。更何况，现在疫情反复，市场环境有着很多的不确定性。所以，三个项目加上我那个我建议都暂停，等环境好点儿再继续讨论。"

听说李一来要暂停自己的项目，张军立马坐不住了，由他带头同事们又纷纷说出一套理论，表示公司可以投资。李一来见众人都赞成投资，于是又搬出张军说的公司资金吃紧的事情来推托。"公司资金吃紧，如果出了问题谁负责？"

听李一来用张军开始对付他的办法来对付张军时，同事们又聪明地安静了，但张军对自己之前说过公司资金吃紧的事情毫不在意，始终坚持。李一来其实知道，张军之所以如此坚持自己的项目计划，是因为那项目与他的个人控股公司合作紧密，公司投资张军的项目，那张军在公司的地位和利益将最大化。一番争辩和博弈下，李一来最终松口顺了大家的意见通过三个项目中的一个，这也是李一来在这个会议上能争取到的最好的结果了。

被"围猎"结束后，李一来连忙回到自己的办公室，经过这次会议他更深切地认识到自己在公司的地位危如累卵，而自己已经无路可退，必须找到突破口。

这时，他想起父亲曾经跟他说的人心难测，商场如战场。尽管自己是公司的大股东，但公司终究有一套规则，一个项目的落地总要经高管开会通过，就算自己凭借大股东身份强行通过，项目最后还是得公司高管去落地，他们不愿通过也就执行不彻底，最终项目也会失败。所以，归根到底这场无硝烟的战争自己不能当一个光杆司令，更何况今天自己的项目竟然没有放修改后的版本，身边的人也不能继续信任了。

宋鹏飞可能无法体会到李一来的感受，毕竟他身边的是他信任的人——邱敏。邱敏今天又调侃宋鹏飞，现在是他们公司最好的时候，因为他们之间少了谁都不能算一个公司了，现在往后走的每一步都是在前进。听着邱敏调侃式的安慰，宋鹏飞内心也充满了动力与激情。两人在公司也像平时一样，开会讨论，制订下一步计划，还有对未来的美好憧憬。

宋鹏飞与邱敏这些天做了些学习和调研。观看众多的直播后，宋鹏飞与邱敏都觉得现在的直播市场已经趋向饱和了，重复他们的形式和内容很难再有新的发展。于是，两人便决定进行一些调研工作。他们做的调研也就是最普通的问卷调查，这也是最直观有效的方式。宋鹏飞做了套关于大众最希望看到什么样的直播的问卷，做这套问卷调查的目的是试图寻找到如今饱和的直播市场没有的新形式和类型，以此为公司确定新的方向。

一开始，宋鹏飞与邱敏对这次调查信心满满，因为这是之前他们从未做过却应该做的一项基本工作。于是，两人想尽各种办法希望让更多的人参与问卷调查，参与问卷调查的人年龄下到十八岁，上到八十八岁。随着一阵折腾后，两人觉得通过各种网络送问卷的方式还不够，于是便走上了街头。

站在一处路口，宋鹏飞与邱敏各自背着个塞满礼物的书包，戴着鸭嘴帽，手里各自拿着一个打印好的大二维码。

"你说我们这样是不是真的有创业的样子了？"邱敏有点期待地问道。

"不只是创业的样子，连传销的样子也有了。"宋鹏飞开玩笑地回道。

"那我要是被抓，第一个把你这个老板供出来。"

"你好歹要坚持几天吧？"

"那不会。"

"行吧。我们开始。"

宋鹏飞说完，他两便分头行动，一人往一条街走去。"您好，方便扫个码做个问卷调查吗？关于直播的。答卷有礼品哦。"邱敏没走几步就开始询问路人。

由于邱敏的温柔和女性优势，每询问几个人便有一个愿意扫码答卷的。而宋鹏飞在街上一连询问了好多人都没有人愿意扫码，不过宋鹏飞并没有受影响，他见街上少有人帮他扫码，便往地铁走去。

宋鹏飞的想法果然有用，一列地铁那么多人，总有愿意帮他扫的。就这样，宋鹏飞在"地下"，邱敏在"地上"，两人忙得不亦乐乎。

"美女，可以帮忙扫个码吗？"宋鹏飞见一女孩便上前询问，随后又熟练地把扫码送礼品说了一遍。女孩没有说话，而是上下打量了宋鹏飞一遍，这让宋鹏飞有些诧异。

"我答卷可以，那你可以加微信吗？"女孩认真地说道。

听女孩说完，宋鹏飞有些意外，但又不好意思拒绝，于是便顺口答应了。在地铁上询问的人多了，宋鹏飞也遇到了各种各样的事情。要微信只是其中之一，有要他帮忙介绍他现在做的工作的，还有要他帮忙拍照的，更有要他帮忙还债的。最让宋鹏飞担心的是，还有人要他帮忙报警，说地铁上有人推销扫码骗人，吓得宋鹏飞赶紧出了地铁。从地铁出来，宋鹏飞与邱敏汇合了，从邱敏的脸上看得出，她的收获不错。

"你好像很慌张，像做贼了一样。"邱敏看出了宋鹏飞的紧张。

"刚刚有人让我帮他报警。"宋鹏飞不好意思地说道。

"哈哈哈，是不是你说错什么话了？"邱敏笑了。

"应该没有吧，不都是那几句。"

"可能你的装扮让人怀疑你是骗子了。"

"不过还有人找我要微信了。"

"你也有？"

听到宋鹏飞说自己被要微信，邱敏瞬间露出不可思议的表情。

"你不信？"

"不是不信，戴着口罩别人都敢要你微信，可见你的气质是拦都拦不住啊。"

邱敏调侃起宋鹏飞，就在这时，宋鹏飞微信上收到那女孩的信息。宋鹏飞一看才知道，那女孩给自己发来的是各种广告。

"刚刚加上微信的女孩给我发信息了，都是同行。"宋鹏飞说完自己都笑了，邱敏更是笑得合不拢嘴。

"难怪，我说怎么会有人找你要微信。"

"快回去休息吧。"

宋鹏飞见邱敏笑得越来越开心，于是催促着邱敏赶紧走人，邱敏被催着走时还不忘又取笑了宋鹏飞一把。

刘东自那天聚会后，在一段时间里他都纠结一个问题，那就是聚会后的第二天早上为什么自己的右脸会有五个清晰的手印。他努力回想那天发生的场景，可是头一次醉成烂泥一样，自己对那天发生的事情一无所知。刘东好几次想询问老婆吴珊，但碍于面子都憋了回来。那天之后的好几天，刘东出去干活儿都把口罩戴得规规矩矩的，在家的时候也都尽量不把右脸对着女儿，生怕女儿以为这是他与谁打架打输了的证据。

吴珊见刘东因为"面子上"的事情闷闷不乐，心里却乐了起来，好几次忍不住看着刘东就想笑，更后悔左脸没给印上手印，这样左右脸就对称了。

"你肯定知道那天发生了什么，我这是咋回事啊？"刘东见老婆笑自己，终于忍不住问了出来。

"我怎么知道，你自己的脸我没兴趣关注。谁的脸谁管着。"吴珊冷漠地说道。

"肯定是谁扇了我，看这手印，很明显一定是女人的，手指这么长。"刘东分析得头头是道，"不会是丽姐的吧？没道理啊，她扇我做什么？"

吴珊知道丈夫想问是不是她扇的，但刘东又没有证据也想不起来，于是怎么憋着都不好意思开口问是不是她，于是她便干脆自己说了出来。

"你是不是想问是不是我扇的？"

"你承认了？"

"你想多了。"

吴珊说完就回了房间，刘东满脸无辜地看着她也不知如何是好，想到就算是老婆扇了自己又能拿她怎么样，现在明显是吴珊给自己下台阶的机会，想到这儿刘东瞬间心里舒服多了。心里舒坦后，刘东竟然还笑了起来。卧室里的吴珊听见屋外传来笑声，摸不着头脑的她怀疑起刘东是不是傻了。

刘东到现在已经做了两个月的蔬菜配送工作，这也是他这两年做得最长的一份工作。刘东之所以能坚持，是因为他发现了其中可以谋利的门道，于是在这两个月中他摸清了一整套进货送货流程还有价格需求等。刘东之所以现在动起了歪心思，跟他这些天与吴珊之间的矛盾密不可分。

为了能独立经营蔬菜配送生意，刘东特意找了个晚上把他老板孙钱给约出来喝酒。酒桌上，刘东像变了个人似的显得格外会拍马屁。

"钱哥，我跟这么多兄弟做过事，你是我见过为人最实在、最重情重义的老板。"刘东还没喝醉就开始说起平时自己都不好意思说的话来。

"哪里哪里，这些天，你确实很勤奋。"

"那都是向你学的，来，喝一个。"

刘东边说边想尽办法让孙钱喝酒，几轮酒喝下后，孙钱听着刘东的吹嘘也得意起来。

"小东啊，我看你人不错，跟哥好好干，别嫌弃我们做蔬菜生意的，你想不到里面利润有多大……"孙钱说着又忍住没把话说完，随后自己偷偷笑了下就又喝了一杯。刘东听着十分兴奋，发现孙钱有话想说又忍住了，于是连忙又表示了忠心。

"哥，你放心，我是铁定跟你干了，要不是哥你喜欢女的，我这辈子都想嫁给你。"

孙钱听到刘东开这玩笑，简直笑得停不下来，隔壁桌的俩女客人听见刘东说这话都不禁往他们这儿投来好奇的眼神。

"我的意思是，哥你太优秀了，你是我一生学习的榜样，什么都不说了，我干了。"

刘东终于听到自己想要的信息，等孙钱把一些赚钱的方法和关键信息不自觉地说了个遍后，刘东脑海中已经把这些都牢牢记住了。

这次与孙钱喝酒后，刘东更受信任了，他暗中联系了孙钱的所有关系网，试图与他们建立起联系。刘东暗自庆幸，觉得自己很快就能赚大钱了，在老婆面前也能抬起头来了。他相信这一次他能彻底翻身，之前受的所有委屈也将被抚平，想到自己很快就能出头，刘东便更加用起心来。刘东如今就是在等待合适的机会，然后一举垄断这片区域的蔬菜供应。

吴珊发现这些天刘东早出晚归的，虽然不知道他最近除了送菜还在忙什么，但从他脸上看出了他最近做事的劲头十足。吴珊相信，单纯做蔬菜配送，不足以让刘东如此勤奋，想到这儿她又不禁担心起来。吴珊几次询问刘东，他都闭口不谈，这让吴珊怀疑起他又在做什么不靠谱的事情，于是两人又大吵一架。

王子晴好几次约朋友想帮助宋鹏飞，但都以不了了之而告终。这次，王子晴又经戴维推荐去见了一个公司老板，同事信誓旦旦地保证这个人对王子晴肯定会有帮助。王子晴又一次抱着希望准备去见见这个人，他们约在一个商场内的咖啡店里。

匆匆赶到那家咖啡店外，王子晴先往店内看去，当看到店里的一个人时，王子晴顿时愣在了原地。只见咖啡店里，一个中年男人端坐在一个靠窗角落的位置，他还漫不经心地翻看着手里的一本书。王子晴看到那人后，愣在原地的她脸上慢慢颤抖起来。随后，王子晴拿出电话，拨打了朋友给她的那个电话号码。很快，靠窗的中年男人便接起电话，这时王子晴确定她要见的人就是这个中年男人。

"喂，你好，你是？"中年男人对着电话问道。

王子晴听着电话，那个她熟悉又憎恨的声音传来，她没有任何回应。

"你是小李推荐的吗？怎么不说话。"中年男人再次询问。

王子晴依旧没有说话，此时的她眼里露出一道凶狠的目光，但这目光在泪水的包裹下显得那么憔悴和无奈。那中年男人见打来电话又不说话，于是四处查看了一下，这时王子晴已经挂了电话往商场外走去。

　　在街上，王子晴控制着自己的情绪，漫无目的地走着。人来人往的街上，王子晴与刚出地铁的人群对面而行，那朝她涌过来的人群在不看路的王子晴面前左避右闪。王子晴像一把孤独的剑，在人群中划开一道口子，这道口子很快又被身后的人群给补上。人群的"口子"容易补上，但王子晴内心的那道"伤口"却难以缝补。原本这些年，王子晴似乎已经淡忘那道伤痕，但当今天看到那个中年男人时，一瞬间那道伤疤又被撕裂开来。

　　一路上，王子晴尽量不去想那件跟这个中年男人相关的事，但脑海中总是浮现出那天的情景。那是王子晴大学毕业的那一年，王子晴正在一家公司做实习生。王子晴长相十分漂亮又有气质，公司老板对她表面上非常器重，常常让她加班到很晚，这也是她噩梦的开始。有一天，王子晴又被公司老板留下加班到很晚，老板便趁势想送她回家，王子晴也没多想便让他送了。在车上，老板无意中拍了一下自己后，王子晴发现自己越来越迷糊，当老板把车开进一处荒凉的地方时，王子晴已经彻底晕了过去。

　　直到第二天，王子晴从自己房间醒来，她才去回想昨晚怎么回到家的事情。她记得隐约中自己在老板车上沉睡过去，怎么回到家的却一无所知，让她震惊的是自己身上的那股男人味道和自己身体的不适感，女人敏锐的第六感告诉她自己可能被性侵了。确定自己被性侵后，王子晴痛苦万分，她不知道自己该怎么办，一阵痛哭后，她强行让自己冷静下来。思来想去，王子晴故作镇定地向室友小莉询问了自己昨晚怎么回来的。同在公司工作的小莉告诉她昨晚她喝醉了，是自己下楼把她搀扶上来的。面对小莉的说法王子晴不敢相信，但也无法证实自己究竟发生了什么。

作为学法律出身的王子晴，在冷静下来后，便努力寻找一些蛛丝马迹，但自己身体里并没有留下任何证据。当天晚上就自己跟老板留在最后，而且是晚上十二点后街上行人最少的时候。那段时间，王子晴一度陷入无限的焦虑中，多重原因让她选择了自己一个人承受，并试图去接受小莉的说法。

此时的王子晴，看到曾经性侵过自己的中年男人赵华，不自禁地又把自己努力忘记的那段往事回忆了一遍。这时，王子晴在街上也不知道走到哪儿了。一直走到无力，王子晴才在一个路口边蹲了下来。就在这时，戴维的电话打了过来。

"领导，你去见他了吗？他等了好久了。"

"我临时有点儿事。"

"不去说声就好，让别人白等了这么久。"戴维语气带着埋怨。

"不好意思。"王子晴的声音有点儿颤抖。挂掉电话，她的眼泪又不自觉地流出来。王子晴的异常，使戴维陷入沉思。

王子晴在大街上漫无目的地走着，到家后就待在自己房间发呆，这会儿连小旺财都不再去打扰她。

自从见到赵华后，一连好些天，王子晴整个人都显得十分沮丧和恍惚。戴维几次试着开口，都被王子晴的表情劝退。王子晴提出年假申请，人力资源部很快批准了。休年假期间王子晴也是一个人待在房间里，就像在自我隔离，只是这次王子晴是想把自己的内心再次隔离起来。

　　王子晴从来没有把这件事跟谁说过，她认为这是一件十分难堪的事情，这也是她很多时候不愿意去追究的关键。当年王子晴毕业时，之所以下定决心出国留学，这在所有人看来是她想继续学业的诉求，但没有人知道王子晴这是想换个地方选择遗忘。回来后的这段时间，代表着王子晴重新选择生活，而这次无意中重见赵华，让王子晴又被动地卷入了那个旋涡，然而这次她已经不是当年的王子晴。此时的王子晴内心坚强而勇敢，对自己产生负面情绪的事情不再选择逃避，面对曾经的这段往事，王子晴这些天思考得十分清楚，她下定决心一定要亲手把这件事做个了断，要让那个畜生受到最严厉的惩罚。此时，一个计划在王子晴脑海中慢慢浮现。

　　年假结束后，王子晴回到了公司，戴维看着王子晴又焕然一新，松了口气，他也再次体会到愿意为一个人做点什么事，但又无能为力的酸楚。部门同事不知道发生了什么，但看到熟悉的女神——王子晴又回来了都非常开心。就在戴维纠结要不要问她为什么爽约时，让他意外的是，还没等他开口王子晴自己却提了出来。

　　"上次真不好意思，那天突然有点儿事就耽误了。"

　　"没事儿，人家大公司老板，这点小事不会放心上。"

　　"也是，老板一般都宽容大度。对了，我还想再见见他，你觉得方便吗？"

　　同事没想到王子晴想再次约见赵华，已经放过一次鸽子，这让他也犯起了难。

"回头请你吃饭。"王子晴笑着对戴维说。

"行，我尽量约约看。"

"先谢谢你了。"

满腹疑问的戴维还是帮王子晴又一次约了赵华，很快便得到回复。

"领导，有什么事说话啊，愿意效劳。"戴维说。

"能有啥事，女人嘛，心情起伏很正常。"王子晴干脆利落地说。

"总感觉哪里不对劲儿，一定有什么事瞒着我，看来感情还是不到位啊。"

"放心吧，有事你跑不了的。"

第二次约见时，两人约在了一个小酒吧。王子晴特意打扮了一番，看着镜子里漂亮的自己，王子晴也觉得这跟往常的自己的确大不一样，她也不知道自己现在在做什么，为什么要这么做，以及这么做到底对不对。她这次早早地就来到了酒吧，找了个好位置后就开始等赵华。很快，赵华也赶了过来。

赵华赶到后，看到王子晴时眼睛瞬间闪烁着光芒，视线一直没有离开过王子晴的脸蛋。

"好久不见。"王子晴看到赵华坐下后就开始说道。

赵华见王子晴这么说，于是也笑着说道："我们之前认识吗？"

"当然了，你可能不记得了，我叫王子晴。"

听到王子晴说出自己名字时，赵华露出职业假笑的脸上瞬间也严肃了起来。但很快，赵华发现王子晴一直一副微笑的样子，于是自己立马调整了状态，他又恢复了之前的样子。

"我想想，我记起来了，之前在我公司实习过？"赵华故意反问道。

"对。现在想想过了好长时间了，都忘了当时实习的情景了。"

"原来如此。你不说你来实习过，我都不知道。"

"赵总怎么会知道，毕竟实习的人那么多。"

"说得也是，人来人往的谁能记住。"

王子晴看出了赵华一直在强作镇定，为了让他更加放松一点儿，她主动拿起酒杯与他喝起酒来。在王子晴绞尽脑汁装傻的情况下，赵华渐渐放松下来，随后又展示出绅士风度。两人在交谈中闭口不谈当年王子晴突然从公司离职的事情，当作什么都没发生过，就像许久不见的同事突然遇见了一样。在随后谈直播的事情时，王子晴把更多时间放在了怂恿赵华喝酒上。几轮酒后，王子晴装出了醉意，于是便提出要回家，赵华也主动要求送王子晴回去，王子晴没有拒绝。

送王子晴回去的路上，赵华让司机开车，他与王子晴坐在后排。王子晴装作已经醉了，然后轻轻靠在赵华肩上。赵华见王子晴靠在自己肩上，他不时地偷偷看看王子晴，那眼睛直勾勾地盯着王子晴的大腿。正在王子晴期待他下一步行动时，赵华却极力控制住了自己，他看了一会儿后也端坐起来。

一路上，赵华并没有对王子晴有进一步的动作，直到把王子晴送到小区门口，王子晴清醒了过来。等赵华走后，王子晴一个人却失望起来，这次故意让赵华露出原形的方法算是彻底失败了。回到家后，王子晴把藏在身上的摄像头取了下来，并把摄像头拍到的画面传到了电脑上。看着在车上赵华那色眯眯看着自己的眼神，王子晴感觉到一阵阵恶心。

后来，王子晴又尝试了几种办法，试图找到一些赵华当年侵犯她的蛛丝马迹，但都没有让他露出原形或者得到自己想要的证据。王子晴觉得，赵华一定对自己有了防备。感到十分挫败的王子晴，第一次把宋鹏飞约到了家里。

九　秘密

宋鹏飞这次去王子晴家买了许多水果和吃的，他开心地到了王子晴家才发现，王子晴脸上尽是疲倦和惆怅。宋鹏飞这回懂得看脸色了，见王子晴很是沉默，自己便先收回了满脸的笑容，尽量也保持安静。

"你先坐会儿，没想到你来得这么早。"王子晴穿着睡衣，还没洗漱的她说完就往洗手间走去。

"没事，你先忙。"宋鹏飞小声地说道。

宋鹏飞是昨晚收到王子晴约自己今天来她家的，也没说具体时间，宋鹏飞于是大早上就赶到了王子晴家。宋鹏飞等王子晴洗漱的这会儿，在房间里的小旺财也懒洋洋地漫步出来，然后在宋鹏飞脚下蹭了蹭才往自己的专属"茅坑"走去。在等待的这段时间，宋鹏飞像个面试的求职者，尽管这个房间他并不陌生，但再次来到这个房间，宋鹏飞难免有些紧张和期待。

"你吃过早餐了吗？"王子晴从洗手间出来便问宋鹏飞。

"没有，我买了早餐过来。"宋鹏飞说着就在自己带来的一堆东西中找到了早餐。

"这么多东西，你这是搬家还是怕又隔离在这儿。"王子晴惊讶道。

"都不是，就是一些水果、零食。"

"谢谢你了，真厉害。"

　　宋鹏飞与王子晴一起边聊边吃早餐，王子晴聊着聊着就不自觉地陷入了沉默，每次经宋鹏飞提醒，她才知道两人聊到哪儿了。很明显，王子晴心不在焉。宋鹏飞一直观察着她，王子晴头也不抬，一直只顾着吃东西。

　　才多久不见，王子晴那个乐观爱笑的样子此时不见了踪影，宋鹏飞知道王子晴心里一定有事。宋鹏飞没主动询问她，他先是把最近自己遇到的有趣的事讲给王子晴听，以此来逗她开心。

　　"你知道吗？最近我跟邱敏上街调研了。在调研中，有次我被当成骗子被一群人拦住不让走了，直到我报警后才脱身。而邱敏就不一样了，帮她扫码答卷的没多少，反而找她要微信的一大堆。"宋鹏飞说着自己也无奈地笑了起来。

　　王子晴听着宋鹏飞说自己的事情，偶尔也被逗笑，宋鹏飞见状说得就更有劲头了。

　　"你知道前些天我为什么回家吗？是回家相亲，最后相亲没成功却成了全乡媒婆眼中的钉子户，她们达成了一个共识，就是给牛介绍对象都比给我介绍对象容易。"

　　从早聊到晚，宋鹏飞成了一个单口相声演员。宋鹏飞的"演讲"一半出于胡编乱造，另一半出于自身经历的笑话，往往这段亲身经历的笑话最容易打动王子晴。随着宋鹏飞对自己调侃的不断深入和生动描述，到了晚上时，王子晴的心情明显好了许多。宋鹏飞这次把自己从头到脚都"嘲笑"和调侃了一遍，看着王子晴脸上渐渐露出的笑容，宋鹏飞觉得一切都值得。

直到晚餐时，王子晴才渐渐变得心情平复些，主动开口说话了。她还特意拿出了瓶红酒。王子晴与宋鹏飞几杯酒下肚后，王子晴借着酒劲儿就说起来了。

"太难为你了，是不是把自己所有的糗事都说了一遍？"

"这倒不是，还有好多，你还想听的话我还能继续说，再说个一天一夜也没问题。"

"那你也太不容易了。"

王子晴说完后又喝了口红酒，宋鹏飞见王子晴开心了许多，于是自己也陪王子晴继续喝了口红酒。

"你是不是挺好奇今天为什么突然叫你来？"

"有点儿。"

"我知道，我只是不知道该怎么办，我心里太难受了。"王子晴说着喝了杯酒就哭起来。

宋鹏飞看着王子晴一下子不知所措，他连忙抽了张纸给王子晴递过去。

"有什么不开心的就说出来，说出来就会好受很多。"

王子晴平复了下情绪，把眼泪擦干后才继续说道："你知道当年我为什么突然决定出国吗？那个时候我只想逃离，想去个没有人认识我的地方，然后忘掉那天的事情。后来，我花了很长时间才重新开始。直到前些天，我又见到那个畜生的时候，他又把我拉回了那段不堪的岁月。"

宋鹏飞听王子晴诉说着，尽管听得云里雾里，但他始终注视着王子晴的眼睛，试图在用眼神告诉她，不管怎么样，他始终会在她身边。王子晴说着停顿了一下，终于说出事情的关键。

"我实习的那段时间，被公司老板性侵过，但我没有证据。"王子晴说完，眼神逐渐耷拉下来。

听到王子晴说自己被性侵过，宋鹏飞这才明白她说的最近又遇见那个人的事情是怎么回事。宋鹏飞压抑着内心的愤怒，此时的他不知道，王子晴之所以见到那个人，正是因为想帮助他的事业。

宋鹏飞顿时才恍然大悟，上大学最后的那个学期，有段时间，王子晴就像刚刚他进门时遇见的她一样。那段时间，自己每次看到王子晴都憔悴不堪，眼里充满了麻木。他以为，那段时间王子晴只是对自己冷漠。所以，那时也是他喜欢王子晴经历的最难过的一段时间。但是，那个时候，宋鹏飞并没有因此放弃对王子晴的喜欢，喜欢王子晴是刻进他骨子里的，是无时无刻的。

王子晴的诉说，顿时把宋鹏飞推回了那段时光。等王子晴平复好心情，宋鹏飞从不知所措的回忆中再次回到现实，面对眼前难过的王子晴，宋鹏飞开始安慰起她来。

"我没有办法感受到你心里的难过，但我心里一直希望你能开心一点儿。我相信，那个人会得到法律的严惩，不管现在有没有证据，但总有一天我们会把他送进监狱。"

"这些天，我也在想办法找证据。不过没什么用。"

"如果你愿意，我希望跟你一起做这事。"

"嗯。"

听到宋鹏飞希望能帮自己，王子晴接受了。

"生活还将继续，希望你能再回到从前那个开心的样子。"

宋鹏飞说话时一直望着王子晴的眼睛，王子晴脸上也露出一丝笑容。

一阵相视沉默后，两人便开始讨论怎么寻找证据。王子晴先是把那天晚上的前后细节，再到早上醒来的经过完完整整地向宋鹏飞复述了一遍。宋鹏飞听后眉头紧皱，从他的表情上看，也知道确实难找到线索。

"当时我问小莉我是怎么回来时，她说我喝醉了。但我确实没有喝酒，这点我很明白。"王子晴无奈地说道。

从王子晴说的这句话中，宋鹏飞似乎发现了一些蛛丝马迹，于是再次确认："你确定当晚没喝酒？"

"嗯，确定。"

"你没有喝酒，你室友小莉说你喝了，那么你们中间一定有人说谎了。"宋鹏飞分析道，随后又继续补充道，"小莉那时跟你是公司同事？"

"当时是，后来我辞职后，她也很快就辞职了，然后就再也没有联系过。"王子晴说着也怀疑起来。

"很明显，小莉肯定在说谎。为什么要说谎？这里面应该有她想保守的秘密，或者有人让她配合说谎。"

"可是在公司，赵华跟小莉好像也没什么异样，跟其他人一样。"

"人心隔肚皮，他们之间有没有什么问题，肯定也不会表现给人看。"

"你这么一说，我倒想起来，后来小莉确实有些怪异。从那以后，她对我也越来越疏远。当时也不知道为什么她突然就冷漠了起来。"

"我想，我们就从她这儿入手，或许能得到一些有用的线索。"

"现在想想，当时不那么害怕，如果报了警或者早点儿从小莉身上找线索，也许就没现在这么困难了。"王子晴说着又后悔起当初自己选择一个人承受，"你说现在我们要报警吗？"

"报警是肯定要的，但现在报警可能会打草惊蛇，我们既然觉得能从小莉那儿得到些线索，那么我们不如先做些调查，收集些信息后再报警。"

王子晴也很赞成他的意见，于是两人把所有焦点放在了寻找小莉身上。

"现在我们的关键是先找到小莉，毕竟曾经你跟她那么熟悉，如果找到她希望能从她身上得到些线索。"

"嗯。当初要是早想到她就好了，不过现在我也不知道她去哪儿了。"王子晴叹了口气说道。

"没事，不用担心，总会找到的。"

宋鹏飞总是在安慰王子晴，王子晴看着宋鹏飞如此护着自己，心里也感到一些欣慰。两人讨论完后，宋鹏飞也到了该回去的时候。宋鹏飞走时，再次安慰王子晴，见王子晴轻松许多后，他才放心地离开。

离开王子晴家，宋鹏飞思绪万千，一路上神情疲惫。此时的宋鹏飞，一心只想帮助王子晴重新走出困境。

当天晚上，宋鹏飞回到家后，躺在床上的他一夜未眠。宋鹏飞又进入了回忆中，在大学最后的那段时间，自己时常看到王子晴。记得王子晴那会儿总是一身朴素的装扮，脸上的笑容在最后的那几个月消失得无影无踪。

有一次，宋鹏飞终于忍不住上前搭讪。那是一个黄昏，在校园的林荫道上。

"最近论文忙得怎么样？"宋鹏飞上前问道。

一开始王子晴只顾往前走，并没有发现身后小声说话的宋鹏飞。当宋鹏飞出现在自己面前时，王子晴才回过神儿来。

"什么？你刚刚说了什么？"王子晴满脸疑惑地问道。

"刚刚问你论文的事情。"

"哦，论文写好了，不知道能不能通过答辩。"

王子晴说完，转过身继续往林荫道尽头走去。在这个黄昏，林荫道上的阳光显得那么温柔和懒散。王子晴走着，阳光照射在她身上，把她全身照得光亮。宋鹏飞跟在王子晴身后不远处，他不敢靠太近，生怕被发现。王子晴也毫不在乎身后的宋鹏飞，此时的她只活在自己的世界中。

躺在床上的宋鹏飞回想起那次林荫道上的情景，当时他以为王子晴只是单纯地不想与他说话而已，现在想想当时自己多么愚蠢，如果能对她更加关心些该多好。想到这儿，宋鹏飞恨不得往自己脸上扇几巴掌。手都已经举起来了，正想往自己脸上扇时，他又忍住了。

当天晚上，宋鹏飞不仅回忆了与王子晴相处的一些画面，更重要的是他做了个艰难的决定——把公司关了专心陪伴王子晴。宋鹏飞做这个决定，是在后半夜的时候，做出此决定时，宋鹏飞不但没有感到失败，也许对公司失败这件事他心里早就重复了很多遍，现在再苦苦坚持下去只是在做无用的挣扎。此时的他，反而觉得自己一身轻松。

第二天到公司后，宋鹏飞一开始也没立马告诉邱敏自己的决定。在办公室，宋鹏飞纠结了一阵子，他明白邱敏对他抱有极大的信任和期待。公司倒闭，宋鹏飞相信这时候最失望的人应该是邱敏。

"老宋，你咋了？心不在焉的。"邱敏走进办公室看到宋鹏飞问道。

"没事，有什么事吗？"

"就是调研的事跟你汇报一下。"

"这个先放一边吧，我也有事跟你说一下。"宋鹏飞说完看着邱敏又停了下来，"就是……"

"什么事？又有人给你发广告了？"

"不是，是公司的事。"

"嗯。"

"从今天开始，公司就不做了。"

宋鹏飞终于说出了自己的决定，邱敏听后十分惊讶。

"是我调研做得不好吗？我们说好要一起坚持下去的。"邱敏质问道。

"不是，你很好。只是不想再继续了。这些天谢谢你一直留在公司。"

邱敏知道公司倒闭已成事实，她也不再说什么，于是拿着准备报告的文件转身便出了办公室。宋鹏飞看到邱敏脸上的难过，他也十分难为情。

邱敏回到自己的工位上后就开始收拾自己的东西，空荡荡的办公室里，此时也就只有她一个人的工位上还堆满了文件和资料。邱敏对公司抱有极大的期待，更对宋鹏飞有着自己的小秘密，此时公司倒闭不仅仅意味着丢了工作，更重要的是不能待在宋鹏飞身边了。一向坚强又活泼开朗的邱敏，这时候眼泪偷偷流了出来，嘴里还不停地骂着宋鹏飞。

"真讨厌，说关就关。"

正当邱敏骂得起劲儿时，宋鹏飞这会儿突然出来了，邱敏听到动静立马停住，随后趁宋鹏飞不注意把眼泪也顺势擦掉。

"等会儿一起吃个饭吧。"宋鹏飞笑道。

"散伙饭吗？"

"就当是吧。"

"就今天一起吃个饭吗，以后就不能？"

"也不是，有机会得常聚。"

"我不信。你这个骗子。"

邱敏尽管抱怨宋鹏飞，但饭该吃还得吃，邱敏吃饭的时候也在生闷气，宋鹏飞就像在安慰小孩儿一样安慰起她来。

"你这么优秀，肯定能再遇见更好的。"

"说得像找对象一样，我又不是失恋。一份工作而已。"

"也对。公司没有了，但我们还是朋友呀。"

"不用安慰我，怎么搞得像我的公司倒闭了一样。"

"应该难过的是我。"

宋鹏飞说罢，终于找到了自己的定位，难过的原本就是自己，而自己却还在安慰邱敏。邱敏知道自己说到了宋鹏飞的痛处，看着宋鹏飞脸上也开始沉重起来，这会儿她又开始安慰起他了。

"有什么大不了，今天公司倒闭，明天再创业，后天就成功。"

"嗯，我们都加油。"

从一开始宋鹏飞安慰邱敏，到邱敏又安慰宋鹏飞，再到最后两人干脆互相鼓励和吹起牛来。

"我以后肯定能做个女强人，做个富婆，你信不信？"

"我信，我以后也能做个大公司，出人头地。"

"我看挺难。"邱敏说后，两人互相看着对方笑了。

邱敏与宋鹏飞就像分别的情侣一样，她看着宋鹏飞眼里充满了不舍。宋鹏飞也知道邱敏对自己的一些想法，但在他这儿，一直把邱敏当作妹妹看待。宋鹏飞看着邱敏不舍得分开，于是笑着说道："快走吧，还想等着吃晚饭吗？"

"以后再创业记得找我，再失败了也没关系，习惯就好了，只要不丢掉奋斗的精神。"邱敏说完微笑着走了。

十　旋涡

　　吴珊与刘东吵架的这些天，王志强在不断地靠近她，这让吴珊心里一直在纠结，一边是从大学到现在的老公，一边是懂自己又能给自己物质上帮助的王志强。吴珊左右为难，理性告诉她不能让王志强再这么纠缠下去，要彻底断了他的念想，但现实是她每天要面对油盐酱醋茶等日常生活中的拮据，吴珊靠着恋爱时对刘东的一见钟情来告诉自己，一切都会慢慢好起来的，眼前的困难是暂时的，吴珊始终坚信有个完整的家，吃点儿苦受点儿累没什么。

　　刘东也不是毫不作为，经过一段时间的经营及铺设关系网，刘东已经把老板孙钱的核心东西搞到手了。直到有一天，刘东等待的机会终于到了。

　　随着又一波疫情的出现，刘东居住地附近的几个小区接连被封闭管理，但作为蔬菜配送工作人员，他可以自由进出。这时候，刘东立马铺开自己的关系网，一时间附近小区的蔬菜全部由刘东一个人配送。这个时候刘东彻底摆脱了孙钱，孙钱被刘东突如其来的操作弄得十分恼火。

　　被刘东甩开后，孙钱瞬间失去了所有区域的蔬菜配送机会。孙钱气愤不已，但又无可奈何。刘东这次尝到了赚钱的滋味，激动得竟然又像那天喝醉酒一样哭了出来，刘东心里憋着的那股气终于出了。刘东心想，这次在吴珊面前总算能抬起头做人了，于是那天晚上回去时，刘东特意把自己赚到的钱全部交给了吴珊。

"这是最近赚的。"刘东把钱放在桌上，随后潇洒地往沙发上一躺，笑嘻嘻地看着老婆。

"你抢钱了？抢钱了就应该自首啊，回家干吗？"吴珊看着桌上的几万元说道。

面对吴珊的怀疑，刘东十分淡定又骄傲。

"这是我卖菜赚的，不敢相信吧？没想到卖菜也能赚这么多钱。"

"我不信，就你那点儿工资，能有几个钱？都不够你赌的。你说这是赌球赢的我还相信些。"

"那你就当赌球赢的吧，反正你老公我赚到钱了，以后只会越来越多。这回该轮到我做个有钱人了吧。"

刘东满脸自信，脸上藏不住的笑容像是中了五百万彩票一样。刘东也该开心，毕竟他这几年，被骗的钱比这次多，但挣这么多钱还是第一次。与刘东不同的是，吴珊却开心不起来，直觉告诉他这事不对劲儿，何况刘东这点儿钱连他之前被骗的窟窿都填不上，而他现在却一脸骄傲的样子，吴珊心里五味杂陈。

"你好像不开心，难道怕我赚钱跑了吗？"

"看你这样，赚这点儿钱就嘚瑟，忘了自己之前被骗多少了吗？"吴珊说道，"一副没见过钱的样儿。"

吴珊说完就回房间了，刘东开心的势头被她一盆冷水浇灭了。

"这只是开始，你看哪个大企业家不是从赚小钱开始的。今天赚两万，明天就是十万，后天就是百万了。事情就是这么一回事。"

"行了，来房间做你的百万梦吧。"

刘东听妻子说完，脸上又露出笑容，一脸坏笑地往房间跑去。

"我来了。"刘东进屋便说道。

"别碰我，离我远点儿。"房间内，吴珊凶道。

屋内，吴珊一把将刘东推开，脸上满是不悦。吴珊侧过身躺着，看向了窗外的月光。

"你叫我进来难道不是因为这个？"刘东问道。

"整天就知道想这个，一点儿出息都没有，叫你进来是该睡觉了。"

"哦。"

刘东见妻子完全没有兴致，他也只好乖乖躺下了。

"说真的，不管你在外面做什么，你别再让我们失望了，已经失望够多的了。"吴珊突然又认真起来。

与吴珊在一起的这些年，刘东知道吴珊什么时候最认真。

"我知道，我向你们保证，这次肯定不会让你们母女俩失望。"

刘东说完又把吴珊身子翻了过来，这次吴珊没有甩开他的手，看着一脸认真的丈夫，吴珊又心软起来。月光很聪明地从窗户照射进来，让床上的两人都看得清对方，吴珊与刘东两人难得深情地对视了一会儿。

"要不，还是庆祝一下？"刘东又提起这事来。

"臭男人。"吴珊害羞地说道。

刘东看着吴珊害羞的脸蛋，两人在这一瞬间似乎又重现了当年热恋时的情景，随后吴珊把脸往刘东胸口上靠去。刘东又一次感受到吴珊难得的温柔，正当他得意地露出笑容时，胸口上传来一阵疼痛。

"你咬我。"刘东忍不住叫了出来。

李一来那天在公司被"围猎"后，他做的第一个决定就是把自己身边立场摇摆的助理给开除了。李一来清楚，要想在公司站稳脚跟，不再出现连项目介绍都被做手脚的事情，就应该从自己身边最近的人入手。把助理开除后，李一来计划把公司张军那边的人一个个都给换掉，但这是一项危险又庞大的工作。

"妈，你觉得我这样做对吗？"李一来把自己最近的想法与母亲说后，又问道。

"你父亲当年也是这么做的。我能理解你的处境，不管怎么样，你一定要小心公司的张军，他这个人为了利益什么事都做得出来。"母亲拉起李一来的手说道。

"妈，你放心，我们只是商业上竞争而已。就算他再狡猾危险，也不至于对我个人做什么。"

"嗯。处处小心就好，人心险恶。"

"我会的。"

李一来向母亲再三保证后，母亲才放心一点儿。

"我其实最担心的还不是你公司的事情，我最担心的就是你现在还不给妈找个儿媳妇。妈的朋友们都当奶奶了，每次跟她们在一起都羡慕她们，聊的话题都是带孙子的经验。"母亲又继续补充道，"你什么时候让我抱上孙子了，我就真的开心了。"

母亲的话让李一来不好意思起来，连忙说自己有对象，但母亲并不买账。

"让我抱上孙子这才算，其他的谁知道你能谈多久。"

"好啊，明天就给你带个孙子回来。"李一来开玩笑道。

"你说的，带个孙子回来就好，哪怕是别人的。"

面对母亲抱孙子的急切，李一来无言以对。这会儿李一来才想到，自己已经许久没有联系于乐了，而他也发现于乐竟也从未联系过自己。李一来连忙给于乐发去微信，几个小时后于乐回复了信息，就三个字："分手了。"看着这条微信，李一来不敢想象于乐竟然把自己甩了。心高气傲的李一来，尽管谈不上对于乐多么喜欢，但自己被甩这件事对他的打击一下子就刺痛了他。

一时间，李一来也想不明白，从来只有自己甩别人，没有被别人甩过。后来一打听才得知，于乐回老家了。李一来得知这一消息后，陆续给于乐发过几次微信，但都没收到回复，久而久之李一来也就放弃了。

李一来工作、感情不顺的这段日子，也恰好是宋鹏飞公司倒闭专心陪王子晴的开始。李一来好几次联系王子晴，王子晴对李一来十分冷漠，李一来不明真相，并不知道最近王子晴的事情，一味地觉得这是在故意不想与他有太多联系。李一来又联系了宋鹏飞被拒后，没处宣泄情绪的他，这会儿想到了能喝酒的刘东，于是把刘东约了出来。

"我跟你说，哥现在用俗话说就是翻身农奴把歌唱。"刘东喝着酒笑着说。

"这话怎么说？"李一来好奇地问道。

"最近赚了几个小钱。"

"多少？"

"十来万了。"

一听刘东说自己赚了十来万了，李一来忍住没笑出来，看着刘东脸上得意的神情，李一来连忙奉承起来。

"真不错，难怪上次你说要我跟你混。"

"不怕你笑话，虽然这点儿钱还没你躺着赚得多，但这是我亲手辛苦赚来的。"

李一来这会儿为刚刚想笑话他感到十分惭愧，自己从来没有在公司之外赚到过一分钱，现在还在公司里处处被算计。

"我也不怕你笑话，我要是没家里给我的公司，我自己都不知道怎么赚钱。"

李一来说完自己拿起酒杯一饮而尽，刘东见状也连忙附和喝了一杯。

"兄弟，你最近公司是不是遇到事了？"

"一直都是那些破事，钩心斗角，为了自己的利益，一想到这个就头疼。"

"看来你有钱也不容易，公司大了也麻烦。"

"你呢？最近跟吴珊怎么样？"

"也不太好，常常吵架，现在又出现个第三者。"

"第三者？"

"严格来说还不算，就是想打我老婆的主意。"

"你最大的幸运就是娶了吴珊，你可要珍惜了，别身在福中不知福。"

李一来有些醉意，说起感情的事就激动起来。

"兄弟，看你最近感觉也不太顺啊。"

"我们是难兄难弟。"

刘东一听李一来说他们是难兄难弟，两人情不自禁又干了一杯。

"我相信你一定能成大事，因为你够灵活，敢做事。"李一来夸赞起刘东，"可惜你不愿意来我公司，不然哪有人敢不听我的话。不听我的话，你拿起棍子就上去了，你说是不是？"

"别这么说，我也相信你能把公司的事情处理好，在公司你就是唯一的老板。"刘东也毫不吝啬地夸起来。

两个心里憋屈的人，在互相夸赞一番后，脸上的笑容十分灿烂。好几轮酒喝完，李一来又提起宋鹏飞和王子晴来。

"你说老宋跟子晴他俩忙啥呢？今天打电话叫他们好像都不太开心的样子。"

"老宋估计在烦自己公司要倒闭的事吧，子晴是不是工作太忙了。"

"不对啊，老宋那公司倒没倒闭不都一样啊，他早知道了。"

"那你说他们俩会不会在谈恋爱？"刘东认真地说道。

"你少乱说，这不可能。"李一来不开心地说道。

"我说万一呢。"刘东依旧坚持自己的看法。

李一来脸色大变，这是他最不希望看到的事情，刘东却连说了几次。此时，两人从互相夸赞到现在气氛已经变得十分紧张起来，好在两人都喝得东倒西歪，也没有继续争辩的力气。

"说真的，兄弟，我知道你喜欢王子晴，但我还是劝你放弃。你找对象多简单，你看宋鹏飞找对象就难了，我跟他认识这么多年他也不会追女孩子，你总得给他点儿机会吧。"

听刘东一阵说后，李一来心里倒也舒服许多。李一来其实也知道自己不能跟王子晴在一起，只是从大学开始，这么多年的习惯就是，想到宋鹏飞追到王子晴他就不太舒服。

"这么晚了，等会儿回去不会被吴珊骂吧？"李一来与刘东喝完酒后便准备回去，两人互相搀扶着走在街上。

"怕什么，我一个大老爷们儿还怕老婆吗？"

"那我就放心了。"李一来说完露出了不相信的偷笑。

李一来把刘东扶上自己的车后，他把刘东也送了回去。到家后，刘东见着吴珊立马老实起来。他故作镇定，像没喝酒一样，要不是身上散发出的酒味儿出卖了他，吴珊很难发现一脸严肃的刘东喝酒了。

"我就喝了一点点。"确实没喝醉的刘东笑着说道。

"无所谓，习惯了，有点儿钱就出去喝酒。"

"我是跟李一来喝的。他说好像最近王子晴跟宋鹏飞都不太开心。"刘东把从李一来那儿听到的事情告诉了吴珊,以此来转移话题。

"他们怎么了?"吴珊担心地问道。

"具体我不知道,应该也没什么事吧。"

听刘东说后,吴珊也担心起王子晴来,于是立马拨打了王子晴的电话。

在家里,王子晴接到了吴珊的电话,吴珊急忙询问了最近王子晴的情况。

"我听刘东说他跟李一来喝酒说到你了,李一来说你最近不开心,你没事儿吧?"吴珊问道。

"李一来想找我出去吃饭,我说忙就拒绝了。我没事儿,放心吧。"

"你最近不会是跟宋鹏飞谈恋爱了吧?"

"我跟他?你管得真多,行了,早点儿休息吧。"王子晴笑着回答了吴珊,吴珊见王子晴没事儿也就放心了。

宋鹏飞此时正在王子晴家,这些天陪伴王子晴,王子晴也没询问他公司的事,他便没有把公司关了的事情告诉她,以免她产生愧疚感。从王子晴把事情告诉宋鹏飞后,到现在,王子晴心里稍微舒坦了些。这些天,王子晴与宋鹏飞两人想尽办法寻找当年自己的室友小莉。

"我联系过我们的共同朋友,但是大家都没有她的联系方式。"王子晴说道。

"这就奇怪了，所有人都联系不上她，她肯定是在有意躲着大家。"宋鹏飞分析道。

"嗯。我再问问能不能找到她家的地址。"

"也只有这样了。"

几天后，王子晴通过朋友的帮助，找到了小莉老家的地址。小莉家在一个偏僻的小山村，离北京有段距离。王子晴看到地址后，想起自己第一次见到小莉时的场景。那是大学开学的时候，小莉那天来学校报道，她穿着十分朴素，但脸上的笑容十分灿烂，同来报道的王子晴一下子被小莉吸引了，由此两人很快成了朋友。大学期间，小莉在学习之余常常出去做兼职，王子晴常听小莉说自己想挣钱给父母在村里盖房子，不希望他们再住在漏雨的土砖房中。印象中，小莉是个极靠谱的人，由此王子晴十分信任小莉。大学毕业那年，王子晴实习的公司也是小莉介绍的，没想到从那以后她们俩从此消失在彼此的世界里。

准备好一些东西后，王子晴与宋鹏飞便启程去了小莉家。去小莉家得先坐飞机到省会城市，然后再坐高铁到市里，最后还要坐小巴士穿过一片崎岖不平的山路才能到小莉家所在的村庄。最后那段山路是最难走的，小巴士要开两三个小时。

在这段路上通行的小巴士，座位上没有安全带，一般坐这种车的村民也不喜欢系安全带，这妨碍了他们相互之间的交流和打闹。每到周末或者节假日，小巴上还挤满了各类家禽，家禽的叫声此起彼伏，像一支大山里的乐队，在给辛勤劳作的村民演上一曲。而村民们根本就不在乎它们热闹的"演奏"，他们之间只在乎谁的笑话能把大伙儿逗乐。

与从山里出来的小巴士热闹拥挤的车内不同，回去的小巴士车内明显安静许多，也许忙碌了一天大伙儿都已经疲惫了。坐在小巴士上，王子晴被颠得东倒西歪。宋鹏飞看着不太习惯的王子晴，也不知道该如何让她舒服点儿，他只能往王子晴身边坐得更近些，待王子晴随着车东倒西歪时能稍微稳当点儿。

小巴士经过一段颠簸的山路后，安静的巴士上两个村民开始讨论起今天售卖农作物的情况。

"你今天怎么也剩这么多？"

"你还不是一样，现在东西难卖。"

"我们才种多少就发愁了，村里其他种植大户那得多难受。"

俩村民说着，随后又互相递了根烟点上抽了起来。

看着村民抽起了烟，王子晴把自己这边的窗户全打开了。

"去你家也是走这样的山路吗？"王子晴问道。

"不是，我们那儿已经修了水泥路，这里可能在大山深处，修水泥路还需要段时间。"

"嗯，第一次坐小巴士走这样的路。"

"现在还是晴天，如果再下点儿雨，那就更难走了。"

王子晴看着宋鹏飞笑了笑。

"那希望别下雨了，不然掉进山里都不知道。"

王子晴话音刚落，天空突然被一阵乌云遮住，原本还有阳光照射的天空突然变得暗淡下来。几道闪电后，大雨倾盆而下。

"你说得还真准。"王子晴连忙拉上车窗说道。

王子晴失望地看着宋鹏飞，宋鹏飞尴尬地笑了，随后又看向了窗外。

"我觉得这雨应该下不久，雨倾斜着下，而且又急又大，说明这雨只是'路过'。"

宋鹏飞分析得头头是道，王子晴听得目瞪口呆。

"看来你还是诸葛亮啊，会观天象。"王子晴说完，宋鹏飞不好意思了起来。

在雨中行驶，小巴士显得格外小心和缓慢。小巴士内的村民们纷纷拿出各自准备好的雨衣披在了自己身上。王子晴看着村民们披上雨衣，心里十分疑惑。

"披上雨衣做什么？"王子晴好奇地问宋鹏飞。

还没等宋鹏飞回复，虽然小巴士都关好了窗，但雨还是从不同角度往车内飘了进来。

"这下我知道了。他们也太有远见了。"王子晴又自顾自地说起来。

宋鹏飞见雨向车内飘来，他赶紧把身上的外套脱下来，披在了王子晴身上。王子晴被宋鹏飞突如其来的动作弄得不知所措，尽管有些不好意思，但她没有拒绝披在自己身上的衣服，反而不自觉地把头往宋鹏飞身上靠去。就这样，王子晴躲在宋鹏飞衣服下，靠在他身上，她明显感觉到宋鹏飞身子坐得很直且一动不动。好在王子晴看不到宋鹏飞的脸，这也是紧张的宋鹏飞唯一感到放松的地方。

山里的雨，果然跟宋鹏飞预料的一样，来得快去得快。小巴士行驶了半小时后，雨渐渐停了，随之而来的是大山里特有的清新和温柔的夕阳。

王子晴坐直了身子，当她望向窗外的夕阳时，温柔的夕阳瞬间洒在了她脸上。王子晴顺势打开了窗户，被夕阳"抚摸"的脸上露出了笑容。

"哇，这里太美、太舒服了吧！"王子晴看着窗外的夕阳惊讶道。

小巴士的行驶路线正迎着夕阳，巴士上的人就像被带着追逐夕阳一般。

宋鹏飞还在回味着王子晴靠在自己身上的情景，被王子晴惊醒后，他才转过头随着王子晴的视线一同望去。

"山里真好。"

"你说，等你退休后，你会不会回到你出生的地方，或者跟这儿一样的地方。"

"我会。那里有我小时候的生活记忆。等到了那时候，估计我小时候的玩伴也都退休回来了。"

"然后你们一群老头子一起钓钓鱼，再掏掏鸟蛋，是吧？"

"那到时候可爬不上树了。"宋鹏飞听王子晴调侃自己，笑着回答。

"现在想想，我退休后也想找个安静又舒服的地方，就像这个地方一样。"

王子晴与宋鹏飞望着窗外互相憧憬着退休后的生活，这时，车里的村民们已经陆陆续续下得差不多了。

"你们到底在哪儿下啊？我都快到站了。"司机师傅大声喊道。

听到师傅喊话，宋鹏飞与王子晴这才反应过来，两人连忙问起师傅。

"师傅，我们去青山村，我们是不是坐过站了？"王子晴问道。

"哦，还没有，你们是最后一站。"

"那就好。"

听说自己是最后一站，王子晴紧张的心立马放松了下来。等小巴士到站后，王子晴又向司机师傅询问了青山村的一户人家，也就是小莉家。问清楚路线后，王子晴与宋鹏飞朝着小莉家的方向走去，一路上遇到村民就再次询问一下。在去往小莉家的路上，王子晴发现村里的农作物长得十分好，但很多却烂在了地里。

"大叔，地里怎么这么多菜都烂了啊？"王子晴路过一块地时，向正在砍菜的大叔问道。

"吃不完，也卖不出，只能烂了。"大叔无奈地回道。

"那也太可惜了。"王子晴感慨道。

"习惯了，大家都这样。我们这儿收成好，地也多，不种就荒废了，就是烂了每年也得种。"大叔补允道。

王子晴与宋鹏飞听后，两人继续往一处民房走去。到了那座房子外，他们发现这两层小楼虽不十分豪华但也修得十分漂亮。

王子晴他们打量了房子一番后便在房屋旁等起来，等了一阵后，刚刚与王子晴交谈的大叔和妻子走了过来。

"大叔，这是您家吗？"王子晴见大叔走来便笑着问道。

"是的。你有事？"

"您是孙莉莉的父亲吗？我是她的大学同学，我叫王子晴。我就是来看看她在不在家。"

"是，她在外面工作，过年刚出去。"大叔说道。

"我想联系她一下，您方便帮下忙吗？"

"你们是同学没有联系方式吗？"大叔明显对王子晴有了戒备，很显然他并不知道孙莉莉与所有朋友都断了联系。

"就是好多年没见她了，没有联系方式了，您放心，我们没有别的意思。"王子晴十分诚恳地说道。孙莉莉的父亲见状才拿出了手机拨了个电话。

电话接通后，孙莉莉的父亲便把手机递给了王子晴，王子晴接过手机就往旁边走去。

"你好，你是？"小莉问道。

王子晴听到小莉的声音便忍不住哭了出来，电话那头再次询问后，王子晴才平复了一下情绪回复了她。

"我是子晴。"王子晴说，电话那头也沉默了一会儿。

"好久没联系你了，你还好吗？"小莉询问起了王子晴。

"我最近回国了，大家都没你的消息，所以……"

"你也消失了那么久。"

"嗯，我想见见你。你方便吗？"电话那头又是一阵安静，王子晴没有作声只好等待。

"好。这电话是我的微信。"

王子晴听到小莉愿意见面，心里立马踏实了。与小莉通完电话后，两人加了微信，从随后小莉发给王子晴的地址才知道，小莉原来就在离北京不远的一个小县城。王子晴也与小莉约了个时间，等她回北京后就见个面。

小莉父亲见王子晴是女儿的朋友，于是便让他们留在村里过夜，王子晴原本不想，但看着天色已晚又没有出去的车，于是也就答应了。

晚上，王子晴与宋鹏飞在小莉父亲的热情招待后，一起坐在门口的大树下闲聊起来。

"你们来一趟这儿不容易吧？"小莉父亲说道。

"是有点，山路有点难走。不过路上的风景真好，村里的景色看着就舒服。"

王子晴很会聊天，小莉父亲听后脸上露出质朴的笑容。

"我们这儿什么都好，就是出去有点难，进来也难。现在年轻人不愿意待在这儿了，留下的都是五十岁以上的人。"

"您看着也很年轻啊。"王子晴笑道。

"小伙子来根烟吗？"小莉父亲问宋鹏飞。

"谢谢叔叔了，我不抽烟。"宋鹏飞也笑道。

"我已经老了，外面是年轻人的世界。小莉也喜欢外面，她一年也就回来两次。"

"她现在做什么工作？"王子晴好奇地问道。

"说是做财务，她也很少跟我说。做什么都可以，她自己满意就行。"

"她这几年应该挺好的吧？上大学的时候她说过要给你们建新房，现在也完成心愿了，这房子真漂亮。"

听王子晴夸房子漂亮，小莉母亲满脸得意。

"这房子在这附近算得上好看的。"

"她现在也结婚了吧？"王子晴突然问道。

听到王子晴问小莉结婚了没有，小莉母亲这会儿突然起身往屋内走去，小莉父亲的脸上顿时沉下来。王子晴见小莉父母都不愿意回答这个问题，她也没继续询问，这会儿大树下突然变得安静了。

村里的夜晚大都漆黑一片，只有散落在村里各处的房屋里发出光亮，就像此时的夜空中闪烁的星星一样。

大家在大树下沉默了一会儿，在小莉父亲抽完一根烟后才又说起来。

"早几年让她回来相亲她不愿意，几年后她还一直没有结婚，也因为这事跟我们闹得不开心。"小莉父亲说，"也不知道她这些年是在等谁。"

"我能理解你们的心情，我爸妈也为了这事催我。她那么优秀，一定能遇到好人。"宋鹏飞这会儿终于找到说话的机会。

"你们俩聊，我进屋看看。"小莉父亲说完就往屋内走去。

宋鹏飞等小莉父亲进屋后小声在王子晴耳边问她："我是不是说错话了？他们好像不开心。"

"可能吧，我们也许不应该提小莉结婚的事情。"

"是不是有什么他们不愿意提的事情？"

"管这么多做啥，想当村主任吗？"

"那倒不是。"

"你们村跟这里一样吗？"王子晴好奇地问道。

"差不多，农村都是这样，大同小异。只不过我们村是平原，我大三实习时去过有很多少数民族居住的村庄，那真的是很有特色，印象深刻。"

"嗯，有机会再去走走。"

"你什么时候想，我们随时去。"

"对了，你今天注意到村里那么多农作物了吗？"

"怎么了？"

"其实你可以直播卖蔬菜呀？把一些偏远的农产品卖到全国去。"王子晴说起这些眼里便放光。

"我再看看。"宋鹏飞小声道。

王子晴并不知道宋鹏飞已经把公司关了，唯一的员工邱敏也走了。宋鹏飞不愿意向王子晴说起这事，这会儿王子晴再提到直播的事情，宋鹏飞心里很不是滋味。

"你想，全国这么多偏远农村，但是并没有多少农民在网上卖蔬菜，更重要的是，这是一举两得的事情，能带动乡村致富。如果再能有针对性地指导他们种些市场需要的东西，那可是件特别有意义的事情。"

出生在农村，宋鹏飞却没想到再回过头来带动乡村的农民创业，他努力学习，就是为了摆脱父辈面朝黄土背朝天、日出而作日落而息的生活，这样的日子在他的记忆里太深刻了，小时候的贫穷对他的影响异常深远。然而王子晴刚才的话给宋鹏飞提供了一个思路，他认真地思考着这个问题，但失败过一次的宋鹏飞，在没了公司的情况下，思维只能停留在觉得这确实是个不错的想法上。

"你说得很对，到时候我们再看。"宋鹏飞敷衍地说道。

王子晴看出了宋鹏飞的敷衍，但也没刨根问底。王子晴与宋鹏飞又聊了一会儿后，两人才回了各自的房间。

第二天王子晴与宋鹏飞走之前，小莉父母怎么都要给他们带些农村特产，无法拒绝的他们只好带上，并给小莉也带了不少。他们坐上小巴士后，两人手里提满的东西就像出村去售卖的。出村的小巴士，货物比人多，过道里、车顶上塞得满满当当。小巴士不管上来了多少人，只要有人拦车，小巴士就会停下，谁都不想错过这难得一趟的机会。

"上不来了，挤满了。"车上的人对试图上车的人叫道。

"没事没事。"准备上车的人笑着继续往车上使劲儿挤去。

一路上，王子晴发现，这样的对话后，想上车的人总能挤挤就进来。王子晴看着车内拥挤的村民，尽管车内十分拥挤，但他们的脸上都露出了笑容，感觉挤上车就十分幸运了。王子晴被身边朴实又乐观的村民所感染，这就是生活，不管身处什么境遇，总是笑脸面对。

身边座位上的鸭子朝她"嘎嘎"地叫了几声，这才打断了王子晴的思路。

"这鸭子真活泼。"王子晴看着村民说道。

"自己家养的，很好吃。"村民笑道。

回到北京，王子晴由宋鹏飞陪着去见小莉。王子晴与小莉约在了一家稍微安静的咖啡厅，王子晴很早就到了，这次她与宋鹏飞选择分开坐，以免让小莉产生顾虑。

等待的过程中，王子晴一直看着咖啡厅门口，小莉一进来王子晴便发现了她。王子晴向小莉招了招手，小莉也认出了她来。

"好久不见。"小莉落座后便先开口问候。

"有七八年了吧。"王子晴专注地看着小莉道。

简单问候后，王子晴与小莉互相打量着对方，一番沉默后，两人又继续说起来。

"我以为当年就我突然消失了，没想到你也一样。"王子晴说道。

"这些年我也一直想着过去的事情，一想到就觉得心里有愧，当你打电话给我时，我知道这件事终究还是要有个结果。"

"你知道我找你的原因？"

王子晴没想到小莉会提到当年的事，尽管说得很隐晦，但她还是明白小莉的意思。

看着王子晴惊讶的表情，小莉却显得十分镇定。

"关于那天晚上你怎么回来的事，对不起，那天我说谎了。"

小莉说完，头不自觉地低下来，像个犯错的小孩。王子晴看着曾经的好友终于承认欺骗了自己，眼泪忍不住地流下来。

"你知道那天晚上发生了什么吗？"王子晴问道。

"那天晚上他把你送回来，看着你沉睡的样子，我猜到了。"

"你为什么要骗我？"王子晴说着情绪激动起来。

面对失望的王子晴，小莉知道自己的过错给王子晴造成了深深的伤害，小莉像个孩子般不敢轻易抬头看王子晴。又是一阵沉默，沉默似乎成了她俩情绪的分水岭，等情绪平复后，王子晴为了能让小莉说出骗自己的原因，她也开始说话坦然了些。

"事情过去这么久了，现在再提这事，我想谁都不开心。这也不是你的错，错的是那个畜生。我找你的意思并不是责怪你什么，只是想知道那天的具体细节，我不能再让他逍遥法外。"王子晴说着眼里不禁露出凶狠的眼神，一想起赵华，王子晴心里就充满了愤怒。

宋鹏飞坐在一个角落里，他微低着头，眼睛时不时地偷偷往王子晴与小莉那边看去。小莉跟他一样一直低着头，等王子晴说完，小莉突然抬起头来。

"其实，我跟你一样，也希望让他受到惩罚。可能是我没有你那么勇敢，一直以来都在承受他的折磨。"小莉说着，失声哭起来。

王子晴看见小莉哭泣的样子，一时间竟比她还失控，小莉说跟自己一样还遭受着他的折磨，这让王子晴更加摸不着头脑了。原本王子晴作为受害者本想从她身上找线索，没想到王子晴却找到了同样的受害者，这让她感到十分意外。

"这是怎么回事？"

"在那天之前，他就在公司趁我不注意把我迷晕后性侵了，我原本也想报警，后来他一直威胁我，说他如果遭罪我也会身败名裂，说我的路还很长，如果身败名裂就什么都毁了。不仅如此，他还用各种手段诱惑我，只要我不找他麻烦就每个月给我很多钱。我没有办法，所以后来就成了他的情人。"小莉断断续续地说着。

王子晴听着小莉诉说自己的遭遇，抽出纸巾给小莉递过去，小莉继续讲述着。

"那天晚上，他把你送回来的时候说你们应酬喝醉酒了，让我第二天也这么说，然后又拿出他曾经威胁我的那套话来。虽然我知道他可能对你做了那事，但我真的不敢说，心里总骗自己说你就是喝醉酒了，什么都没发生。更重要的是，当时我已经有了。"

"他的？"

"嗯。"

"那现在已经？"

"六岁了。"

王子晴这才明白，在小莉心里，她承受的痛苦远远比自己更多。小莉突然消失、她父母提到让她结婚就闭口不谈，这一切都因她跟自己有同样的经历造成的。同为女人，王子晴这会儿也不知道该如何安慰小莉，她知道不管什么样的安慰都无法弥补小莉心里的创伤。

"从那以后，很长一段时间，我都在说服自己接受这个事实。孩子出生后，他也对我好好照顾了一段时间，我以为因为孩子他会在乎我，我也试图慢慢忘记我们的开始而选择这样一种生活方式。因为他是有家室的人，他说服我住在离北京不远的县城也就是现在这里，这样他才能借着出差的机会经常来看我跟孩子。可是没有想到，等孩子渐渐长大，他又恢复了之前的面目，开始对我们冷漠和辱骂，一到自己不开心的时候便拿我出气。"小莉把这些年憋在心里的委屈都说了出来。

此时，王子晴彻底成了一个听众。等小莉说完，王子晴思考了一阵才问她："你现在有什么打算？"

"这也是我答应见你的原因，我跟你一样，我也不想再继续忍受了，也想让他受到该有的惩罚。"

"过了这些年了，我们很难找到证据。其实我来找你前，也试过一些办法，但好像都没有用。"王子晴说着脸上又失望了。

"我相信会有证据的，这些年，受害的应该不止我们俩。跟他在一起的这几年，他有个住的地方很神秘。有一次他带我出去应酬，因为太晚的原因他就没有回家，就去了他住的这个地方，我进屋后他特意提醒我不要乱动房间里的东西。我猜那个房间肯定有他的秘密。"

"会不会是他有特殊的癖好，关于女性方面的？"王子晴猜道。

"我想是这方面的问题，但我们要去那个地方比较难。"

小莉刚说完，她手机定的闹铃突然响了。

"该接小孩放学了，现在上幼儿园大班了。"小莉难得露出点儿笑容说道。

"介意陪你一起去吗？"

"好啊。"

小莉说完，两人就起身往外走去，宋鹏飞这时也跟着她们一起出去了。一路上宋鹏飞一直跟着她们，直到小莉在幼儿园接到了儿子。王子晴看着小莉的儿子，这时她确信小莉说的话都是真的。分别前，王子晴与小莉达成了共识，两人想办法找到赵华的那个秘密住所，这样她们才有可能找到一些证据。然而，在那住所能找到证据也只是猜测，毕竟已经过去好几年了。

与小莉分别后，王子晴才与宋鹏飞会合。

"怎么样？"宋鹏飞与王子晴会合后连忙问道。

"有些进展，但是还不确定。"

"嗯，有进展就好。"

这次见面，王子晴对小莉的恨意瞬间变成了同情，两人的关系也开始慢慢回到大学时的样子。离开小莉后，王子晴与宋鹏飞回了北京。王子晴与小莉约定，过段时间，小莉儿子放暑假后，小莉带着他来北京找她，两人好好商量一下她们的计划。

陪伴王子晴的这些天，宋鹏飞心里觉得能跟王子晴待在一起便十分满足。王子晴这些天只想着如何完成自己的事情，没有分心去关心宋鹏飞。回到北京的那天晚上，吃晚饭时王子晴才突然想到宋鹏飞还在创业中。

"对了，这些天你一直陪着我，你公司怎么样了？"

其实这些天，宋鹏飞也在思考一个问题，就是自己公司倒闭的事情迟早要说出来，他也说服自己看开点儿，告诉王子晴并不是一件丢人的事。

"前些天就关了，现在我又自由了。"

"不好意思，这些天耽误你的事了。"

"哪里的话，现在反而觉得轻松了许多，没有那么多包袱。只是有点儿遗憾，支持我的同事对我挺失望的。"宋鹏飞苦笑了起来。

"你是说邱敏吧？"

"嗯，之前跟你提过。"

"没事的，相信自己。"

"嗯，我们都相信自己。"

宋鹏飞与王子晴说完，两人互相看了一眼，露出了笑容，在他们身边，小旺财正吃着大鸡腿。

刘东那天与李一来喝完酒后，在妻子的骂声中，他觉得自己不应该再沉迷于喝酒，赚钱这件事才是他应该花心思的。然而，钱赚得多了，刘东又重拾起曾经的爱好——赌球。最近赌球，刘东学聪明了，他给自己立了个规矩，就是从不在家赌。由此，刘东重新赌球后再也没被老婆发现过，久而久之，刘东便得意起来。

好景不长，刘东又一次沉迷赌球后，他所赚的钱又花没了。吴珊发现刘东自第一次拿回来钱后，就再也没有往家拿过钱了，更重要的是，看着刘东每次回家又是愁眉苦脸的样子，凭借这些年的经验判断，刘东又开始赌球了。吴珊这次没有像以往那样说他，她选择了沉默，因为她深知没有多余的精力像往常一样对刘东苦口婆心地劝说了。吴珊目前的工作也不稳定，公司裁员降本增效的消息，让她焦虑了很久。

在送多多去滑冰馆时，王志强观察到吴珊情绪沮丧，但这次王志强并没有像之前那样过于暴露自己的渴望。

"之前滑冰馆做活动时，看到你在台上发言，觉得你很有主持人的气场。最近我们公司有个活动，你愿意客串一次主持人吗？主持费挺高的。"

吴珊曾经在大学里做过几次主持人，她也很喜欢主持，这次王志强的邀请让她十分纠结，一方面她知道王志强的意图，另一方面这次主持确实还可以挣些钱。

"你就帮我这个忙吧，最近一直找不到合适的人。"王志强见吴珊犹豫，于是以让她帮忙的方式劝她。

"好吧，什么时候？"

"周六晚上。"

吴珊碍于之前王志强帮过自己，所以这次也不好意思拒绝。

接了这次主持任务后，吴珊提前彩排的时候，王志强作为老板始终陪在她身边，这让吴珊有点不好意思，同时也感受到了王志强的细心和周到。经过几次彩排，周六活动的主持吴珊做得十分顺利。当晚，王志强以感谢为借口邀请吴珊吃晚饭。

吴珊没有拒绝王志强的晚餐邀约，就当去舒缓一下近期的焦虑情绪，王志强便带她去了一家高档餐厅。吴珊第一次去这么高档的餐厅，一开始也觉得有些不自然，好在王志强全程照顾得很好，吴珊才没那么拘束。

晚餐中，王志强说话有条不紊，他极力展示自己的绅士风度和博学。吴珊在他面前就像个听课的学生，看着他尽情地"表演"。吴珊听着王志强的讲述，渐渐地被他渊博的知识所吸引，他的很多人生观点让吴珊十分认同。一开始，吴珊保持着一贯的谨慎，但随着王志强话题的吸引，吴珊借着酒劲也与他侃侃而谈起来。

谈得尽兴时，吴珊难得地开怀大笑起来，这是她很久以来从未有过的与异性坦诚相待的交流。在这个特定的时间里，吴珊似乎才发现自己内心藏着这么多想诉说的话，从自己这些年的经历到与老公的关系和工作中遇到的难题，吴珊有选择地说了一下，心情愉悦了不少。

"我明白你内心的孤独和脆弱。"王志强深情地看着吴珊说道。

听到这句，吴珊情绪竟然有点起伏，这么套路的一句话却说到了吴珊心坎里。吴珊缓过神儿，借口去了趟洗手间，她告诉自己必须尽快回家，不能在这儿听王志强高谈阔论了。

"不好意思，不早了，我该回去了。"吴珊说着又整理了下自己。

吴珊回到家的时候，女儿多多和刘东都入睡了。吴珊小心翼翼地回到房间，躺上床后又回想起与王志强见面的画面，尽管他们什么都没有做，但看着身边熟睡的老公和孩子，还是生出满满的愧疚感，为自己赴王志强的约而自责。

从上次打电话给王子晴到现在，吴珊也有段日子没有见她了，趁着自己最近也身处纠结中，吴珊约上王子晴出来谈心。

"最近你好像神神秘秘的。"吴珊好奇地问王子晴。

"哪有，看你倒好像有心事。"王子晴故作镇定，笑着说。

"还不是家里那点儿感情事，上次跟你说过，我家那人也太让人失望了。"

"男人就那样，不过，刘东再怎么让你失望，他总不会出轨吧？"

"他倒不会出轨，重点是再这么下去，我快出轨了。"

听到吴珊说自己快出轨了，王子晴忍不住笑了出来。

"不是真的吧？谁能让你出轨啊，这么厉害。"

"出你个头，找你出来聊聊，放松下。"

"不过说真的，你家刘东如果太让你失望了，你也该为自己考虑考虑了，毕竟两个人一直这么下去也不是办法。但你们这一路走来非常不容易，我希望你不要轻易放弃这段感情，当然，无论怎样我都站在你这一边。"

"你说的我当然知道，不过的确遇到一个对我有意思的人，但没办法，他的魅力大不过多多和刘东，虽然日子过得一地鸡毛，但他们是我的至爱啊。"

"那就好。单身的我说实话没什么发言权，相信你能处理好家庭问题，你的工作最近怎样了？"

"一般，公司业务下降挺多，要裁员，降本增效嘛。"

"大家日子都不好过，不过你工作能力一直很出色，裁员也轮不到你。"

"走一步说一步吧。"

吴珊在王子晴的安慰下，心情也变得舒畅一些，随后她转而问起她的事情来。

"你跟宋鹏飞怎么样了？"

"什么我跟他怎么样了，最近很平常啊。"

王子晴装作若无其事的样子，但脸上的神情出卖了她，吴珊看着不会说谎的王子晴立马笑起来。

"你也老大不小了，也该找个靠谱的人嫁了，宋鹏飞就不错，众所周知他喜欢你。"

王子晴这些天有宋鹏飞的陪伴，她也更能感受到宋鹏飞对她的照顾和喜欢，只是现在她并没有把恋爱这件事放在第一位。不过，在王子晴心里，对宋鹏飞的想法也在悄悄转变，只是她自己压抑着不想去直视。

"我听说他以前对你可是真上心。你还记得大学最后那段时间吗？宋鹏飞对你可是把心都掏出来了。"吴珊继续补充道。

吴珊说的大学最后的那段时间正是她经历那事的时候，那段时间自己每天的恍惚让她忽略了身边很多的人和事。经吴珊此时一点拨，王子晴才发现，宋鹏飞那段时间对自己的确付出了很多。

"怎么说？"

"我听说……"

吴珊把自己听到、看到的宋鹏飞如何陪伴她，以及他为她做的事情都细细说了一遍后，王子晴终于抑制不住自己内心的情绪，感动地哭了。

"不会吧，子晴，你现在怎么这么容易被感动？"吴珊惊讶地看着王子晴，脸上还露出了嘲笑般的笑容。

"我这是喜极而泣，你也该知道有个靠谱的男人喜欢你多难得，这点你现在应该能感同身受吧？"

王子晴说着自己也笑了起来，吴珊以为王子晴是被宋鹏飞过去的事情所感动，却并不知道最近宋鹏飞对王子晴的陪伴。

"那你们现在要不要考虑一下？"

"说什么呢？你是不是忘了今天是聊你的工作和感情，怎么现在扯到我这儿？"

"哦对，你看，一聊到你感觉就聊开心了。"

吴珊说完，哈哈大笑起来。

"这回你开心了吧？好好收拾自己的事吧。"

"说真的，珍惜对你好的人。"

"收到，我会跟着自己的心走。"

刘东这会儿正在忙着指挥工人配送蔬菜，看着自己做得越来越大的生意，刘东越发觉得自己有本事，脸上无时无刻不显示出自己愉悦的心情。与刘东不一样的是，孙钱自从被刘东挤走后，心里一直耿耿于怀。刘东并不知道危险正一步步向他走来，直到晚上回家的时候，他独自一人走在路上被人跟踪了，发现时为时已晚。

在他身后，数名大汉戴着口罩、拿着木棍，朝刘东脸上砸下来，刘东被打得措手不及，原本高大的他很快被数人按在地上一顿狠揍。

"谁派你们来的？"

刘东使出浑身力气憋出了句话，随后他们再也没有给他说话的机会，只见刘东在地上被打得连滚带爬。待所有人揍尽兴后，刘东终于有了喘气的机会，他爬起来靠墙坐下。

"你们这帮畜生，我知道你们是谁。"刘东说着便捂住头，又骂了几句后他才坐着安静休息。

刘东被打后，吴珊带着多多最先赶到了医院。看着满脸是伤的刘东，她心疼起来。

"咋回事啊，是不是又喝酒了，怎么被打成这样？"

"没事，这都是皮外伤。我本来都想走了，他们非要我住几天。"刘东见妻子担心自己，连忙笑着说，随后又抱起靠近他的女儿多多。

"平时喝酒赌球就算了，现在还打架。"

"我这是被人打，又不是我想打架。"

"想被人打怎么不告诉我，我可以打你啊，满足你的心愿。看你这样，现在真后悔那天没多扇你几个耳光。"

"我就知道那天是你扇的。"

"不是我是谁？"

吴珊正在气头上，刘东也不敢继续惹她，只好把注意力转到女儿多多身上。

"爸爸，你脸上跟画了幅画一样。"多多好奇地说道。

"是不是很好看，要不要爸爸帮你也画一幅？"

"不要。"

"不用客气，爸爸给你画画。"

刘东与女儿嬉闹，吴珊在一旁看着满脸嫌弃，就在这时宋鹏飞他们也赶了过来。

"谁在说画画呢？"宋鹏飞进来就问道。

刘东见宋鹏飞来了，立马慌张了起来，他不愿意让大伙儿看到自己如此狼狈。

"别躲了，都成这样了。"李一来笑着说道。

"你们是来看我笑话的还是来安慰我的？"

"一半一半。"王子晴走到吴珊身边说道。

"我打架从来没输过，就只有这次被偷袭，不讲道德，搞偷袭。"

"行了，知道你一直很厉害，学生时代打遍全校。这次是失误。"宋鹏飞安慰起刘东，刘东听后十分满意。

"还是老宋了解我，说得一点儿都没夸张。"

"看你这不要脸的样儿，还吹牛。"吴珊见刘东得意的笑容，立马泼了盆冷水。

"他这已经没脸了，你就别再说她了。"王子晴与吴珊两人唱着双簧，刘东有气也不敢出声。

"什么时候再出来喝酒？"李一来仔细看了看刘东脸上的伤，

这让刘东还不好意思起来。

"别哪壶不开提哪壶。"

"我们去吃饭吧，让他一个人休息休息。"吴珊准备领着大伙儿出去，只留下刘东一个人待着。

"你们好意思吗？我一个被打的人，你们出去吃饭我怎么办？"

吴珊带着大伙头也不回地走了，刘东听着他们的笑声逐渐越来越远。

"真让他一个人待着？"王子晴问吴珊。

"活该，让他一个人反省反省。"

"说得也是，这次有人给你报仇了，就是下手有点儿重。"

"我看刚刚好。"吴珊淡定地说道。

"不会是你叫的人吧？"

"当然不是了，如果我叫的人，那不止打脸。"

吴珊、王子晴两人边走边聊，没说两句就互相笑起来，跟在她们身后的宋鹏飞与李一来却对刘东依依不舍。

"没了刘东，喝酒都不开心。"李一来失望地说道。

"在你这儿，他估计也就这点儿优点了。"宋鹏飞回答。

"那倒不是，吹牛也是一流的。"

宋鹏飞听李一来淡定地说完，也被他逗笑了。

"对了，你最近忙啥？公司怎么样了？"

"用刘东的话说'别哪壶不开提哪壶'。"

"看来你公司也不怎么样，我也正烦着公司的事情呢。"

吴珊带着大伙儿从刘东病房出来，说是要去吃饭，但走到门口时，大伙儿都示意吴珊进去多陪陪刘东，等刘东好了再一起聚聚。吴珊明白，他们也是配合自己做做样子给刘东看，让刘东产生心理落差，好反省自己。等目的达到，吴珊把王子晴他们送走后，自己买了饭菜又回了刘东房间。

"不是跟他们一起去吃饭了吗，怎么又回来了？"刘东见吴珊又返回，他略带生气地说道。

"你应该庆幸自己有一帮好朋友，他们让我多陪陪你。"吴珊说着也没给刘东好脸色，刘东知趣地赔上笑脸。

"我就知道他们不会让我一个人待在这儿。"

"快吃饭吧，少说话。"

吴珊说着就把饭菜都拿了出来，刘东起身帮助老婆一起，吴珊这会儿又故意说话气他。

"这个时候要是喝两瓶酒庆祝一下该多好。"

刘东听完，拿起碗夹了点儿菜就在一旁吃了起来，他头也不抬话也不说。吴珊知道自己开的玩笑让他有了小脾气，看着刘东脸上带着伤，心情又失落地吃着饭，也心软了。

"来来来，吃点儿肉。"吴珊说后，就夹了几块肉往刘东碗里放去。

刘东没有拒绝老婆夹的肉，他接过来大口吃起来，但就是保持沉默，以此继续抗议。

李一来看望刘东后回了家，当天晚上，与母亲小酌了一杯红酒后，母亲又提到了父亲，眼里全是对丈夫的怀念。

"如果你爸还在就好了，我们三个人也能开开心心地一起吃饭。现在想想，我们上一次在一起吃饭是好久以前的事情了，以后也不会再有了。"

"妈，说这个做什么？等我找到老婆不就又是三个人了吗？说不定还有四个、五个呢。"

"我才不信你，你就知道画些饼来安慰我。你的小女友是不是也跑了？"

"她不是跑了，是自由了。"

"什么时候才能踏实一点。"

"放心吧，你心里想的我全知道，我会努力的。"

"你知道我是想要你找老婆的。"

"行了行了。妈，早点儿休息。"

李一来说服母亲休息后，他一个人在自家别墅的花园里又待了会儿。李一来之所以不让母亲继续说下去，是因为他知道，在母亲心里其实一直放不下的事情是什么。李一来心里也始终把寻找父亲自杀的真相放在第一位，他一直在对公司进行利益分析和调查。经过这段时间的调查，暂时还无进展，所以母亲提及这事时他只能选择回避。郑芳明白儿子不愿意谈及此事，她也不想再继续讨论了，她知道儿子此时压力也很大。只是自己在喝了点酒，对丈夫的怀念涌上心头时，她才会顺便提一嘴。

李一来在花园待到深夜，身边的酒也被他喝得一点都不剩了，直到沉睡过去，母亲与保姆才把他扶进卧室休息。

第二天，李一来到公司后，在查看父亲当时经手的一些项目资料时，他惊讶地发现其中有些项目跟前些天张军操盘的那三个项目有相同之处，这些项目都与一个公司相关，李一来知道张军个人持有这个公司的股份。顺着线索，李一来继续调查张军持股的这个叫兴业的公司。从注册资本来看，兴业公司是个小公司，但却承担了公司许多大项目的开发。

随着调查的深入，李一来发现公司还有其他同事持有这个公司的股份，或者通过不同的渠道从中获利。李一来这才恍然大悟，原来张军带着这帮人在挖公司墙角，而且从父亲自杀前就已经开始了。得知张军挖公司墙角为其众多关联公司牟利后，李一来愤怒不已，但除了愤怒，李一来还没有找到任何张军涉及侵占公司资产的证据。比发现张军侵占公司利益更重要的是，李一来猜测，父亲的自杀除了因为众所周知的原因外，是不是真的如母亲所说，还有别的原因？如果有，那张军是否就有最大的嫌疑？李一来不知道的是，他的猜测会让他走向比刘东更危险的境遇，也正是这样，他离自己想要的真相越来越近了。

李一来把所有猜测和矛头对准张军后，他转变了应对思路，从之前的明争暗斗，到现在他处处迎合张军。一时间，在李一来迎合张军的举动下，公司剑拔弩张的氛围顿时消失，其乐融融一片祥和的氛围围绕着公司上下。李一来要的就是让张军放松警惕，然后大胆地去做侵吞公司资产的事情，从而让其露出马脚，以便让自己收集到证据。另一边，李一来与张军关系缓和后，他也在悄悄拉拢张军的人，这招是他从张军那儿学会的。

　　暑假到了，小莉如约带上孩子来北京找王子晴。小莉这次来北京，没有跟赵华说。她来北京后，直接住在了王子晴家，时隔多年，她们俩又住在了一起，只是这次她们有个一样的目标，就是让赵华罪有应得。

　　小莉的到来让王子晴十分开心，小旺财看到新来的小孩也很兴奋。小莉的到来，让王子晴家顿时热闹起来。在欢迎小莉的晚餐上，宋鹏飞也准备了自己最拿手的好菜。

　　"哇，这一大桌也太丰盛了。"小莉看着桌上的菜，不禁佩服起宋鹏飞的厨艺来。

　　"从小在农村长大，别的不说，就厨艺这点还是拿得出手的。"宋鹏飞也不再谦虚了。

　　"这是真的，我可以做证。如果宋鹏飞开饭店，那肯定能赚钱。"王子晴给小莉孩子夹了块菜后笑道。

　　"真好，谁嫁了你肯定幸福。"小莉说。

　　"不过现在开饭店不行了，大家都不敢去饭店吃饭了。"

　　这三个分别许久的朋友，互相闲聊了一阵，晚饭后，小莉把孩子哄睡了，他们才在客厅沙发上说起正事。

　　"我这次来他还不知道。"小莉先说。

　　"你们一般多久见一次？"王子晴问道。

　　"一般两个星期左右他会来找我几天，但现在我来北京了，只能我去找他了。"小莉继续补充，"我不会说我住在北京，不然他会怀疑。他这个人很敏感，我曾一度原谅他，毕竟他是孩子的爸爸，但这么多年看他这么作恶多端，真的恨，不知多少个你我这样的女孩被他糟蹋，良知让我不能再袖手旁观。"

"谢谢你，你能这么说我就放心了。"王子晴说道。

"我们现在主要是找到他的那个住所，然后找到线索。我的意思是，如果他继续犯案，我们还有现场抓住他的可能，再加上如果找到之前的线索，那么定他罪就板上钉钉了。"宋鹏飞解释着。

"我们知道你的意思，但我们怎么知道他什么时候会作案？"王子晴分析，"现在我们先找到那个住所再说。"

"我赞成子晴说的。"小莉说道，"这两天我就去见见他。"

"嗯。"

王子晴与小莉、宋鹏飞三人商量后，先由小莉去会会赵华。

小莉联系了赵华后，赵华对小莉突然出现在北京感到十分意外，因为小莉一直找他要钱，赵华才没有怀疑小莉。

小莉去见赵华，宋鹏飞与王子晴一直跟着他们。小莉像往常一样，让赵华陪自己逛街买了许多东西后，她才提出去赵华家。赵华当然没有同意小莉的要求，于是小莉顺势提出去那个赵华曾经带她去过的住所。赵华一开始并不承认有什么其他的住所，面对赵华的警惕性，小莉知道那里一定有赵华的秘密，便也没有一直说要去，以免让赵华产生怀疑。

第一次尝试接近那个住所失败后，小莉与王子晴、宋鹏飞在家又商量起别的办法来。

"他是不是对你提出去那个住所有怀疑了？"宋鹏飞问道。

"应该没有，他只是不会被动地带别人去，他是个有极强防范心理的人。"小莉分析着。

"我们不能等他下一次再带人去那儿，如果这样又多一个受害者。我们得在那之前，把他抓到。"王子晴思考后，说出了自己的观点。

此时他们陷入了被动局面。小莉见事情陷入被动后，又主动提出自己的想法来。

"只有一个办法了。"小莉淡定说道。

"什么办法？"王子晴好奇地问道。

"我明天去找她，然后借机像上次一样喝点儿酒。"小莉说。

小莉的办法就是像上次赵华带她去时那样，她喝酒后，赵华就会对她放松警惕，也会带她去。但这个办法就是把小莉送入虎口，王子晴与宋鹏飞听后没有作声，倒是小莉看上去十分有信心。

"也只有这个办法才能让他现出原形，你们不用担心我。"小莉看着王子晴和宋鹏飞认真地说道。

王子晴与宋鹏飞不知道小莉如果被带去那儿会面临什么，看着小莉这坚决的态度，他们也不好阻拦。

"我们会一直跟着你。"王子晴拉过小莉的手说道。

"放心。"小莉笑了笑。

在后来的几天，小莉几次找机会与赵华一起喝酒，但都被赵华找借口拒绝了。当小莉以为自己的计划也行不通时，赵华却主动提出在他们交往纪念日这天庆祝一下，小莉知道这是个最好的机会。那天，小莉打扮得十分漂亮，赵华带她去了个隐蔽又高档的餐厅，宋鹏飞他们也悄悄跟了过来。

在与赵华吃饭时，小莉一改以往的方式，这次显得十分主动和温婉，言语中不断撩拨着赵华。赵华看着年轻漂亮的小莉，开始还保持着淡定的绅士风度，但很快就完全沦陷了。赵华看着小莉，脚已经忍不住在桌下往小莉腿上蹭去。赵华的行为让小莉十分恶心，但脸上始终还要装出微笑和娇羞，而赵华猥琐的脸也被小莉身上的摄像头拍了下来。宋鹏飞与王子晴通过手机看到赵华的样子也感觉到一阵恶心。

等赵华带着小莉出来时，两人果然都喝得有些醉意，但赵华却明显清醒些。赵华看着身边东倒西歪的小莉，此时的他正如小莉预计的那样，带着小莉就往他的秘密住所赶去。宋鹏飞见赵华带小莉走，连忙开车跟了上去。王子晴通过手机屏幕一直盯着赵华，生怕他对小莉做些什么。

在赵华的司机拉着他们走了一段时间后，王子晴从手机屏幕上看到，赵华对还没完全迷糊的小莉轻轻拍了几下。原本只是假装喝醉酒的小莉，被赵华轻拍几下后就彻底晕了过去。王子晴看着这熟悉的画面，顿时心里担心起来，不断催促着宋鹏飞赶紧跟上赵华的车。

宋鹏飞一路紧跟赵华的车，但又始终保持着相当的距离，直到赵华的车开到一个小区后，赵华便带着小莉下车了。

宋鹏飞与王子晴通过装在小莉身上的几个摄像头，隐约中能看到赵华上了几楼。与此同时，已经感觉到十分危险的王子晴，这时候选择了报警。报警后，宋鹏飞与王子晴两人也悄悄往赵华所住的楼层跟去。

通过手机屏幕，王子晴发现赵华把小莉背进一套住宅，那住宅的窗帘都被拉上了，房间里灯光灰暗。直到小莉被背到一个小房间时，赵华终于露出了邪恶的笑脸，随后他把小莉的手脚都绑在了床上。

看到小莉正要被赵华侵犯，王子晴担心得满头大汗，她与宋鹏飞一边等着警察一边寻找赵华的房间。终于，在警察到来的那一刻，宋鹏飞找到了赵华的秘密住所。

警察破门而入，抓住了正要侵犯小莉的赵华。在警察对这个房间的搜查中发现，房间里放着许多不堪入目的器械，这些都是赵华侵害女性的作案工具。另外，在一个小房间，警察还发现了许多笔记本。每个笔记本上都记录着赵华每次侵犯女孩的细节，并且都留有女孩的一些头发。这些发现，也正是王子晴与小莉所预料的。

王子晴与小莉在宋鹏飞的帮助下，终于让赵华露出了真面目，赵华被抓的同时也找到众多证据。与此同时，一些受害者经警察联系纷纷站出来指证，当然也都被匿名保护起来，其中也包括王子晴与小莉。除了宋鹏飞，没有谁知道王子晴与小莉最近做了件如此正义的事情，她们不仅让自己从过去的泥潭中走出去，也让其他受害者看到坏人受到了应有的惩罚。

经过这些天的事情，王子晴与小莉身心疲惫。小莉在这件事结束后，准备带着孩子回老家，一是让自己散散心，二是让孩子体验一下农村的生活。而王子晴这次也向宋鹏飞提出去他家乡看看，正好也休息一阵。

十一　回乡

　　王子晴突然说想去自己的家乡看看，这让宋鹏飞既高兴又有些紧张，毕竟这是他第一次带女生回老家。宋鹏飞心里开心一阵后，便提前把自己要带女生回家的事情告诉了父母，好让父母准备一下。隔着手机屏幕，宋鹏飞都能感受到二老内心无比的开心和激动。

　　相比父母的喜悦，宋鹏飞却感到一丝紧张，他知道父母以为他带女朋友回家了，尽管已经解释了，但父母根本听不进去。在带王子晴回家的路上，她一路上显得十分轻松自在，对宋鹏飞的南方老家充满好奇。而宋鹏飞离老家越近时，他心里越紧张。

　　果然不出所料，宋鹏飞父母的喜悦所表现出来的行为让宋鹏飞感到十分难为情，恨不得找个田里的泥鳅洞钻进去。当宋鹏飞带着王子晴在村口下车时，他发现村里的老老少少比平时更多了，他们看到自己带着女孩回来，都好奇地多看了几眼，脸上还露出了笑容。一路上，宋鹏飞每走几步就要被询问一次是不是带着女友回家看父母了。宋鹏飞尴尬地解释，王子晴却满是欢笑又不失大度。直到宋鹏飞快到家时，他以为能松一口气了，没想到家的周围也站了许多村民和亲戚，大家三三两两互相笑着讨论。他们见着宋鹏飞回来了，纷纷朝他这儿看来，脸上的笑容更加灿烂，就像在看精彩的演出一样。宋鹏飞这会儿恨不得立马朝田里跑去，不管遇到什么洞都想钻进去藏起来。王子晴看着宋鹏飞家这么热闹，心里倒也十分开心。

宋鹏飞后来才得知，自己带女孩回来这事被母亲提前在村里宣传了一番。母亲逢人便说自己儿子要带女朋友回来，还是个上市公司的法务主管，这让母亲十分有面子。很多人也十分羡慕她，尤其是当初那些说给宋鹏飞找对象比给牛找对象都难的人。所以经过母亲的一番宣传，在宋鹏飞回来前，村里大部分人都知道了这事，于是大伙儿都来看宋鹏飞的女朋友，有些是纯看热闹好奇的，还有些是不相信宋鹏飞母亲的话来亲眼求证的。

王子晴的气质跟长相让所有人都惊讶，村民们发出一阵阵夸赞，王子晴从未感受到这般情景，心里有说不出的开心。有些与宋鹏飞同龄又没找到对象的人，他们看到王子晴后纷纷摇头走了，嘴里小声嘀咕："这小子，上辈子修了什么福，女朋友找得这么好看。"

"好好好，快进屋休息吧。"宋鹏飞母亲拉着王子晴的手就往屋里去。

等王子晴进了屋，宋鹏飞父亲便向久久不肯散去的村民说道："大家快去忙吧，田里的稻谷都不打算收了吗？"

"你就偷着乐吧。"听宋鹏飞父亲说后，一位大爷临走前回道。

听屋外嘈杂声渐渐消失了，宋鹏飞紧张的心才渐渐缓过来。他看着母亲一直盯着王子晴傻笑着，连忙提醒，这才让母亲去忙碌了。

"不好意思，没想到这么多人。"宋鹏飞看着王子晴说道。

"有什么不好意思的，我挺喜欢他们的，觉得很热情又淳朴。"王子晴笑道。

"热情又淳朴是真的，我小时候他们是看着我长大的，现在都以为我有对象了。"

"看来在他们心中你有对象这事是件不容易的事。"

就在王子晴与宋鹏飞说着这会儿，宋鹏飞父母很快把提前煮好的菜都摆上了桌。王子晴看着满满当当一桌菜，惊讶得连忙看向宋鹏飞母亲。

"阿姨，这也太多了，简单点就好。"

"别客气，这些都是我们农村的一些家常菜，不知道你吃不吃得习惯。"

桌上自家养的鸡、鸭、鱼都是标配，其他的一些菜也是农村常吃的，王子晴闻着菜香就咽起了口水。

"那我就不客气了，看着就很好吃。"

王子晴说后便开始吃起来，宋鹏飞母亲看着她忙帮着夹菜。宋鹏飞的父亲很少说话，但脸上始终挂着笑容，每隔一会儿就拿起酒杯喝上一口。

"我们这儿的菜都有辣椒，你吃得还习惯吗？"宋鹏飞看着已经辣红脸的王子晴说道。

"当然了，有辣椒太好吃了。"王子晴边说边吃，"阿姨的厨艺真是太好了，有机会要跟你学学。"

"好吃就好，阿姨别的优点没什么，就是做菜这点那是村里都出名了的。"宋鹏飞母亲说后，脸上的笑容久久不见消失。

此时的场景，宋鹏飞在脑海中想象过无数次，只不过这次终于成真了。看着母亲与王子晴两人有说有笑，他也十分开心。父亲喝了几杯酒后，见宋鹏飞丝毫没喝，便和他喝了起来。宋鹏飞看父亲很久没有像今天这样开心了，虽然王子晴还不是他女朋友，但此时他也觉得十分满足了。

晚上，宋鹏飞在王子晴回房间收拾的间隙，终于找到机会跟母亲说起自己与王子晴的关系来。

"妈，在北京的时候就想跟你说的，看你高兴就没说了。"宋鹏飞断断续续地说道。

"什么事？"

"我跟子晴还不是情侣关系。"

"我知道。你打电话回来的时候我就知道了。"

"你知道了还到处说，今天还这么高兴？"

"你真傻，女孩子跟你回来，那跟答应做你女朋友有什么区别，你这个蠢驴，难怪你现在还单身。"

母亲的话让宋鹏飞瞬间恍然大悟，一直以来在宋鹏飞心中王子晴是女神般的存在，丝毫不敢相信她会对自己有什么想法，所以在王子晴面前就形成了习惯性的自卑。

"那你这么一说，我是不是有机会？"宋鹏飞说着自己都笑了起来。

"你说呢？你不跟我说，我都想找你说这事，你再胆小不敢追，没有把握好机会，看你不后悔一辈子。"

母亲说得头头是道，宋鹏飞难得虚心听母亲的教导。宋鹏飞从与母亲聊天后，他怎么也不敢相信王子晴会对自己有感情方面的想法，但这次宋鹏飞下定决心不再像以前一样。然而，当看到王子晴时，宋鹏飞又把母亲的话暂时放到了一边。

晚上，王子晴与宋鹏飞坐在院子里，宋鹏飞母亲不断往他们身边送着水果。

"别去打扰他们了。"当宋鹏飞母亲再次送了水果后，宋鹏飞父亲连忙阻止了她，这才让宋鹏飞两人有了单独相处的时间。

"如果能远离城市的喧嚣，一直生活在这样安静又舒服的地方就好了。"王子晴坐在摇椅上，看着远处闪烁的星光说道。

宋鹏飞没有想到此时王子晴竟对农村生活这么憧憬，这是他唾手可得的生活，在她这儿却成了期待的生活场景。

"如果你真想在这儿生活，我父母肯定开心得很，就是看你能不能受得了蚊子咬。"

"要说有什么缺点，这真能算一个。"王子晴说完就往手上拍去，"啪"的一声，一直观察王子晴他们的宋鹏飞母亲这时连忙点上蚊香，悄悄放了过来。

"你从小就在这儿生活，努力学习考到了大城市，也有体面的工作，为什么一遇到困难就想回老家看看？"王子晴突然问道。

"在外遇到困难或者烦心事，我第一时间就是回老家，待上一两天后就会好很多，我也不知道为什么，可能是看到家人后觉得应该为他们做点什么，才会动力十足地投入工作中吧。"

"我似乎明白了什么。你不愿意过一眼望到头的生活，从这个村子走出去，你做到了。"王子晴真切地说。

"人各有志吧。现在看来我是迷茫的，失业青年一枚，无颜面对家乡父老。"

"你这就不对了，你是爸妈的骄傲。我知道每个人都有自己想要追求的生活方式，不过这种追求也可能随着时间而改变。这里是你的根，说不定再回到这里，你能成就一番事业呢。"

宋鹏飞听完王子晴说的，他也很有同感，在北京创业的这几年，对生活和追求的理解也在不断变化着。

"你还记得之前去小莉家时我跟你说过的事情吗？"

"什么？"

"你猜猜，看你能不能猜到。"

"直播卖农产品？"宋鹏飞思考后回答。

"猜对了一半。我们一起创业吧，不仅仅直播卖农产品，我们还要带着大家一起创业。"王子晴说着便展露出雄心勃勃的样子。

王子晴突然说要跟自己一起创业，宋鹏飞感到十分惊讶，因为他的公司才刚倒闭。

"你不用安慰我，我才创业失败，你放着年薪百万的工作不要，来农村和我创业？别胡说了。"

"创业失败是相对的，在我眼里你没有失败，有了经验教训，没有人比你更了解这片土地，我发现你到农村，眼里都带着光。"

宋鹏飞没再说什么，只是淡淡地说了一句"我想想"。

"嗯，你好好想想，真的，我全力支持你。另外叫上吴珊他们一起。李一来有钱不是没处投吗，大家也难得聚一起做点事情。"王子晴又补充道，"上次看着那些辛勤的农民，给我的感触很大，尽管我没有在农村生活过，但我能体会到他们对美好生活的向往。"

王子晴说着回想起在小莉家乡见到的情景，那些农民辛勤劳作的画面使王子晴的内心被触动。宋鹏飞被王子晴这么一说，心动的同时却不禁自责起来。从小在农村出生、长大的他，却从未想过要做些与家乡相关的创业，更别说要带领他们创业，让他们做自己最熟悉的事情。

"也许，我可以再努力一次，试试看。"

"这就对了，一定会成功的，到时这附近所有的村庄都知道你了，那你相亲不是更容易了。"王子晴又调侃起宋鹏飞来。

"蚊子真大。"宋鹏飞用力往自己脸上一拍，随后岔开话题。

"这孩子真傻。"在楼上偷偷望着宋鹏飞他们的父亲说道。

"这点跟你确实很像。"母亲与父亲站在一起。

"他什么时候才能开窍，再傻也不能耽误自己还让女孩子失望啊。"父亲继续失望地说道。

"这都怪你。"

"怪我什么？他找不到老婆还怪我了？"

"他要是长得不像你这个样儿估计也早找到了。"

宋鹏飞父母在楼上拌嘴，宋鹏飞认真地思考着王子晴的话，也下定决心扎根农村重新创业。

在接下来的几天里，宋鹏飞带着王子晴去县城吃了家乡名吃羊肉汤、烧饼，也去了自己曾经就读的中学，讲着自己学生时代的事，他把每次回老家走过的路线，带着王子晴都走了一遍。通过和宋鹏飞这几天的密切接触，王子晴发现了他身上太多的闪光点，这是她这几天最大的收获。

刘东带着未痊愈的伤继续他的卖菜事业，从一定程度上说，刘东似乎已经走在了王子晴他们前面，他已经把农民种的菜卖到了各个小区。只不过，刘东发现居民们对蔬菜的需求成为一种必需品且又被自己垄断后，他便故意抬高物价。特别是在需求量更大的一些小区，刘东与社区工作人员合伙抬高物价垄断经营的做法，让居民们抱怨不断。随着投诉和网上的抱怨声，相关部门对刘东垄断市场抬高物价的做法悄悄进行了调查，而刘东对此毫无察觉，一直沉迷在赚钱的欲望中。

吴珊自从与王子晴谈了次心后，对自己家庭的事情，吴珊也看得更开了，对刘东已经彻底放弃希望，她自己开始谋出路想赚更多钱来养这个家。王志强那次介绍吴珊做主持人得手后，他又帮忙介绍让吴珊做起了以法律知识为主的知识付费直播。对于王志强再给自己介绍兼职，吴珊虽然答应了，但始终也在坚持自己的底线，无论王志强多么用心良苦，吴珊都不为所动，只谈论工作和孩子的相关问题，其余免谈。

自从妻子兼职做了直播，刘东看着妻子越来越忙碌，对自己似乎已经毫不在意了。那天，刘东收工回家，妻子晚上回来后两人闭口不谈任何事情。一阵沉默后，门口急促的敲门声才打破了屋内的安静。

吴珊打开门，只见门口站了许多穿着制服的人严肃地看着她。刘东发现门口站满了人，脸上不禁紧张起来，随后那些人亮出了警察身份便进屋准备把刘东带走。

"现在以涉嫌非法经营将你带走调查，请你配合。"

刘东听后便看向了吴珊，没想到自己这么快就被抓住，吴珊看着刘东被带走顿时不知所措。吴珊抱着多多，眼里忍不住的泪水往下流去，多多看着母亲也"哇"的一声哭了起来。

"对不起，好好照顾多多。"刘东被带出门口的一瞬间突然朝吴珊大声说道。

看着爸爸被人带走，多多在妈妈怀里一直想挣脱去找爸爸，吴珊紧紧抱着多多走到了门口，看着刘东被带走，消失在走廊里。

刘东被带走调查后，原本安静的家里此时更加安静了。多多自从爸爸被抓后也变得沉默寡言了，吴珊看着多多的变化，心里也恨起刘东来。刘东被抓走后，吴珊去看过刘东几次，每次两人似乎也无话可说，刘东说得最多的是觉得自己对不起吴珊，然而这种话她已经听得够多了。

在刘东被抓走的这些天，吴珊没心思面对公司高强度的工作，要强的吴珊主动提了离职，体面地离开，不为所谓被辞退后的补偿而混日子，她把精力用在了照顾多多和直播上，也只有工作才能让她忘记那些让她失望的事情。吴珊暂时也没有把刘东被抓的事情告诉王子晴和宋鹏飞。

王子晴穿着她刚入职的那套红色连衣裙，精心打扮一番后，来到了办公室。

"早啊，各位。"王子晴像往日一样和同事们打着招呼。

"早啊，领导。今天怎么这么美。"戴维笑着说。

"得了吧你，姐哪天不美。"

"美，美，美得很。对了，那个棘手的问题，领导解决了吧？"

"差不多了，对方的资料你今天务必整理好。"

"马上。"

"王子晴，你来下我办公室。"人力资源总监黄姐专门走到王子晴工位前说道。

"好嘞。好巧，我正准备找黄姐呢。"王子晴嘀咕着。

"祝贺你啊，王子晴，公司决定下个月派你去国外的分公司担任法务总监，你把手头工作转交一下，办理一下出国的相关手续。"

"有点突然，感谢公司，不过，黄姐，我今天是打算找你辞职的。"

"什么？"黄姐错愕了。

"我个人最近发生了很多事，想了很多，也意识到自己的兴趣和爱好所在，比起这份工作，我有更重要的事要做，所以黄姐，真的很对不起！"

"尽管不知道你发生了什么，需要公司出面解决的，你尽管说。但公司正计划下个月派你去国外分公司担任总监，你突然提离职，我希望你想清楚，别因为一时冲动毁了大好前程啊。"

"我想好了，黄姐，下班前我把辞职报告发给你。"

"行，你先回去吧，这不是小事，我赶紧给公司领导层汇报一下你的情况。"

"谢谢黄姐，我会站好最后一班岗的。"

王子晴不好意思地走出黄姐办公室，黄姐一脸懵地看着她远去的背影。

"领导，黄姐找你啥事？要晋升了？带着我啊。"戴维认真地说。

"你好好工作吧，小心把你开了。"王子晴刚落座就收到了戴维的微信。

"晚上喝一杯？"

"你请？"

"没问题。"王子晴答应了戴维的邀约，她和戴维关系一向比较好，也好久没聚了，就当作辞职前的最后一聚。

宋鹏飞回到北京后，整理了下凌乱的思绪，终于下定决心要回老家创业。"相信自己，不后悔。"他在电脑前敲下这几个字后，握了握拳头，起身伸了个懒腰。他想把这个决定先告诉王子晴，随后拨通了王子晴的电话。

"下班了吗？今晚聚聚？"

"下班了，但今晚有约，明天怎样？"

"一言为定。"

"这地方还真没来过，你挺会吃啊。"王子晴说道。

"也就这点儿本事了。牛排建议你要7分熟，红酒我做主了，保证你满意。"

"你买得起单就行。"

"领导这话说得没水平，倾家荡产也要好好请你，感谢你对我的照顾。"

"我一心想把你开掉的，目前看来没有机会了，那我先走为敬。"

"什么？领导，别开国际玩笑，我们要在一起，永远永远。"戴维说话嗓门提高了不少。

"你小点儿声，什么永远永不远的，永远有多远？"

服务员把牛排和红酒端上来，王子晴大赞牛排好吃，红酒好喝，还打趣着让戴维给她多整几瓶。但王子晴的心不在焉，细心的戴维还是发现了端倪。

"我调研资料发你公邮了，对家这个诉讼完全就是找碴儿，领导你肯定能完美处理的。"戴维误以为王子晴是因为竞争公司诉讼的事焦虑。

"必须赢，没有退路，这是我临走前处理的最后一个诉讼。"

"你再说一遍，什么最后一个？"戴维不敢相信自己的耳朵。

"我提了离职，我要去做想做的事，我要遵循内心的声音。"

"为爱走天涯吗？"

"爱不爱不知道，走天涯是一定的。"

戴维听后沉默了，起身去了卫生间。王子晴跟服务员又要了一瓶红酒。微醺的他们天南地北地聊着，直到打烊。

　　宋鹏飞打电话告诉吴珊他要在老家创业的事，希望大家一起出谋策划并参与。吴珊开心的同时也告诉他刘东又出幺蛾子的事，吴珊电话声中流露出更多的是无奈。

　　刘东被抓让大伙很惊讶，众人也尽可能地在帮助他，但此时大家能做的也只是等待对刘东的调查结果。大伙儿在了解刘东并不会判多重后，吴珊也放心了些。那天她去看望刘东的时候，让她意外的是，刘东却主动提起了他们的感情问题。

　　"多多现在听话吗？"刘东问道。

　　"现在听话多了，只不过偶尔也会找你。"吴珊回答。

　　"这些天我想了很多，想起曾经做的那些事就觉得这不是个好爸爸该做的。另外，也让你失望了。"

　　刘东说完，吴珊沉默起来，随后刘东继续说着。

　　"我想清楚了，跟我在一起你也不会幸福，你该有你自己的生活，也会有更好的选择。所以我们离婚吧。"刘东说后，吴珊十分惊讶。

　　"为什么这个时候说？"吴珊盯着刘东问道，刘东不敢抬头看吴珊。

　　"这次肯定又会进去一段时间，我不想再像上次那样耽误你。另外，我更不想让多多有个坐牢的爸爸。"

　　与刘东在一起的这些年，吴珊并不是没有想过与刘东结束婚姻关系。刘东身上有吴珊十分讨厌的缺点，但每次想起如果跟刘东结束婚姻关系，心里总有种说不出的滋味。此时，刘东十分认真地说出结束婚姻关系的话来，吴珊也知道他这是认真的。然而，吴珊心里这会儿却情不自禁地想起与刘东的过往，他们从热恋到有了多多的这些年，那些美好的、不愉快的画面瞬间在吴珊脑海中闪过。

"现在想想，这么多年来自己真是个废物。"刘东见吴珊始终沉默，自己又继续说道。

吴珊沉默一阵后便答应了刘东离婚的要求。刘东在吴珊答应自己离婚后，脸上露出牵强的微笑，像是自己这次又获胜了一样，直到看着吴珊离开，刘东才忍不住难过起来。

吴珊和刘东分别后，感到莫名地失落和难过。按说她解脱了，但真正答应离婚后，吴珊内心的脆弱让她一下子哭了出来。吴珊的泪水一半是给这么多年跟刘东在一起的时光，一半是给将来独自面对生活的自己。其实她真的很爱刘东，但不知为什么竟然答应了刘东离婚的要求。

在答应离婚的那几天，吴珊心情非常低落，但她始终没有落下兼职做主播这件事。王志强看出了吴珊的难过，一番打听后才得知吴珊老公被抓了。在情场老手王志强眼里，这会是个最佳时机，于是对吴珊的关心更加"肆无忌惮"了。

面对王志强更加直接的追求，吴珊一开始并不当回事，但思来想去后，她单独找他谈话了。

"这些天谢谢你对我的帮助，相信你也知道我最近遇到的事情。这次找你是想跟你说，我想暂停主播的工作，休息一段时间，很感谢你找团队用心地运营。"吴珊看着王志强，认真说道。

"遇到什么事了吗？好不容易站稳赛道，如果暂停会功亏一簧的。"王志强继续劝道。

"没别的原因，就是有点儿累，暂停一下。对了，以后我只想一个人生活，没有开启另一段婚姻的想法。"吴珊说完，没等王志强回话，她便起身走了。

王志强看着干脆利落的吴珊，等吴珊走后，他还愣在原地。吴珊对于他们的事情说得很隐晦，但王志强却得到了吴珊肯定的答复，他有些失落。

宋鹏飞早早地坐在餐厅等王子晴，关于回老家创业他要认真地感谢王子晴，没有她的反复提醒，他迈不出今天这一步。

"抱歉啊，晚了5分钟。"王子晴兴致勃勃地落座后说道。

"太准时了，先说好今天我请你。"宋鹏飞笑着说。

"不重要。约我有什么事？"

"我决定了，回老家创业，就像你说的那样，我会再试一次。"

"这就对了嘛。太开心了，我绝对支持你。你一定可以的。"

"你给了我勇气和信心，今晚特意来告诉你。"

"别矫情了。你要相信自己。我提出了离职。当然，也不是要为了和你一起创业，我只是想换个工作环境和生活方式。"

"王子晴，这个时候离职不是儿戏，我希望你再考虑一下，你事业前景不可估量，不要冲动。"

"我不是一个冲动的人，我会处理好的。"

"我创业暂时不需要你。"

气氛一下子变得有点微妙，王子晴赶紧喝了口水来掩饰她的尴尬。

"王子晴，我很感谢你的提醒，我需要你时肯定第一时间找你，但你提离职我真的不能理解，这个压力不是一般人能承受的。"

"我懂你的意思，我会再考虑下的。"

宋鹏飞真的很需要王子晴，但在王子晴真为他离职时，他却说服不了自己。王子晴也知道这点，如果自己离职让他这么有压力，她不得不重新思考怎样才能两全其美。

王子晴知道了吴珊和刘东的事后，便立马联系上吴珊，让她带着多多一起来家里玩。晚饭后，吴珊先把多多哄睡着，然后与王子晴两人拿着酒杯边喝边倾诉起来。

"没想到离婚是他提出的，太让我意外了。"吴珊一杯酒下肚后竟笑着说起来。

王子晴看着吴珊边说边笑，于是自己也跟着边喝边调侃她。

"是不是感觉自己才是被甩的那个人，有没有找到年轻时候失恋的感觉？"

"你还别说，当听到他说的时候确实像青春时谈恋爱又失恋的那种感受。"

"没关系，男人嘛，这个世界多的是，更何况你这么漂亮又贤惠。如果我是男人，我都想娶你做老婆。"

"得了吧，要说漂亮全世界你是第一漂亮，我最多排第二。"吴珊笑着说，随后拿起酒杯又跟王子晴碰了一下："来，敬狗男人。"

吴珊喝到尽兴上，脸上慢慢泛起红来，王子晴看着吴珊连忙劝她少喝点，但吴珊哪能停下来。

"我还很清醒。我跟你说，我有的是男人追，不过我拒绝了，我以后就只想一个人生活，好好带多多。"

"放心，我们都在呢，还有宋鹏飞、李一来，大家都陪着你，让他们俩也单身一辈子。"

"不，还要你也单身一辈子。"

吴珊说后，哈哈大笑起来，王子晴故意装作生气的样子看向她。

"不行，我长这么好看不能单身一辈子，虽然也不能随便便宜哪个臭男人。"

"那便宜宋鹏飞总可以吧？"

"他那是头驴。"

"是不是还没跟你表白。"

"我怎么感觉你清醒得很，再喝两杯吧。"王子晴说着自己主动跟吴珊喝了一杯。

就在吴珊一杯酒喝完，她却突然哭起来，吓得王子晴立马把她的酒杯夺走。吴珊忍不住哭出来后，她顺势趴在了王子晴怀里，王子晴抚拍着她的后背不停地安慰她。

"没事，从现在起你就可以开始新的生活了，也不用被他烦了，多好。"

"嗯。宋鹏飞再创业的事，你怎么看？"

"双手支持，我去过他老家，那里是他的根基，他会成功的，那是一片沃土，在那里他浑身散发着他自己都没发现的光芒。"

"我也相信他可以，我暂停了主播工作，有机会我也加入。"

"我们一起。只是宋鹏飞对我离职加入压力太大，我要好好想想。"

"你离职去帮他？这也出乎我的意料，你不会是爱上他了吧？"

"只是想体验下创业的乐趣。"

吴珊与王子晴倾诉了一晚上，她们聊工作、聊生活、聊男人，好久没有这样畅聊过。

戴维走到王子晴跟前，俯身轻声说："黄姐叫你去她办公室一趟。"

"王子晴，你的情况我跟领导层汇报了，我们一致认为对待你的离职问题要慎重，公司培养一个人才也不容易，你可以先停薪留职，最长时间为一年，一年后如果你还坚持离职，到时公司就批准，你看如何？"

公司的诚意满满，王子晴自然同意，且感到不好意思，欣慰的是这样也能帮到宋鹏飞，减少他的心理压力。

王子晴准备把停薪留职的事告诉宋鹏飞他们几个，就主动约他们在老地方见面，只是这次少了个人，最先提出这事的是丽姐。"怎么不见最会喝酒的刘东？"丽姐问众人。

"他'进修'去了，别提他了。"李一来说完拿起小酒杯喝了口。

"今天给你们送点儿好吃的。"丽姐自觉地往厨房走去。

"我告诉大家一个消息啊，我现在是停薪留职状态，时间为一年，我可以天天和你们吃吃喝喝啦。"

"你要去干啥去？"李一来问道。

"可以去和宋鹏飞创业啊，你要不要一起？"

"又创啥业？"李一来面向宋鹏飞说道。

"回老家，具体做什么我还没想好。"

"今天我也认真地和你们讨论下一起创业的事，我想大家这么多年了，还没一起做点事情是不是有点说不过去？这次去宋鹏飞家让我感触良多，我也调研了许多村庄和一些农作物的情况，觉得做农产品和新农村智慧创业是有发展前景的。"王子晴率先把创业的事情简单说了下。

"你去了老宋家？"李一来把注意力完全放在了自己感兴趣的关键点上。

"看你都关注些什么，我们现在是谈创业，你管子晴去哪里干啥？"吴珊听李一来说完就怼了他一句。

"行行行，你继续说。"李一来无奈道。

"现在农村有很多很好的农产品，但由于流通渠道不畅通，更不会使用互联网，很多产品无法销售而烂在地里，所以，我们第一个方向是帮助广大的农民朋友把他们最好的农产品卖到全国各地。这只是一方面，另一方面我们最重要的是带领农民朋友进行创业，让他们自己当老板，根据不同村庄的特色做不同的产品，然后再加工生产出最优质的商品，实现利润最大化。"王子晴侃侃而谈，说到尽兴时还偷着乐了起来，"说不定还能把我们的产品卖向世界。"

王子晴说完，李一来佩服得不禁拍起手来。

"好，这个太好了，我全力支持。"李一来拍着胸脯说。

"你是支持创业还是支持王子晴？"吴珊好奇地问道。

"当然是创业了。"

"对了，老宋，你也说说。"吴珊问起了宋鹏飞。

"我刚刚创业失败，我想我没有什么发言权，但农村是我熟悉的，那是生我养我的地方。所以，我支持王子晴的想法，通过调研，我也觉得这是个很好的创业方向。"

"说得好。"吴珊夸赞起宋鹏飞。

"你这是故意的吧，我说啥你都怼我。"李一来委屈地看着吴珊说道，吴珊也不好意思地笑了笑。

"也不是啊，我觉得你现在就说得很对。"

吴珊说完，大家都相视一笑。丽姐看着众人哈哈大笑，她这会儿连忙把许多菜往他们桌上送。

"不够再说，把菜吃好酒喝够。"丽姐笑道。

"今天丽姐格外开心啊。"李一来接过丽姐的菜，也笑道。

"看着你们开心我也开心。"丽姐说完又忙去了。

"既然大家都同意，我们就开始吧，从今天起我们就开始创业了。"王子晴说完就站了起来，"一起喝一个。"

众人纷纷举杯，大伙儿一饮而尽后都乐了起来。

"老李，你公司现在怎么样了？"宋鹏飞问起了李一来。

"还是老样子，不过最近在查点事情，已经有些眉目了。"李一来说完，脸色变得严肃起来。

"什么事，突然就严肃了？"王子晴发现李一来的异样后问道。

"公司内部的问题，跟我爸有关。"

"有什么能帮上忙的尽管说。"宋鹏飞说。

"加油，相信你能处理好。"吴珊难得鼓励李一来一次。

"那当然了。"李一来笑道。

"你说我们会不会把公司做到上市？"吴珊笑着问道。

"那当然了，我们的目标就是要让公司越来越厉害，然后上市。让跟我们一起创业的村民们都当股东。"王子晴笑着回答。

吴珊与王子晴两人互相憧憬着美好的未来，宋鹏飞与李一来看着她俩也是喜笑颜开。这次四个人确定一起创业，并且做了初步的分工。宋鹏飞负责公司的整体发展方向和运营，他就是老板。这回他又把邱敏叫了回来，邱敏听到宋鹏飞叫她回来，二话不说就把工作辞了。已经从宋鹏飞这儿离职许久的邱敏，在别的直播公司都做到管理层了，这次回来，宋鹏飞对她更加期待了。有邱敏做帮手，宋鹏飞更加有信心了。

王子晴在公司除了与宋鹏飞一起负责具体运营外，主要做公关跟商务洽谈，这也是她的专长。吴珊除了负责公司的会计和法律方面，此时还是公司唯一的主播。李一来总调侃吴珊是公司最大的支柱，公司时刻都不能没有她。而李一来在公司的作用正是把他的优势发挥到了极致，就是投入资金，此外还常常以家族公司的名义为创业公司牵线搭桥做一些资源对接。

李一来自从参与大伙儿的创业后，他同时兼顾着家族公司和创业公司两边的事情，忙得不亦乐乎。母亲见儿子比以前更忙了，在这段时间从未向儿子提起过找对象的事情。李一来不仅忙于工作，此外，他还把许多精力放在了拉拢张军身边的人上。李一来在拉拢人这点上，他的方法简单粗暴，跟他们喝到一起打成一片，最重要的是酒喝到尽兴时又拿出自己最有力的武器——钱。用这个最简单的办法，李一来在公司不断把张军的一些亲信拉拢了过来。然而，这个办法对张军身边最得力的助手冯远并不管用。冯远好几次在李一来邀请他去吃饭时，甚至都没有给李一来灌醉他的机会。

冯远作为跟了张军十几年的高管，虽然没有张军那么老谋深算，但出入公司也是深思熟虑、处处小心。李一来有什么动作和想法，冯远看在眼里，心里也清楚得很。更重要的是，李一来完全低估了冯远涉事的深浅。他以为，冯远最多配合张军的个人公司来侵吞公司的财产，在公司的事情上睁一只眼闭一只眼，但事实上这只是冯远涉事的一部分。

越难拉拢的人，越有拉拢的价值。李一来在冯远这儿处处碰壁，这也证实了一件事，相比已经拉拢过来的那些无足轻重的人，这才是最有价值的人。

李一来确定好目标后，他学起了刘备三顾茅庐，几次上门找冯远借口请教商业事情，顺便吃个晚餐。两三次下来，李一来终于把冯远拉上了酒桌。

酒桌上，李一来处处拍着冯远的马屁，这让原本正经又严肃的冯远也难免放松下来。在冯远跟随张军这十几年的工作生涯中，一直以来都是他拍张军的马屁，公司老板李一来突然对自己如此客气，这难免让他有些得意。

"远哥，在公司里虽然与你交流少，但从为人处世上看，你算是公司里数一数二有能力的人。如果按照能力来当董事长，非你莫属。"李一来此时说起谎来已经面不改色自然又流畅了。冯远听后笑得嘴都合不拢了，他拿起酒杯一口就喝了下去。

"李总过奖了，我只是个员工，一心想为公司做点贡献而已。公司有很多比我更优秀的人，现在可是你们年轻人的天下。"

"年轻人都是没什么经验的，全靠你们这些经历过事的人带。"李一来说完又举起酒杯怂恿冯远也喝了一杯。

李一来与刘东喝酒练出来的本事这回终于排上了用场，冯远在嘻嘻哈哈中，一杯接着一杯往嘴里灌去。

"公司的年轻人确实是没经历过什么事，也看不明白人情世故，不懂得察言观色，这样最容易吃亏。"

"远哥说得对，如果我父亲还在的话也会这样教育公司的年轻人，可惜他去世好几年了。"李一来逮着机会就把话题往父亲身上引。

虽然冯远已经迷迷糊糊了，但一说到李一来的父亲，冯远就脸色严肃，沉默起来。李一来见状，猜测冯远对于父亲的去世肯定有所了解，于是趁机继续聊起来。

"我父亲是个顾家的人，以前公司再忙，他也会抽时间回来陪陪我母亲，现在他一个人走了，我母亲每天都很想念他。最重要的是，我母亲始终觉得父亲的死并没有那么简单，我也相信任何事情如果有不可告人的秘密，不管过多久，一定会水落石出的。远哥，你觉得呢？"

冯远被李一来的话瞬间惊醒，原本已经晕乎乎的他此时像没听见李一来说什么一样。

"李总，不早了，今天也喝得尽兴了，要不我回去了，回去晚了老婆有意见。"

"也可以，有家室的人对家庭负责任是好事，希望你一直都这样，家庭生活很重要，好好珍惜。"李一来话里有话，冯远连忙点头道别。

李一来见冯远走后，他知道，这次他的旁敲侧击已经有了初步的作用，至少可以判断出冯远知道些事情。在这次与冯远喝酒后，李一来又通过不同的方式敲打和暗示过冯远。

其实冯远之前之所以跟李一来去喝酒，另外一个原因是他在张军那儿已经被逐渐疏远，他作为张军最亲近的人的位置正在被取代。而这时，李一来趁机与他套近乎，这让他心里不禁有些动摇，但这还不足以让他把心里所有的秘密全盘托出。

宋鹏飞他们一起创业后的几个月，刘东也迎来了自己的惩罚，他因为非法经营罪被判刑一年零三个月。刘东的事情尘埃落定了，这对他来说也是一件好事，心里也有些盼头。在被判刑后，刘东在宋鹏飞来看自己时也得知，宋鹏飞他们要创业卖农产品，这让刘东十分担心吴珊。刘东对宋鹏飞千叮咛万嘱咐，让吴珊千万别走他的老路，抬高物价卖蔬菜这事不能做。看着刘东担心吴珊，宋鹏飞哭笑不得，在他的再三保证下，刘东才相信他们这是带领农民一起创业致富。

与刘东从高中到现在已经相识十几年了，如今刘东再次进了监狱，宋鹏飞心里也十分难受。刘东进监狱前最后一次见他，宋鹏飞本想安慰几句，但刘东脸上却显得异常轻松，反而安慰起宋鹏飞，也表示自己出来将重新做人。

宋鹏飞他们一起创业的这段时间，每个人都忙得不亦乐乎，宋鹏飞与王子晴时常一起或者单独奔波在各个农村。那一段时间，宋鹏飞从来没有想过自己长大后会在农村待这么久。宋鹏飞带着王子晴每到一个村庄，看到村里的小孩在田里、山林里嬉闹，总是情不自禁地想起儿时的往事，王子晴看着这些小孩也愿意听宋鹏飞讲述自己的成长经历。

"那个时候，在农村生活，不像城里人有固定的游乐园或者小公园。但是，你想象不到，整个村里都是我们的游乐天地。"宋鹏飞与王子晴走在田间，他们边走边说。王子晴听着宋鹏飞的讲述，自己已被一群在田里玩泥巴的孩子所吸引。

此时临近初秋，尽管还炎热，但丝毫没有影响到村里的小孩们在田里嬉闹。在田里的男孩们分成两边，每边各三人，他们在田中间画出一条分界线，随后众人约定不管怎么样都不能跨过分界线去对方的"家里"。众人约定好后，每边的小男孩手里拿着泥巴，隐藏在麦秸堆后面，然后用泥巴向对方狠狠扔去。一时间，收割后的小麦垛成了孩子们的"战场"，泥巴成了小孩们的武器，麦秸堆成了堡垒。在这片"战场"上，谁也不服谁，尤其在田边还有为双方呐喊助威的女孩们，有她们的观看，这场"战斗"会是一场持久战。

"他们太会玩儿了，你小时候也这样吗？"王子晴站在小溪边，望着小孩们问身边的宋鹏飞。

"当然了，我那时候玩泥巴很厉害的，村里没有几个同龄男孩能丢得过我。谁跟我一边，谁就等于站在了胜利的一边。"宋鹏飞说起儿时的事情便自信起来。

"看来你也是个调皮捣蛋的人，小时候没少挨打吧？"

"这也是肯定的。"

田里的小孩也丢了一阵，两边都有些倦意，但谁都没有停下来的意思。有的躲在稻草边，总会偷偷伸出头去看看对方，随后趁机再丢出一大坨泥巴，丢完也不管有没有打中就又连忙躲起来。

"我们要不要休息一下？"其中一边的一个小男孩忍不住问向对方。小男孩刚说完，一块泥巴就落在了自己头上。同伴见自己的队员遭受这样的"屈辱"，连忙双手拿着泥巴使劲朝对方丢了过去。然而，等男孩把泥巴丢完又躲起来后，对方田边传来女孩的哭泣声。

"小狗蛋，你看他们，把泥巴都丢到我头上了，裙子上也都是。"站在田边观看的小女孩哭着向同伴诉说。

　　同伴听到女孩哭了，顿时愤怒了，三人揉了好几个泥巴球，一起冲到了对面地盘上。对面被突然冲过来的男孩打得措手不及，他们的头纷纷被扔来的泥巴球打中。得手后的小男孩们打完就往自己那边跑，随后又领着田边的同伴跑。而被袭击的男孩们，在把自己脸上、头上的泥巴抹开后，也拿着泥巴追了上去。泥巴玩到这个程度，大家都从开始的守规矩，到现在你追我赶，所有人打成了一片，连原本在田边看戏的女孩们也加入了混战。

　　"太有趣了。你看他们的脸上都像用手在脸上涂了一层泥巴一样。"王子晴说着就大笑起来。宋鹏飞见王子晴笑得如此开心，他也被逗乐了。

　　"现在他们还算克制的，等会儿要打起来了，丢泥巴已经不够了。"宋鹏飞看着男孩们仔细分析道。

　　王子晴与宋鹏飞在小溪边的笑声成功传到了男孩们那儿，他们十分默契地看向了溪边大笑的王子晴与宋鹏飞。

　　"他们发现我们在笑他们，你说他们会不会拿泥巴丢我们？"王子晴收住了笑声，脸上淡定地说道。

　　"应该不会，他们忙着呢。"

　　男孩们也就多看了王子晴他们几眼，随后像受了刺激一样也懒得丢泥巴了，于是众人毫不顾忌地扭打在一起。男孩们这会儿扭打在一起，像是在向王子晴他们证明自己一样。

　　"你说得对。他们不会是因为我们笑他们才打起来的吧？"

　　王子晴看着宋鹏飞，等她说完，宋鹏飞本想去劝架，谁知男孩们突然朝他们这儿笑嘻嘻地跑过来。一开始，王子晴看着男孩们都往自己这边跑，还有些担心，但直到男孩们快跑到他们这儿时突然拐弯往小溪中跳去，王子晴这才放心了。

"我差点以为他们想来朝我身上扔泥巴。"王子晴笑着看向已经在溪水的小孩们。

"那不会，他们只是吓吓你，谁让你刚刚笑得那么大声。"宋鹏飞回答。

"那也不是我一个人在笑，你不也笑得很开心吗？看到自己小时候的情景了？"

"我小时候比他们玩得更有意思，有次我跟同伴玩泥巴，对方人多我打不过，等一起去游泳的时候，我们悄悄把对方的衣服给藏起来了。"

宋鹏飞与王子晴边走边说，路过小孩们身边时，溪水里的一个男孩突然朝他们问道："要不要下来游泳啊？"他身边的同伴起着哄笑了起来。

"你们洗吧，哥哥还要忙呢。"宋鹏飞回答。

"是叔叔。"小男孩笑道。

"他们说得对。"王子晴也附和道。

"我们才是一边的。"宋鹏飞偷偷在王子晴耳边说道。

"你不说我差点儿忘了。"王子晴说后偷笑起来。

宋鹏飞明显感觉到王子晴跟小孩们合伙在逗他，于是连忙想拉着她走开。

"你是不是不敢下水，怕我们了？"小男孩继续挑衅宋鹏飞。

宋鹏飞见有男孩挑衅自己，他毫不在乎，脸上始终笑着看向他们。

"我在你们这么小的时候还能在小溪里抓鱼，什么鲫鱼、螃蟹……随便一抓都能抓到，你们现在能抓到吗？"宋鹏飞也开始了自己的"反击"。

"我们也可以。"小男孩说完，与同伴们纷纷在水里摸了起来。

"小心小弟弟被螃蟹夹。"宋鹏飞笑道。

"你可真坏。"王子晴见宋鹏飞在逗小男孩们，她抡起拳头往宋鹏飞身上捶去。

"我们要不要把他们的衣服藏起来？"宋鹏飞偷偷在王子晴耳边说道。

"刚刚这位叔叔说要把你们的衣服收起来，你们是不是该揍他？"王子晴又一次"出卖"了宋鹏飞。

"姐姐你让开。"小男孩朝王子晴喊道。

王子晴领会了小溪里众男孩的意思后，连忙离宋鹏飞远远的。就在她躲开后，小溪里的男孩们抓起泥巴就往宋鹏飞身上丢去。宋鹏飞开心地左躲右闪，突然一男孩朝宋鹏飞丢出一只大螃蟹，乍看像个石头，宋鹏飞快速一躲就摔到了田里。这让所有人都狠狠地开心了一回，也包括乐得都想下水的王子晴。田里的宋鹏飞，身上沾满了泥巴，他看到王子晴满是笑容的脸蛋，也露出了傻傻的笑容，他站着田里久久也不肯上来。

与王子晴在村里调研的日子，不仅让宋鹏飞重新回味了一次童年时光，更重要的是，他发现王子晴喜欢这里，而且越来越开心。他答应了王子晴在她停薪留职的这一年里先一起创业。

　　有些村庄的实地商务拓展是由王子晴与宋鹏飞两个人一起去的，为了提高效率，了解更多的村庄，联系合作，有些地方他们也分头行动。比如，借此机会再次回到自己村里时，宋鹏飞就特意一个人回去了。

　　宋鹏飞一个人回村与村民们商量创业的事，对他来说是带动村民致富，但村民们更关心宋鹏飞与王子晴到底是怎么回事，为什么只有他一个人回来，上次带王子晴是不是用来骗大家他有女朋友的。宋鹏飞十分无奈，与大家除了谈论农产品的销售，大家说得最多的就是上次带女孩回来的事情。

　　"你小子是不是租个美女回来骗我们？我看你跟我也差不多，怎么这么好运。"宋鹏飞小时候的同伴林峰问道。

　　"我们主要讨论怎么把村里的东西卖出去，卖出最好的价格，其他的不说哈。"宋鹏飞想逃避问题。

　　"事情不都谈好了吗？现在我们谈谈正事。"大伙不愿意放过宋鹏飞，纷纷笑看着他。

　　"我还要去隔壁村，我先走了。"宋鹏飞挤开人群，匆匆忙忙地跑了。

　　"隔壁村也有我们一起玩儿的人。"儿时玩伴看着宋鹏飞"逃跑"笑说道。

　　宋鹏飞没有想到，没有王子晴陪他回村，他在自己村里如今也"寸步难行"了。等他回到家，母亲也问起他来："急急忙忙的，有人在追你吗？子晴呢？"

"她去别的村谈事情了，我抽空回来看看。"

"她人生地不熟的，你放心让她一个人去啊，你赶紧去找她，刚好回来吃晚饭。"

宋鹏飞觉得母亲的话很有道理，于是立马往王子晴现在去的村庄那儿赶去。宋鹏飞找到王子晴时，王子晴正与几个村民在地里忙乎着。

"老宋，你快来看，地里的大蒜长得真漂亮。"王子晴说着举起一块生大蒜，她身边有几个村民正在挖大蒜。

宋鹏飞发现，王子晴所在的这片区域正是村里种植大蒜的集中地。在这片几十亩的地里，密密麻麻种满了大蒜。

"我看看。"宋鹏飞说着也拉起衣袖往地里走去。

宋鹏飞跟着王子晴一起在地里挖起来。两人不断发出惊叹声，就像两个大龄学生下乡体验生活一样，一阵倒腾后，两人从农民手里买了两大袋蒜回去。

"晚上我就发些照片给吴珊，让她看看这些大蒜怎么样。"王子晴忙得满头大汗，脸上却没有丝毫的疲倦感。

"我有点怀疑，我们这是创业还是挖地来了。"宋鹏飞笑道。

"当然是创业了，你不了解自己卖的产品，怎么知道它好不好，自己都不知道怎么让消费者吃得放心。"王子晴说道，"我们还在创业初期，正需要实地了解，就算公司做大了也一样要这样。"

王子晴的脚踏实地让宋鹏飞深感佩服，宋鹏飞作为已经创过一次业的人，此时在王子晴眼里也像个学生一样。从王子晴这儿，宋鹏飞学习到了新的想法。

这天傍晚，宋鹏飞带着王子晴提着两大袋大蒜回到自己村里，宋鹏飞母亲看到王子晴立马上前招呼起她来，身边的宋鹏飞明显感觉到母亲对他的忽视。吃过晚饭后，宋鹏飞母亲找王子晴唠起嗑儿来，两人相谈甚欢。宋鹏飞父亲也把他拉到一边，他给自己倒了杯酒，随后也与儿子讨论起最近的事情来。

"你最近有什么打算？"父亲问道。

"哪方面？"宋鹏飞已经不确定父亲这次问他是什么意思了。

"工作方面。"

"我跟子晴还有朋友在做农村相关的创业，未来可能会常去一些村里。"

"这是很好的事情，你在这儿生活了这么多年，也该为村里做点事了。"父亲说完喝了口酒，"有什么不懂的可以跟我说，这方圆几十里的地方我还是熟悉的。"

"好。"

宋鹏飞与王子晴在乡下的这些天，基本上摸清了附近村庄农产品的种植情况，包括每个村的农产品特色，还有品质、数量等。王子晴把了解到的情况都做了详细记录，同时，宋鹏飞为了方便发货和储存，在县城边建立起了货运中心。经过一段时间的工作和努力，宋鹏飞与王子晴在家乡已经有了初步的积累。与此同时，在北京运营的邱敏与吴珊也有了很大的进展。

吴珊在直播上日渐成熟，加上邱敏丰富的运营经验，此时北京的她们已经把直播做得十分不错，观看人数也在逐渐增多。

　　吴珊彻底放弃了原来的工作，把所有的时间跟精力都用在了创业上，而多多也由吴珊母亲来北京帮忙照顾。在没有刘东的日子里，吴珊用忙碌的工作和生活去淡忘，现在的她完全适应了新的生活。

　　在创业刚开始的时候，吴珊有一半的时间到家已经是凌晨了，每次这个点儿多多早就睡着了。陪伴多多的时间少了，吴珊就在晚上回到家这会儿待在多多床边看看她，每次见多多睡得正香，吴珊才觉得心里十分踏实。

　　母亲来照顾多多，吴珊也像回到小时候那样，又感受到了被母亲照顾的温暖。每当自己很晚回到家，吴珊总能在电饭煲里发现母亲为她做的饭菜。已经是母亲的吴珊明白，在所有母亲眼里，不管孩子多大了，他们都是小孩。吴珊也正是这个时候，在忙碌疲倦的晚上，她心里便觉得做什么都有了动力。

　　多多在爸爸不在的日子里时常也会询问妈妈，吴珊总是以爸爸出差了为由来打发她，但时间久了，多多就闹起情绪来。尽管多多还小，但心里总是会想起爸爸。吴珊见多多已经很久没有见爸爸了，于是在刘东入狱半年后，终于带多多去看他了。吴珊带多多去看他，她心里也顶着巨大的压力，生怕多多知道自己爸爸坐牢后会自卑。

　　"多多，你怎么来看爸爸啦？好久没有见我们家多多了。"刘东看着多多满脸笑容地问道。

　　多多见爸爸穿着一身从未见过的衣服，不禁问道："爸爸，你穿的是什么？什么时候回家？"

"爸爸在做任务呢，还得半年，等爸爸回家带多多去玩儿。"

"嗯。爸爸你会想我吗？"

"我们多多这么可爱又听话，当然想了。"刘东笑着说完连忙又问道，"多多在家有没有听妈妈的话？"

"听话。"

"这就对了。"

刘东与多多聊了一阵，吴珊就让母亲把多多带出去了，刘东看着女儿被带走眼里充满了不舍。

"你在这儿还好吧？"吴珊也问道。

"还可以，毕竟不是第一次来，很多事情都熟悉了。"刘东淡定地说道。

"那就好，不过也快出来了。"

"你们创业怎么样？"

"挺好的，大家都很努力，发展也快。"

"那就好。"刘东说，"好好照顾多多。"

"我知道，不用你说我也会照顾好她。"

吴珊与刘东简单说完，随后起身便出了会见室。

创业后的一段时间，吴珊已经很久没有陪多多去滑冰馆了，想起这事，吴珊决定趁着周末休息带她去一次。难得有妈妈陪她去滑冰馆，多多十分开心。吴珊知道，陪多多去滑冰馆，难免会再遇见王志强，尽管自己已经明确拒绝他，但见面也会有些尴尬。不过等到了滑冰馆，吴珊并没有发现王志强，直到王志强姗姗来迟她才发现，原来尴尬的只是她自己。

王志强跟一个年轻女人一起陪儿子来滑冰，两人看上去十分恩爱。吴珊回想起来才发现，跟王志强来的这个女人曾经也在滑冰馆见过，她之前也是来陪小孩滑冰的。吴珊正在想着，王志强他们迎面走了过来。

"很久没有看到你来了。"王志强笑着说。

"最近工作有些忙，所以就没来了。"吴珊回复道。

"多多还是那么优秀，一直那么快。"

"你家小孩也很不错。"

王志强在女伴的陪伴下，与吴珊的交谈像是不熟悉的学生家长闲聊，完全没有了之前的样子。吴珊在王志强走后，心里顿时觉得轻松了许多，曾经这个纠缠自己的人如今也有了归宿。

李一来自从加入大伙儿的创业后，也把一些精力放在了创业上，更多时候是根据创业公司的需要进行一些资源匹配。与此同时，李一来在调查与父亲自杀相关的事情上也有了新的进展，事情的源头还是从冯远这边得到了突破。

冯远在李一来多次约他喝酒后，他知道李一来是希望从他这里得到一些关于张军的事情，也知道自己不能透露出任何蛛丝马迹。然而，冯远一直忠心的张军对他的疏远却从未停止过，直到张军建议冯远退休，冯远大失所望，只能无可奈何地接受。但是，敏锐的冯远发现，张军在他离职前让他签的最后一批文件存在很大的问题，这些文件的签署让他毛骨悚然。冯远离职后思考了许久，终于他主动约了李一来。

原本觉得自己费了不少功夫搭上的线索，随着冯远的离职而前功尽弃，没想到冯远自己送上门来了，李一来简直欣喜若狂。

"远哥，你这是第一次主动约我喝酒，我受宠若惊啊。"李一来还是一如既往地迎合冯远，喝起酒来也十分主动。

与李一来开心的样子不同的是，他发现冯远这次姿态明显放低了，脸上也尽是愁容。看着冯远的表情，李一来知道，这次冯远肯定有重要的事情跟自己说。

"这杯酒，我先喝了，远哥随意。"李一来为了不显得尴尬，说着又喝了一杯。他自顾自地喝酒，而冯远经过一阵沉默后，终于开了口。

"李总，这么晚约你出来，实在是打扰了。"冯远说完，拿起酒杯一饮而尽。

"哪里的话，你不嫌弃的话，半夜约我都行。"

李一来尽量打消冯远的顾虑，冯远喝了第一杯后，又连续喝了好几杯，李一来也不阻拦。几杯酒下肚后，冯远终于开始说起正事。

"李总，从你第一次约我喝酒，我就知道你的意思了，只是当时我身不由己，很多事没法儿跟你说。"

"我们之间还有什么没法儿说的，放心，不管什么事，我能帮你的你尽管说。"

李一来的热情和承诺打消了冯远心里的顾虑，冯远看了看周围，随后把目光放在了李一来这儿才说起来。

"我没有想到那个畜生是这样的人，我为他瞒了多少事，私底下利用我在公司的职务帮他拿了多少利益，没想到最后还是把我甩了。最过分的是，他逼我离职前还套路我，让我签了些合同，一旦出事他就会拿着这些合同把我送进去，当他的替罪羊，而他一点事都不会有。他利用起我来，简直无所不用其极。"冯远一顿说后，又喝了杯酒。李一来认真听着，也没有阻止冯远借酒壮胆，这正是他想要的。

"你父亲还在的时候，他就通过自己个人的公司侵吞公司财产，都是以合作项目为名，实际上就是变相把公司的钱掏空，然后以项目失败收场。另外，在侵吞公司财产的过程中做了很多非法的手脚。"冯远继续说道。

"这些我也猜到一些，但我一直没有证据。"李一来说道。

"所以我今天找你了，这些年的交易资料和记录我都保留了一份。"冯远说着就拿出了一个手提包，李一来连忙接过手提包翻看起来。

李一来看着这些资料，脸上渐渐露出了笑容，但随着冯远继续说的话，脸色又沉静下来。

"这些资料不仅仅是关于他侵吞公司财产的，还有关于你父亲自杀的。"冯远说完停了下来。

李一来脸色沉重，他一直猜测张军跟父亲的自杀有关，当真正听到这事时，李一来内心痛苦又愤怒。

"我知道，这对你来说很突然也很难一下子接受，但如今，我希望能把所有事情告诉你，一是当我赎罪，这些年来，尽管我赚了很多钱，但我一直都很愧疚；二是希望你能在我做的损害公司利益的事情上宽恕我一些，我也想多留点时间陪陪家人。"

冯远十分清晰地说起自己的诉求，李一来知道冯远这会儿在跟自己做交易，用减轻他的法律惩处来换取父亲自杀的内幕。李一来并不在乎对冯远的惩处，他只在乎真相。

"你说吧，我会尽量帮你。"李一来看着冯远说道。

"当年你父亲发现了张军的事情，原本准备报案，但看在多年的情面上选择了原谅张军。但公司终究是大企业，等有一天上市清查账款时如果发现更多张军的秘密的话，张军知道他一定会受到法律的惩处。所以，张军选择了陷害你父亲。你父亲做的那些事情，其实都是张军在暗地里推波助澜，很多事情也是他像现在套路我一样对付你父亲。最终，你父亲没有扛过他的陷害选择了自杀。"

冯远说完，把头又低下来。李一来听着冯远说的事情，双手一直紧握着拳头，眼里充满了愤怒。过了一会儿，李一来的愤怒才渐渐缓和。除了愤怒，李一来心里也感到一些安慰，至少父亲的自杀有了一些真相，母亲的怀疑也将有答案，而在他心里，父亲并不是一个畏罪自杀的人。

"如果你早些说出来，也许我母亲不会经常念叨父亲的事情，她也不会那么痛苦。"李一来抱怨道。

"对不起，我可以当证人。"冯远低着头说。

"嗯，我答应你，我会尽量帮你，如果你真的没有参与陷害我父亲的话。"

"谢谢。"

冯远在李一来的示意下，第二天就去自首了。李一来也把冯远交给他的证据备份了一份，然后一并交给了检察机关。他们报案后不久，张军在公司开会时被警察当场带走。被带走前，张军凶狠地看着李一来，而李一来十分淡定，这场战争李一来已经赢了。

李一来在张军被带走调查后，才把父亲事情的真相告诉了母亲，母亲听后失声痛哭。母亲始终相信父亲的自杀有阴谋，如今真相解开，母亲心里的那块石头也可以落地了。

"妈没有想到你一直记得我跟你说的这事。"母亲说道。

"妈，我一直记得，只是之前没有信心查到事情的真相，所以每次都敷衍你。"李一来回答道。

"嗯，这下妈就放心了。"

尽管除掉了公司最大的威胁，但实际上，在公司里，李一来如果没有做出任何业绩或者事情，公司上下对他的看法始终是一个碌碌无为的富二代。李一来明白，此时的他与宋鹏飞、王子晴他们创业的公司是他在家族公司树立威信的关键。所以李一来在创业公司格外用心，最重要的是，他可以借此机会理直气壮地给王子晴打电话。

李一来解决了父亲的事情后，吴珊每次在公司发现李一来总是容光焕发时，都会调侃他。

"最近是不是又追到哪个美女了？看你这神情。"

"我现在以事业为重，不谈儿女情长。"

李一来说得十分认真，吴珊听着却不以为然。

"我信你才怪，是不是看上我们邱敏了？不然每天来公司。"吴珊质问道。

"哦对，邱敏这么好看还没对象，我是不是得追追？"李一来笑道。

"离远一点儿吧，别祸害她了。"

与吴珊一阵调侃后，李一来突然想到，于乐已经消失一年了，这一年尽管没有联系她，但每次说到女朋友的时候，李一来总会想起她。想起于乐的次数多了，李一来也怀疑自己是不是越来越舍不得她了。

王子晴待在宋鹏飞家已经有段时间了，一定程度上看，王子晴已经过上了她第一次来宋鹏飞家时说的生活。宋鹏飞也很喜欢现在的状态，忙完工作后，宋鹏飞总会带着王子晴体验一些农村生活的乐趣，比如抓泥鳅。

一天下午，忙完一天的工作后，宋鹏飞与王子晴往村里的一片已经收割了的麦田走去。在麦田旁边的小溪里，还是之前的小男孩们在忙着抓泥鳅。王子晴走过去后，那些小男孩都兴高采烈地与她打招呼，这些天，王子晴早就与他们打成一片了。

"姐姐，你也来抓泥鳅吗？"一个小男孩问道。

"那你们希望跟姐姐一起抓泥鳅吗？"王子晴笑问道。

"当然了。"几个男孩和女孩异口同声道。

"叔叔，你也来吧？"一个小男孩笑着问宋鹏飞。

"我来的话怕你们都没泥鳅抓了，我在你们这么小的时候，周围几个村没一个是我对手的。"宋鹏飞又自信起来。

"我不信，我们来比赛，谁抓得少谁在田里滚一圈。"小男孩不服气道。

"你怕不怕？"王子晴问起宋鹏飞。

"当然不怕了。"宋鹏飞小声回答。

"那我们来吧，我跟你们叔叔一组再加两个女孩子，你们四个男孩一起。怎么样？"王子晴说道。

"那不行，我们赢了女孩子也要滚泥巴，这不行。我们肯定赢定了。"小男孩自信地说道，生怕自己赢了还让跟他们一起的女孩受罚。

"那这样，你们赢了由你们的宋叔叔代替女孩们受罚。"王子晴见男孩们不愿意让自己的女同伴受罚，连忙说道。

"那行。"小男孩们笑得很是开心。

"你是不是故意的？"宋鹏飞又靠近王子晴小声说道。

"怕什么，你这么大个人多滚几圈也无妨。"王子晴说，"你是不是没信心？"

"不是，只是很久没抓了。"宋鹏飞回答。

"那我们是按条算还是按重量算？"小男孩们再次确认。

"按条吧。"其中一个小女孩说道。

确定好按条算后，众人约定在一个半小时的比赛时间内，看哪边抓得多哪边就赢。

下午时分，所有参赛选手都做好了准备，他们站在田两边，等王子晴一声令下后，众人提着桶纷纷往田里跑去。小男孩们跑下田后，他们熟练地向四周散开。而王子晴他们，只有宋鹏飞一人好像格外上心，王子晴带着小女孩们像在田里找星星一样，好奇又开心。宋鹏飞不作多想，因为输了就要他一个人承担惩罚，一想到要在田里滚几圈，他连忙努力去回想小时候抓泥鳅的技巧来。

小男孩们果然像宋鹏飞小时候一样，他们抓泥鳅又快又轻松。王子晴与小女孩们则边聊天边四处寻找，宋鹏飞无暇顾及她们，他快速又有力地在田里挖着。

十几分钟过去，小男孩们桶里的泥鳅已经在"打架"了，它们翻滚跳跃着，而宋鹏飞桶里的泥鳅十分稀少。

"你桶里的泥鳅好像没有同伴啊。"王子晴带着小女孩来看宋鹏飞抓的泥鳅，小女孩看到桶里的两条泥鳅纷纷笑了起来。

"快去忙吧，你们还笑。"宋鹏飞说完，不好意思地往别处找去了。

小男孩们见女孩们都在笑宋鹏飞，于是也好奇地去查看宋鹏飞的桶，等看到宋鹏飞桶里的情形后，笑着往田坝上走去。

"你们去哪儿？"小女孩问道。

"我们休息一下，不急。"小男孩们骄傲地回道。

小男孩们的骄傲让小女孩们心中不悦，看着他们一副得意的样子，每个人还跷着二郎腿笑话她们，小女孩们的斗志一下子就上来了。

"我们也快抓，让他们笑我们。"小女孩们说完立马转变了状态，两人在田里快速寻找着泥鳅洞。王子晴看到女孩们的状态，自己也跟着努力起来。

宋鹏飞抓了一阵后，他才渐渐进入状态，越抓越顺手。原本他们这边一直嘻嘻闹闹，这会儿他们每个人都安静又奋力地挖起泥鳅来。一时间，田坝上只有小男孩们还在哈哈大笑，很快他们见小女孩们一会儿就往桶里丢一条泥鳅，这让他们瞬间有了危机感，于是小男孩们也连忙往田里跑去。

见众人纷纷忙碌着，偶尔有路过的村民看到这场景不禁好奇地过来看热闹，发现并没有什么异样后才肯离开。

随着手机铃声响起，王子晴叫住了众人，比赛时间已到。王子晴和宋鹏飞带着大家往田坝上走去，在小溪中，他们把泥鳅冲洗一遍就开始数起来。先数的是小男孩们的，小男孩们第二次下田抓后，果然在很短的时间内又抓了很多。等王子晴与小男孩们数完后，小男孩们脸上露出了笑容，他们的是160条。

听到小男孩们的泥鳅数，王子晴与宋鹏飞他们都有些担心，唯独一个小女孩脸上十分淡定。王子晴他们这边先从她的开始数，王子晴一共抓了十几条，再就是宋鹏飞的，宋鹏飞抓了足足有80多条，他们两人加起来已经超过了100条，但离小男孩们的还有一段差距，于是两人把目光放在了两个小女孩身上。第一个小女孩也有近30条，王子晴有些失落，小男孩们却开心起来。

王子晴他们这边还有一个小女孩的没有数，所有人的目光都聚焦在她这儿，哪边滚泥巴田就看她的了。所有人都紧张起来，而这个小女孩的脸上忍不住露出了笑容。等她把遮在桶里的稻草拿开时，只见她桶里出现了密密麻麻的小泥鳅。

"哇，这得有上百条了吧？"小女孩的同伴惊讶地说道。

"这不算，这么小的不算。"小男孩们急了，纷纷抗议。

"当初你们说好的是按条数的，现在我们来数吧。"王子晴说完就与小女孩们开心地数起来。

"201、202、203。"小女孩数了一阵，连自己都数累了。

"你是不是把泥鳅它全家抓了？"小男孩不满地说道。

"你管我，还要不要继续数？认输了吧？"小女孩得意起来。

"太厉害了，第一次见能把小泥鳅一锅端的。"宋鹏飞也佩服起来。小男孩们也不听小女孩继续数泥鳅了，他们整齐地排着队往稻田那边走去。等到了中间，他们立马趴下在田里滚了起来。看着小男孩们在田里打滚，王子晴与宋鹏飞他们站在田坝上被小男孩们逗笑了。

这个黄昏，小男孩们在稻田滚了几圈后，又往小溪里跳去。宋鹏飞陪着王子晴坐在小溪边，温暖的夕阳抚摸在他们的脸上，王子晴笑着望向无比开心的小男孩们，而宋鹏飞看着她，心里突然想到自己也该有所行动了。

十二　表白

　　宋鹏飞通过与王子晴在乡下相处的这些日子，终于下定决心，要找机会向王子晴表白，让延续这么多年的暗恋变成事实，让曾经的遗憾成为他们爱情路上一时的坎坷。宋鹏飞在家的多次心不在焉，连母亲都看出了他的心思。

　　"人啊，总要做些自己觉得有意义的事。"母亲见到宋鹏飞总是时不时就来句莫名其妙的话。宋鹏飞听在耳里，尴尬在心里。

　　"妈，我知道你想说什么，别老是提了。"宋鹏飞有些无奈地说道。

　　母亲见儿子烦自己了，叹口气不再继续说了。而宋鹏飞自己心里早就想有所行动了，只是曾经失败的经历让他有些顾虑，他怕破坏他与王子晴的状态。如今还有必要表白吗？宋鹏飞反复问自己。

　　傍晚时分，宋鹏飞独自一人走在村里的小溪边。他一路低头思考，夕阳与周围的事物都不在他的注意范围内。

　　"叔叔，你再这么走下去就掉坑里了。"牵着牛的小男孩见宋鹏飞一直低头走，也不看路，好心提醒他。

　　经小男孩提醒，宋鹏飞突然缓过神儿来，他看着笑嘻嘻的小男孩，也笑了起来。

　　"今天没跟其他人去玩吗？"宋鹏飞问道。

　　"大家都忙着呢。姐姐呢？"小男孩继续问道。

"她也忙着呢。"宋鹏飞回答。

"那你还不多陪陪你女朋友。有个这么好的女朋友了，还在这里闲逛。"小男孩毫不客气地说道。

宋鹏飞被小男孩说得不知道怎么回答，等小男孩走后，宋鹏飞又逛了一会儿后也往家的方向走去。在到家前，他心里已经做了决定。

黄昏时，趁着工作刚做完，宋鹏飞向王子晴提出去附近最高的一座山上逛逛。王子晴没有拒绝宋鹏飞的提议，两人沿着山村公路往村里一处最高的山上爬去。

"怎么了，你很热吗？现在不是挺凉快的。"王子晴发现宋鹏飞满头大汗，不解地问道。

"没事，可能很久没爬这座山了。"宋鹏飞回答，也只有他知道自己此时心里的紧张。

"你小时候是不是经常爬这座山？"王子晴顺势问道。

"那个时候，我跟村里的同伴最喜欢的就是这座山了。大家总是很喜欢比赛看谁能最快爬到山顶，第一个冲上山顶的人总能得到女孩子的称赞。"宋鹏飞又回忆起了幸福的童年。

"原来你们做啥都希望得到小女孩的认可，你们心思真多。"

"也不是，主要也是好玩儿，无拘无束的快乐。"

王子晴爬了一阵，她也累得站在原地休息了一会儿。

"我们下一步要研究怎么让每个村都能根据自己的特色种植农产品了，现在的直播渠道和基本工作已经差不多了。吴珊与邱敏在北京的工作已经准备好了。"王子晴又聊起工作来。

"物流和产品储存也都规划好了，一些偏僻的村庄我打算专门开通运输线路。"宋鹏飞也说起自己的工作计划。

"嗯，希望我们能越做越大，也让李一来加大投资。"

王子晴说着笑了起来，随后两人继续往地头的树林走去。

走到中间，宋鹏飞突然舒了口气，然后趁着王子晴不注意观察一下四周，当发现树林草丛里的小男孩后，他才放下心来。

草丛里，两个小男孩和两个小女孩正笑嘻嘻地看着宋鹏飞和王子晴。

"别挤我了，我都快被发现了。"一个小男孩朝身边的小女孩抱怨道。

"不挤你，我手里的花没地方放了。"小女孩身前捧着一大束玫瑰，她说着也担心起来。

宋鹏飞与王子晴并排站着望向远方，远方的日落十分漂亮，王子晴顿时忘记了一天奔波的疲倦感。

"这里真漂亮。"王子晴感叹道。

在王子晴他们身后，草丛里的小男孩和小女孩们互相吵闹着推搡起来。原本计划等宋鹏飞的手势，小女孩就拿着鲜花出来了，但此时情况很明显出乎他们的意料，还没等宋鹏飞暗示，小女孩就被同伴笑嘻嘻地推了出来。

草丛中的动静引起了王子晴的注意，她转过头发现，身后不远处一个小女孩手捧大束鲜花，脸上尴尬地笑着。宋鹏飞也发现了小女孩，他先是十分惊讶，但他机智地连忙跑过去接过鲜花。宋鹏飞接过鲜花后，王子晴便猜到了他想做什么，于是连忙笑着说："想说什么快点说吧，别拖拖拉拉的，太阳快下山了。"

此时，草丛里的小孩们都跑了出来，他们手里也拿着各自摘的小野花，站在一旁，抑制不住地发出一阵阵笑声。

"我想了很久，有些话一直都不敢说，我有时候也觉得自己太过自卑。今天特意把你骗到这里，不知道你会不会介意？"宋鹏飞说了半天也没说在点子上，王子晴听着也着急起来。

"快说关键的。"王子晴说道。

"叔叔，你太啰唆了。"小孩们也嫌弃道。

宋鹏飞见小孩们都在嫌弃自己，脸上顿时又紧张又害羞。

"再不说，太阳下山了。"小女孩抱怨道。

宋鹏飞再往王子晴身边走了两步，然后终于憋出了那句藏在心里很久的话："我喜欢你，很久了。"宋鹏飞说完，心里也舒坦了。

"做他女朋友吧！"身后的小孩们在关键时候"挺身而出"。

"做我女朋友吧！"宋鹏飞注视着王子晴。

"我愿意。"王子晴真诚地说道。她接过了宋鹏飞手里的鲜花，给了他一个大大的拥抱。

显而易见，最开心的是身边的小孩们，他们欢欣雀跃，像自己得了奖状一样。宋鹏飞在王子晴接受自己后，紧绷的脸终于笑起来，紧紧地把王子晴拥在怀中，忘记了周围一切的存在。这一刻，在宋鹏飞心里是从未有过的幸福，这些年他脑海中憧憬着与她在一起的画面，就在这一刻实现了，来不及多想，他只知道从今天起，他终于是王子晴的男朋友了。

"其实我等这一天也很久了。"王子晴抱着宋鹏飞说道。王子晴在宋鹏飞陪伴她的那些天中，发现了宋鹏飞对她的爱。那段时间，王子晴心里不由得爱上了宋鹏飞，对宋鹏飞的依赖也成了她的习惯。如今，宋鹏飞憋了这么久才向她表白，王子晴说这话时心里多少带着一些抱怨。

"对不起，我应该早点说，这些年来，我一直都很喜欢你。"宋鹏飞说着，他抱着王子晴一直没有松开。

夕阳渐渐落下，宋鹏飞与王子晴忘记了时间。

"这么久了，他们什么时候能松开。"小男孩抱怨道。

"天都黑了。"小女孩严肃地说道。

"那我们要不要先回去？回家晚了得挨骂了。"

"你傻啊，现在叔叔还没兑现承诺呢。"

小孩们讨论一阵后，终于有个小男孩忍不住问起宋鹏飞。

"叔叔，你们抱够了吗？我们该回家了。"小男孩为难地问道。

经小男孩的提醒，宋鹏飞与王子晴才发现，天都快黑了，他们松开后不好意思起来。

"我们快回去吧。"王子晴说着就拉着小女孩往回走。

宋鹏飞与小男孩们跟在王子晴她们身后，小男孩们知趣地走在宋鹏飞身边。

"明天晚上来我家拿玩具，每个人都有。"宋鹏飞看着王子晴，小声地跟身边的小男孩说道。

"走咯，走咯。"小男孩们听到宋鹏飞信守承诺后，他们蹦蹦跳跳快速往家的方向跑去。

"不打扰你们了。"小女孩们也跟着他们跑起来。

宋鹏飞等小孩们都开心地跑远后，他又走近王子晴身边，随后牵起了她的手，像逛校园一样，漫步在树林间。

宋鹏飞与王子晴回到家，母亲看到儿子脸上的笑容，还有王子晴手里的鲜花，她知道儿子这次终于大功告成了。

宋鹏飞表白成功后，再也没有听到母亲说些他听不懂的话了，父亲也不会拿着酒与他好好谈一谈了。反而发现，父母对他越发不关注了，他们把全部心思都花在了王子晴身上。

宋鹏飞与王子晴在老家这段时间，经过充分调研和走访后，创业思路和规划更加明确，他们信心百倍地回到北京。回北京后尽管没有跟人说他们在一起的事情，但吴珊看出了王子晴的不一样。

"这段时间，有些人被爱情滋润得很不错哦。"吴珊看着王子晴暗示道。

王子晴见吴珊调侃自己，也不再隐藏什么，于是把跟宋鹏飞在一起的事情告诉了她。

"你们能在一起，我真为你高兴。事实证明，有情人终成眷属，无情人各分东西。"吴珊说着还自嘲起来。

"你也会遇到有情人的。"王子晴安慰道。

"那当然了。等我们创业成功，我就找个弟弟。"吴珊笑着说道。

"对，找个对你好的，还听话，给你洗衣、做饭、跪搓衣板。"王子晴也调侃起她来。

"就应该这样。"

在王子晴家，吴珊与王子晴两人你一句我一句，聊得十分开心。

吴珊知道王子晴和宋鹏飞在一起后，李一来和邱敏也都知道了。邱敏对宋鹏飞抱得希望最大，她也是最失落的。面对事实，邱敏也只好接受了，而她淡忘对宋鹏飞感情的方式就是更加努力地工作。

李一来在知道宋鹏飞追到王子晴后，他心里的失败感顿时涌上心头，但这种失败感随着心里不断出现的于乐来得快去得也快。李一来这会儿才明白，对王子晴的喜欢多数来自一种对过往青春的怀念，一想到这儿，他心里舒服很多，也该彻底放下了。

宋鹏飞他们公司经过这几个月的发展，已经有了栋独立的小办公楼，"众兴"两个大字在办公楼上格外显眼。此时六层的办公楼里已经坐满了员工，大伙儿也都十分忙碌。这天在公司会议室里，宋鹏飞他们在集中讨论公司的发展情况。

"公司几个直播账号最近的粉丝量最多的已经涨到了150万，也就是刘姐直播的账号。目前我们的农产品储备和资源，已经满足不了我们的销售了。我建议扩大产品类型和基地，不同的季节也要有不同的有针对性的销售产品。"邱敏作了简单的汇报。

"产品这块儿我跟王子晴会继续拓展，我们下一步计划根据不同地区、不同村庄，有针对性、统一地教村民们进行种植。只有这样，我们才能够把握产品质量，把效益最大化。"宋鹏飞说道。

"等我们公司的业绩持续稳定后，我们应该对农产品进行再加工生产，这样把每一种产品做得更精细，消费者使用更满意了，那我们的价格自然就能卖得更高了。"王子晴分析道。

"老宋之前提到的关于建立一些产品储存中心，这点可以跟我们公司合作，这样我们就能节约很多时间成本，投入上也相对小一些。"李一来说道。

"虽然我现在的直播账号对公司的销售是很有用，但是，直播只是我们销售的一条途径。从我做贸易这些年的经验来看，我们的产品最终要通过多种途径进入市场，包括打入海外市场。"吴珊也发表了自己的看法。

"我赞成吴珊说的，我们的产品最终是需要多种销售渠道的，尤其是在大规模种植和开发后。"宋鹏飞附和道。

"我也赞成。"李一来说道。

公司内，宋鹏飞他们每个人都发表了自己的一些想法，众人集思广益，从每个人的想法中吸取对公司最有益的。几个小时的会议结束后，李一来提议再去石克牙酒馆聚聚，临走前宋鹏飞问邱敏："我们准备去吃饭聚一下，一起去吗？"

"不去了，我要跟男朋友一起吃晚餐。"邱敏回答。

"这么快就有了？"宋鹏飞好奇地问道。

"你不是也挺快。"邱敏说道。

宋鹏飞听邱敏说完笑而不语，邱敏朝他笑了笑，自己一个人离开了公司，宋鹏飞与李一来往石克牙酒馆赶去。

丽姐看着宋鹏飞他们一众人又来到酒馆，开心地跟他们打起招呼。

"小珊，我经常看你直播，都支持你好多回了。你原来还这么会说，没想到唱歌也那么好听。"丽姐率先跟吴珊打招呼，两人又互相寒暄了几句。

"丽姐，我唱歌也好听的。"李一来笑道。

"等你喝酒了去台上唱，别脱裤子就行。"

"那不行，他不脱裤子没人听他唱。"吴珊逮着机会又调侃起了李一来。

"你就饶过他吧，看在他现在这么勤奋的份儿上。"王子晴也为李一来说起好话来。

"现在她的乐趣就是以取笑我为主。"李一来也习惯了被吴珊调侃。

丽姐见他们各自调侃逗趣，赶紧上菜、上酒，见他们一个个喜笑颜开，不禁又问道："现在公司怎么样了？"

"发展得挺好的。"宋鹏飞率先回答。

"老宋可幸福了，村里的各种美食尝了个遍。"李一来也附和着。

"下次你也去，让蚊子吃了你。"吴珊盯着李一来说。

"好了，好了。我们创业到现在刚有些成绩，大家也都辛苦了。我们喝一个。"王子晴拿起酒杯向大家示意。

"喝一个，未来一定越来越好，公司一定越来越大。"吴珊笑着大声说道。

众人说完，一起举起酒杯喝了下去。宋鹏飞把酒一饮而尽后，脸上露出了满意的笑容，李一来发现了他的神情，连忙凑到他身边小声说起来："老宋，你能不能告诉我，你是怎么追到子晴的？"

"来来来，喝一杯再说。"

在宋鹏飞的怂恿下，李一来与他喝了一杯，但李一来始终没有饶开这个话题。宋鹏飞也不愿意跟他说，于是两人杠上了。吴珊看着宋鹏飞他俩一杯接着一杯地喝，她也忍不住了，说道："你们俩跟酒有仇吗？"

"我俩这是感情好，哪像你，喝酒跟亲嘴一样，小心翼翼的。"李一来看着吴珊满是不屑。

"来，跟我喝一个，看我不喝倒你。"吴珊说着也拿起酒杯往李一来酒杯上碰，李一来也不甘示弱。

"我看这次老李不跳舞都不行了。"王子晴笑着跟宋鹏飞说道。

"说不定他们俩一起呢。"宋鹏飞也笑道。

"你们别偷偷笑话我们俩，要跳一起跳。"吴珊举起酒杯往王子晴杯子上碰。

王子晴见吴珊十分开心，也就没有拒绝跟她喝酒，似乎两人都准备往醉到跳舞的方向走。趁着她俩拼酒的这会儿，李一来又悄悄与宋鹏飞说起来。

"没有想到我们的公司能在短短半年多的时间从5个人发展到

现在的几百人，营业额也有好几个亿了，再这么下去我们上市是迟早的事了。最重要的是要谢谢你让公司跟我家族的公司合作。"李一来说着又逮着宋鹏飞喝了一杯，宋鹏飞已经分不清他是想聊公司的事，还是借着聊公司的事情跟他喝酒了。

李一来的家族公司跟他们合作赚了不少钱，这个项目是李一来在家族公司推行的，由此也让公司的许多人看到了李一来的能力。看得出，李一来对宋鹏飞说的话是真情实感。

"哪里的话，这也是你的公司，我们难得在一起创业，我们要一直走下去。"宋鹏飞喝了杯酒后也说道。

"对，一起走下去。"李一来明显有些醉意。

丽姐看着李一来略带醉意地说完，连忙打趣起来："小李，你这话说的，好像你跟小宋要谈恋爱一样，还一起走下去。"丽姐说道。

"虽然我单身，但是我还是喜欢女孩子。"李一来说后就傻笑起来。

"喜欢女孩子没关系，别祸害邱敏就好了，敢跟邱敏谈恋爱，耽误公司就怪你。"吴珊逗着李一来。

"那如果她喜欢上我了呢？毕竟我现在是这么努力的一个人。"李一来认真地说。

"放心，我们会开导她别想不开的。"王子晴说完，大家都笑起来。

宋鹏飞他们在石克牙酒馆喝到尽兴后，在众人的阻拦下，李一来终究还是忍不住上了酒馆的一个小舞台，那舞台是刘东曾经跳舞的地方，这次李一来站了上去。他嘴里一直说着要给众人跳个舞庆祝一下公司的成绩，随后便胡乱跳起了迪斯科。见李一来跳得开心，吴珊也忍不住上去了，接下来是王子晴，最后宋鹏飞也在他们的怂恿下走上小舞台。四个人就像被闪电电着了一样，举起双手毫无顾忌地跳起来。丽姐看着王子晴他们难得如此开心，也欣慰地笑着。

丽姐很久没有看到他们一起这么开心了，上一次还是在大学毕业那会儿，如今几个都步入三十的人，还能保持那份纯真，这在人生阅历十分丰富的丽姐眼里实在难得。如果不是跳不动了，丽姐也忍不住想上前与他们一起。

"我们一定能做成优秀的企业。"王子晴笑着说。

"帮助更多的人一起创业。"吴珊也附和道。

"对。"宋鹏飞和李一来一同附和道。

十三　正轨

众兴公司创立一年后，宋鹏飞他们进入第二个发展阶段，就是融资后进行乡村整合，统一种植和管理，即把种植好的农产品通过建在乡村的工厂进行深加工，然后再运输上市。这个阶段真正带动了乡村智慧创业，也为地方提供了更多的工作岗位。王子晴毅然决然离职，一起协助宋鹏飞创业。

众兴公司与地方政府合作，宋鹏飞与王子晴代表公司，这天正与宋鹏飞所在的县政府召开具体合作会议。

"最近一年来，非常感谢众兴公司对我们县农产品的销售和新农村的建设，取得的成绩有目共睹。这是宋总带领公司回馈家乡的一种表现，我代表县政府表示热烈的欢迎和肯定，希望我们继续保持合作。"县长说道。

"谢谢县长的肯定，我们公司很乐意服务于乡村创业和农产品种植。在接下来的合作中，希望政府能提供一些帮助。"宋鹏飞直截了当地说道。

"既然是合作，有什么需要尽管开口。"县长继续说道。

"为了运输方便，我们在很多乡镇建了物流中心，但有些乡村道路实在难走，我们公司愿意出资修路，但政策上得给予支持，在新建加工厂的选址和土地优惠上也得给予一些支持。"王子晴接着宋鹏飞提出的问题说道。

"这些都没有问题，配合众兴公司的发展，这是县政府招商引资应该做的。"县长很爽快地答应了王子晴的要求。

众兴公司不仅仅与宋鹏飞所在县达成了合作，以此为中心，众兴公司与附近数个县市都达成了合作。在李一来的公司的资金支持和合作下，公司发展迅速，一些创业成功的乡村起到了示范作用，许多乡村陆续加入，共同创业，一时间，众兴公司成为一家热门的新型创业公司。公司由最初的直播销售，到现如今开拓了多种销售渠道，同时海外市场也在一步步打开。另外，邱敏带领的团队，也在研究细分产品品牌。比如，创立四川特有的辣椒品牌，把辣椒罐头做成了一种时尚又不失美味的样式，以迎合年轻人的审美和口味。

在众兴公司发展迅猛的势头下，李一来是获利最大的。他通过自己家族公司不断给众兴公司融资，这已成为他自己公司这几年做得最成功的一个项目。也由此，在掌握公司话语权后，他在经营公司上让所有人都看到了他的能力。通过这次创业，他彻底在公司树立了威信，公司上下都对他刮目相看，对他也都信服了。

自从宋鹏飞与王子晴跟大家一起创业后，李一来在很长一段时间都很感激宋鹏飞与王子晴，因为正是这个机会让他觉得身边有了自己信任的人，更让他在前进的路上不会显得那么孤单，同时也有倾诉的时候，比如在石克牙酒馆跳舞的瞬间，这让他无比放松和自在。

这一年来尽管解决了公司的诸多问题，但一直有个问题李一来始终无法解决，这也是他最难解决的，就是母亲希望他找到对象这事。李一来在于乐消失后，也选择去淡忘她，与此同时，他也想尽快结束单身生活。一向自认为"情场老手"的他，没想到周围的伙伴们都有了另一半，自己却还单着，人生中第一次在感情方面竟然有了一丝挫败感。

李一来在事业上做得非常出色，他找到了成就感。投资宋鹏飞公司更是他引以为傲的杰作，业绩是一方面，主要是他从他们身上学到了很多东西，也正视了自己身上的很多问题，还体验到除了钱，友情也是难能可贵的，这对于他来说无疑是最大的成长。

那天回到家，李一来发现母亲抱着个小孩正乐得嘴都合不拢。正当他不解时，母亲还抱怨起他来。

"你小子，女朋友有小孩了都不告诉我，看我们家孙子多可爱。"母亲抱着小孩笑着说道。

"妈，这是咋回事？"李一来惊讶地问道。

就在李一来惊讶时，于乐出现了，李一来这才明白了一些。

"怎么回事，你怎么来了，这小孩什么情况？"李一来把于乐拉到一边小声地问道。

"小孩是你的。"于乐十分淡定地回答。

"你消失一年多，现在突然冒出来，说小孩是我的？"

"一年多以前，我知道怀孕时，怕你不愿意要，我就回老家生小孩了。"

面对突如其来的小孩和于乐的出现，李一来一时间既开心又惊讶，开心的是这些天李一来不止一次想到她回来的情景，惊讶的是她会抱着个孩子回来。与李一来不同的是，母亲却只是开心，从没有对于乐有半点怀疑。李一来见母亲自从于乐回来变得开心，整天围着孙子转后，一时间也觉得如今的状态似乎正是他想要的，于是心里的怀疑也渐渐消失。

然而，于乐回来的这些天，她的一些举动引起了李一来的怀疑，她时常带着小孩出去，很晚才回来。一天晚上，于乐向李一来索要巨额补偿。李一来这时才知道于乐回来的真正目的。

李一来拒绝了于乐的要求，然而又被于乐威胁要曝光他，以此破坏他公司的名誉。在应付于乐的索赔时，李一来低落的情绪被邱敏发现了，在她的追问下，李一来才说出了自己的困扰。

"你看你，女朋友回来了还送一大胖儿子，这不挺好。"邱敏调侃了李一来一番。

"别开玩笑了。"李一来无奈地说道。

"说真的，你有没有怀疑那孩子不是你的？"邱敏认真地问道。

"开始怀疑过，但看到母亲那么开心，我也就不再怀疑了。"李一来回答。

"作为女性，突然抱着小孩回来，然后又威胁你要大笔钱，这中间肯定有问题。"

"我也不知道怎么办了。"

"现在这不仅是你自己的事，而且已经威胁到公司了，你知道网络舆论有多大威力，如果这次不处理好，那么我们之前所有的付出将付诸东流。你放心，姐帮你。"

　　邱敏答应帮李一来后，摸清了于乐出去的规律，果然查到于乐与另一个男人保持联系。得到重要线索后，李一来也相信了邱敏的猜测，他也开始怀疑孩子并不是自己亲生的。李一来趁着于乐不在家时，在邱敏的帮助下，带着孩子去做了亲子鉴定。

　　李一来看到孩子不是自己亲生的鉴定后，也很纠结，如果是他的孩子那该多好，而于乐欺骗他的举动让他内心仅存的一点感情也被抹去。在事实面前，于乐也只好与她的男人一起消失了。

　　于乐带着孩子消失后，李一来的母亲很是失落，尽管她也知道那不是自己的亲孙子。在邱敏帮助李一来的这些天，母亲在与邱敏的接触中，发现邱敏不仅能干，而且人也十分热情开朗，这让她惦记上了邱敏。每次有机会跟邱敏在一起时，她便使劲儿夸赞自己的儿子，除了夸赞，她连苦肉计都用上了。

　　"小敏，你看我家小来这么多年来，虽然谈了一些女朋友，但没一个真心对他的。多么可怜的孩子，要受这般爱情的苦，我多希望有个好女孩子能看上他。你说呢？"李一来母亲说道。

　　"阿姨，您说得对，放心吧，小来会有好女孩喜欢他的。"邱敏安慰道。

　　"有你这句话我就放心了，在我心中，你就是最好的女孩子。"李一来母亲继续说着。

　　邱敏知道李一来母亲的意思，但这是不可能的事。他们虽不讨厌对方，但都没往那方面想，也都不敢轻易迈出那一步。

　　"小来有时候也害羞，女孩子主动一点也没关系。"李一来母亲说完自己都不好意思地笑了起来，邱敏看着她也乐呵呵的。

吴珊也在极力撮合李一来和邱敏，奈何他们过不了心里那一关，李一来一直以来在吴珊的严厉"压制"下，他对邱敏的"主意"一直停留在欣赏上，然而经过这次事件，李一来在没有母亲的催促下也觉得自己该找个人安稳下来了，总不能像以往那样不着调。

在李一来决定要好好谈一场恋爱的那段时间，他有意无意地寻找公司里的女孩有没有适合自己的，同时也让王子晴他们给自己留意一下。为了让母亲开心，他竟然也主动跟母亲说有合适的女孩就给他引荐，毕竟工作上很难遇到合适的女孩，何况他又花名在外。他在众兴公司期间，也在有意识地接触和了解邱敏，吴珊和母亲的起哄，也给了他想象的空间，对他也是一种提醒和暗示，找个女孩好好在一起，告别贵公子的单身生活迫在眉睫。

"你喜欢什么类型的女生？"邱敏笑着问李一来。

"现在没标准，喜欢我就行！"李一来回道。

"富公子的恋爱观也是与众不同啊，择偶都这么标新立异。"邱敏调侃道。

"你可以给我介绍个，找不到你负责。"李一来连忙说道。

"我自己还没着落呢，我负责不了，你身边的公子哥也给我留意下。"邱敏说完转身就忙工作去了。

邱敏直来直去的性格表现得淋漓尽致，李一来没遇到过如此直白的女生，反而觉得有点儿意思。

邱敏自宋鹏飞和王子晴在一起后，就把所有的精力投入工作中，在个人感情上没任何心思。她越来越发现她真的是热爱这份工作，只有在工作中才能体现自己的价值，外人看来她很辛苦，她自己却乐在其中。王子晴和吴珊也不止一次地撮合她和李一来，但她完全没准备好投入一段新的感情之中。

众兴公司扩大规模后，一些考验也相继而来。竞争对手的恶意攻击影响了公司品牌效应，一些村民信以为真，王子晴在这方面耗费了不少精力，李一来花费巨资请来公关公司进行口碑维护，这才避免了更大的损失。通过这次事件，宋鹏飞决定成立品牌部，专门解决此类问题，品牌部负责人由邱敏担任。

北方农村一到夏季，要么是干旱，要么是雨涝。今年雨水出奇地充沛，这对农作物的生长很有好处，但当暴雨久下不停的时候，村里的农作物便成了暴雨最大的受害者。

在家乡指导村民集体创业的宋鹏飞发现，最近的雨断断续续下个不停，按照他以往的生活经验，他预感到最近可能会有一场大的暴雨。他既担心公司与村民联合种植的甜玉米等庄稼，也担心自己用新兴技术栽植的辣椒苗会被暴雨无情淹没。

宋鹏飞与王子晴带着员工去地里考察，想办法采取措施避免暴雨来后的损失。走到半路暴雨袭来，很快这片农田就成了一片汪洋。地里的辣椒苗和村民们辛苦种植的玉米成片成片地倒在地上，这一切让宋鹏飞非常难过。雨后，村民们来到田地里，看着眼前的景象，一个个垂头丧气，他们的难过显而易见。尽管受损失最大的是众兴公司，但村民们与众兴公司的合作模式村民也占有一定股份，所以王子晴看出了村民们的难过和心思，与宋鹏飞商量后决定由公司承担一切损失。

村民们听到王子晴说由公司承担一切损失，一开始村民们并不同意，毕竟这是天灾，如果让公司独自承担，他们也过意不去，但在宋鹏飞的坚持下，村民们也接受了。这次暴雨，让众兴公司损失很多，但在村民们的心中，众兴公司的形象也随之建立起来。为了杜绝这样的情况再发生，村民靠天吃饭的情况必须彻底改变。宋鹏飞与王子晴决定在公司成立一个风险基金，专门应对各种突发自然灾害。

这次事件后，村民们对宋鹏飞由衷地赞许。

在宋鹏飞与王子晴的带领下，公司在规模和收入上不断扩大和增加，自经历那次暴雨事件后，宋鹏飞与王子晴商量，对公司在定义上应该加上积极参与社会公益这一点。在当月的公司会议上，宋鹏飞与大伙儿重点讨论了公司积极参与社会公益的事情。

"让人振奋的是，公司成立两年来，我们的规模已经从最初我们五个人，发展成现在上百人的团队，带领村民科技种田，帮他们解决问题，请专家亲自辅导。由于我们很早就有意识地去解决乡村交通网络和货品储存中心的问题，现在我们的产品在多个渠道上销售已经遍布全国了，还出口到了邻国。"王子晴会上向大家做了汇报。

"我们为现在取得的这些成绩应该感到开心，与此同时，我希望在我们企业发展的道路上对一路陪伴我们的父老乡亲有更多的回馈，这不仅是回馈他们，更重要的是建立一种回馈机制。"宋鹏飞在王子晴汇报后提议。

"我赞成老宋的意见，我们公司做到现在，其实已经进入平稳的发展期了，也有了一定的能力，当然了，老李的大量资金支持少不了。所以，现在我们要尽量去帮助更多的人，公司考虑每年拿出支出预算的5%，专门用于村民们科技种田辅导这块儿。"王子晴继续说道。

"你们小两口一唱一和的，还说起我来了。不过，你们的想法我是很赞成。"李一来听到王子晴表扬自己便调侃起来。

"你钱多没地儿使。"吴珊看着李一来就调侃起来。

"我也赞成大家说的。"邱敏笑道。

"我当然也支持。"吴珊也附和起来。

"那好，就这么决定了。"宋鹏飞最后定论道。

集体通过提议后，宋鹏飞与王子晴专门把之前成立的风险基金重新纳入新成立的"公益事业部"，这是众兴公司成立的一个新部门，由王子晴负责。由此，众兴公司开启了公司效益发展和公益事业行动两方面同时进行的模式。这个举动，让众兴公司深得人心，让公司自有产品品牌的公信力得到提升。

与此同时，众兴公司的农产品经过这两年的发展，由最初的新鲜售卖，到如今以农产品精加工为主。辣椒罐头、食用油、水果罐头、各种肉类食品等，众兴公司都创立了自有品牌，并与传统的农产品品牌进行竞争。

吴珊作为众兴公司的股东，公司发展得好，她的生活水平自然也好了起来，对女儿的愧疚也逐渐少了，此时的多多已经快七岁了，也越来越听话了。一年前，刘东出狱后，他们俩才正式办理了离婚手续，如今吴珊真正是个自由人了，也真正习惯了带着女儿的生活。她与刘东的关系，像个多年的老友——也只是在他来见多多时。

"多多在你的照顾下越来越听话和可爱了。"刘东看着玩耍的多多笑着说道。

"当然了，她一直都很乖的。"吴珊回答。

"这两年辛苦你了，一边创业还要带小孩。没想到，你们的公司做得这么好。"

"大家难得在一起做点事，所以没想那么多就拼命想把公司做好。"

"如果有我一起创业，估计现在公司都没了。"刘东说着还自嘲起来。

"你现在在忙什么，还打算像以前那样吗？"

"现在在做一名卡车司机，进去两次了，人总不能一直想着进去吧？"

"看来你又想改变了。"

吴珊说话的时候，刘东也一直观察着多多，看着多多开心的样子，他也感到很欣慰。

"在里面我一直想，以后多多跟谁生活会更幸福，现在我知道了。如果你不介意，以后我希望能常来看看她。"

"嗯。"吴珊回答。

等吴珊答应后，刘东走向多多，抱了抱她，随后一个人走了。

李一来经历过这么多事后，也像变了个人一样，在母亲眼里，他终于长大了；在朋友眼里，他找到了自己的事业，是有能力做出一番成就的，美中不足的是他还没有找到自己的真爱。全心投入事业中的他，此刻倒是不急不躁，和宋鹏飞他们一起共事无比愉悦，这也是他目前对感情没那么上心的重要原因。对于大家撮合他和邱敏，他也是顺其自然。众兴公司由于在公益事业上的贡献，获得了省杰出企业称号。在颁奖晚会的那天，王子晴陪在宋鹏飞身边。

晚会的现场，宋鹏飞与王子晴坐在台下，宋鹏飞一直不说话，只是专注地看着舞台上。王子晴发现了宋鹏飞的紧张，她牵起宋鹏飞的手时才发现宋鹏飞双手都冒汗了。

"怎么这么紧张？又不是考试，这是给你发奖状。"王子晴笑着看向宋鹏飞。

"就是发奖状才紧张，万一等会儿说错话了怎么办？爸妈还有村里的人都在电视机前看着呢。"宋鹏飞回答。

"你说得对，等会儿别上台摔倒就好了。"王子晴调侃道。

"你这么一说我更紧张了。我看上去是不是也很紧张？"宋鹏飞说完试图放松神情。

"你觉得呢？这样吧，你实在紧张就上台后看着我，你就当作台下只有我一个人在看你。"王子晴认真地说道。

"这个可以。"宋鹏飞说完立马放松了许多。

听了王子晴的方法，单独上台领奖时，宋鹏飞的注意力一直也关注着王子晴，脸上还露出了十分自然又害羞的笑容。在说感谢词时，宋鹏飞竟也当作对王子晴说的。

"子晴，从你第一次提出一起创业到现在，几年的时间没有想到我们能做得这么好。这一切，我想你是我们所有人的动力，也是我们当中付出最多的人。对于我而言，你不仅是我们创业上的引领者，最重要的是，你是我人生路上永远爱的人。这一路，谢谢有你的陪伴，我也想陪你一辈子。"宋鹏飞把感谢词说成了对王子晴的"情话"，台下的观众掌声热烈。

王子晴十分后悔给宋鹏飞出的主意，如今她害羞得不知所措，在众人的怂恿下，王子晴也被请上了舞台，这会儿反而是她变成了那个最紧张的人，宋鹏飞却满脸开心和期待。

"刚刚我还说让他别紧张，现在我反而很紧张。想想我们这一路走来，要感谢的人很多，当然首先是我们的创业团队，这么多年的朋友难得一起做成了这件事情。其实，我们能有些成绩，获得一些肯定，一定是与跟我们一起创业并信任我们的广大村民朋友的支持分不开的，他们的热情和淳朴让我很感动，他们的努力和对美好生活的向往是值得所有人学习的，所以谢谢他们！"王子晴说完，眼里情不自禁地流下了感动的泪水，现场的观众也无不动容。

"最后，我还想说，老宋，你现在胆子越来越大了，我们回家说。"王子晴看着宋鹏飞，笑着说道，台下的观众也被王子晴逗得哈哈大笑。

在村里，宋鹏飞的父母与一众村民朋友挤满了大院，院里子放着一台大电视机。他们目不转睛地盯着电视机里王子晴发言，等王子晴发完言后，村民们发出了阵阵笑声，其中宋鹏飞父母笑得最大声。

"小宋这下回来要跪搓衣板了。"一位村民大爷笑着说道。

"该跪，大家把搓衣板都拿到我家来。"宋鹏飞父亲笑道。

"小宋这小子真幸运，子晴识大体又懂幽默。"一村民大娘说道。

"就是他们怎么还不结婚呢？"有村民继续说道。

"这还不是为了大家，你看这两年带我们创业哪有时间想这事。现在村里的路修得宽宽敞敞，农田规划得清清楚楚，村里农作物收成这么好，多亏了他俩。"一位大爷感慨起来。

"现在至少我们这儿都上轨道了，老宋，你也该催催他们了。"

听村民朋友说起宋鹏飞还没和王子晴结婚的事情，宋鹏飞父母也想起来，这两年，宋鹏飞一直也没给王子晴一个名分，心里也觉得别耽误了人家女孩儿。

"大家说得对，是该催催他了。"宋鹏飞父亲说道。

"对，到时候把婚礼办得热热闹闹的。"几个村民说。

村民们你一句我一句的很是热闹，一时间宋鹏飞的婚礼似乎已经在他们心中办了起来。村民们等宋鹏飞领完奖后，他们又继续看了许久的电视，周围也有许多小孩在吵闹。

每晚，村民们都会集中到村里的活动大院，大伙儿互相聊天逗趣。直到夜深后，他们才依依不舍地往自家走去。

像宋鹏飞村里这样的活动中心，自从众兴公司带领大家创业后，每个村都陆陆续续建了起来。建活动中心一来是方便大家娱乐，二来也是方便大伙儿开会。有了活动中心，村民们有了打发无聊时光的去处，乡村生活更加丰富了。

得奖之后，宋鹏飞再回到村里，每次见到村民，他们都以各种形式暗示结婚这件事情。比如，谁家的儿子又结婚了，谁家的女儿也嫁了，最直接的是有村民直接说"早点结婚让大家放心"。宋鹏飞这才发现，他们好像说好了一样，宋鹏飞还没到家就已经受了一遍"洗礼"，等见到父母时，宋鹏飞也有了些准备。

"你们是不是也想说结婚的事情？"宋鹏飞与父母喝了杯酒就主动说道。

宋鹏飞父母很惊讶，自己还没说儿子就主动提起这事了。

"你怎么知道的？"母亲不解地问道。

"回来的时候，村里的人都在说结婚的事情，你们不想那不可能。"宋鹏飞说得十分自然。

"那你的打算呢？"父亲喝了口酒后笑着说。

"我当然是想结婚了，但也得看子晴的意思吧。"宋鹏飞回答。

宋鹏飞与王子晴在一起的这两年，实际上，两人住在一起跟婚后生活没有太大的区别，如果有，那也只是一种形式上的区别。不过，在宋鹏飞心里，他也想着要给王子晴一次正式又浪漫的婚礼。

"女孩子都希望男的给她一个结果，你们完婚就是一个结果。"宋鹏飞父亲又说道。

"爸，我明白你说的，放心吧。"宋鹏飞说。

这次宋鹏飞承诺后，父母也很相信他，于是也不再提这事。在宋鹏飞心里，他也一直想找机会跟王子晴提提结婚的事情。

宋鹏飞再回北京后，由王子晴组局，他们又在石克牙酒馆聚了起来。每次宋鹏飞他们来聚会，丽姐总是笑脸相迎，这次看到来的都是成功人士，她越发感到开心。

"每次你们来都不一样，这次你们都是成功人士了，一个个都成大老板了。"丽姐把宋鹏飞他们迎入座后笑道。

"别打趣我们了，我们就是一群普通人，就喜欢来丽姐这儿开心开心。"吴珊笑道。

"顺便放开肚子喝点儿是吧？"丽姐说。

"那对呗。"王子晴回答。

宋鹏飞见李一来从进酒馆后就一直盯着邱敏，他连忙调侃起他来："你小子，和邱敏什么关系？眼睛就没从她身上离开过。"

"没有没有，邱敏最近比较辛苦，感冒还没好。"

"你怎么知道她感冒的？"吴珊问道。

"我秘书给她买的药，无意中说起我听到了。"

"你们蛮适合的。"王子晴来了这么一句。

"是的，好好考虑下。"宋鹏飞附和道。

"你不考虑再婚的事啊？"邱敏突然看着吴珊打趣道。

"我看着老宋和王子晴恩爱就够了，不需要爱情了。"吴珊不以为然地说。

"还别说，都两年了，你真的不想再找一个？"宋鹏飞也附和起来。

"不会是对男人没兴趣了吧？"李一来笑道。

"滚一边儿去，谁对男人没兴趣了，只不过能引起我兴趣的人还没出现。"吴珊说着眼里满是憧憬。

"实在没出现找个弟弟好了。"王子晴调侃道。

"弟弟也行啊，现在都流行姐弟恋。"吴珊笑着回答。

"我看弟弟压不住你，你得找个气场强的男人。"宋鹏飞说。

"别光调侃我啊，大家喝一个。"吴珊把酒杯倒满后就提议一起喝一杯，开心的他们一饮而尽。

这晚，他们尽情地喝着一杯又一杯，聊着创业过程中好玩儿的事，聊着彼此最喜欢的人，也聊着无论发生什么，未来都要一起携手走下去，这是属于他们的一晚。

宋鹏飞其实最近一直在考虑结婚的事，毕竟他们村的同龄人，孩子都上幼儿园了，父母也一直在催，关键是他和王子晴现阶段的感情也适合结婚，只是他没想好怎么跟王子晴开口，他决定给吴珊打电话求助。

"女孩子决心结婚的动力是什么？"宋鹏飞开门见山。

"找到了可以一辈子依靠的人。"吴珊脱口而出。

"原来如此。"

"你打算和王子晴结婚？"

"有这个想法，只是不知道怎么开口。"

"我建议你尽快，结婚有时候真的要靠冲动，我就很后悔没和刘东举行婚礼，遗憾到现在。"

"你们复婚时可以补办个。"

"宋鹏飞，我谢谢你啊。"

"需要个求婚仪式，你有什么好主意吗？"

"以我对王子晴的了解，你还是单独求婚吧，婚礼可以好好弄。"

"好的，有什么问题再问你。"

"我可以提前去帮忙，婚礼方面我还真不在行，我只是一个离过婚，没办过婚礼的女人罢了。"

挂了电话，宋鹏飞对接下来的求婚和婚礼，心里有点儿底了，同时对吴珊和刘东这一对走到今天这一步也是非常遗憾，身为他们的朋友，总觉得自己应该为他们做点什么。

用新技术种植的辣椒大丰收，实验田里的村民们兴高采烈地议论着。

"真没想到，辣椒收成这么好。"

"产量绝对比以往翻倍，种植也省了不少力。"

"明年咱都种这个品种。"

宋鹏飞引进新技术和专家指导，来培植辣椒的决策是正确的，当初说服村民们接受新技术没少费劲儿，现在看到他们幸福的笑脸，宋鹏飞很是骄傲。接下来他要做的就是销售和其他农产品新技术的研发。

宋鹏飞与王子晴躺在床上，他终于鼓足勇气试探性地问起王子晴关于结婚的事。

"公司目前很稳定了，下一步我们的重心是不是应该放在个人身上？"宋鹏飞说道。

"公司刚有点儿起色，还需努力发展，前景很好，一切才刚刚走向正轨。"王子晴回道。

"其实我是想说……"宋鹏飞突然把灯打开，然后起身看着王子晴认真说道。

"怎么了？"王子晴问道。

"我们结婚吧？"宋鹏飞深情地看着王子晴，终于说了出来。

"吓我一跳，我还以为什么事呢。"王子晴不以为然地说道。

"嫁给我吧，我们回家结婚去。"宋鹏飞又重复了一遍。

"没见过没戒指还在床上求婚的。"王子晴说着故意生起气来，宋鹏飞看出了王子晴的小心思，于是连忙抱住了她。

"明天就去挑，挑你最喜欢的。"

"那我要挑个最大的钻戒，跟鸡蛋差不多大小的。"

"好。把小旺财卖了都要给你买。"

宋鹏飞也开起玩笑来，王子晴一听卖小旺财，她连忙把拳头往宋鹏飞身上捶去。就在两人在床上嬉闹时，已经长大了的小旺财气冲冲地往卧室跑来，对着宋鹏飞他们汪汪大叫起来。

"它有意见了。"王子晴说道。

"小旺财，明天也给你找个伴儿，快去睡吧。"宋鹏飞说完，小旺财才安静下来。

宋鹏飞与王子晴决定结婚后，他先告诉了自己的父母。宋鹏飞父母知道后开心得不得了，一会儿工夫七大姑八大姨都知道了，整个村的村民如自家举办婚礼那般开心。筹备婚礼的那一段时间，宋鹏飞村里的家成了村民们开会商讨婚礼的会议室。

"老宋，小宋结婚这事是大事，附近几十个村都很关注，大家托他们的福都发了财。所以，他结婚，我们得帮忙办得热热闹闹的。"一位村民看着宋鹏飞父亲说道。

此时，宋鹏飞家里已坐了数十人，是各个村的村主任和自己村里的村民。他们此时正是讨论宋鹏飞的婚事。宋鹏飞没有想到，自己还在北京，而村里已经在为他的婚礼开大会了。

"年轻人喜欢在大酒店办婚礼，怎么会在我们村里办？"

"那不一定，说不定小宋愿意在这里办呢。"

几个村民为讨论宋鹏飞与王子晴会不会在村里办婚礼争吵了起来，随后宋鹏飞父亲打圆场后才停止了争论。

"在哪儿办都可以，但我想小宋应该会在村里办，晚上跟他说说。"宋鹏飞父亲说完就没有再继续讨论这个话题了。

"除了馊主意，其他的尽管说。"宋鹏飞母亲也说道。

"来个田野里的婚礼怎么样？"一个大妈笑着说。

"说得对，你看我们村现在这么漂亮，哪儿都是青山绿水，我们整块地做婚礼场地，然后搞些年轻人喜欢的花。肯定好看。"又一个村民说道。

村民们的讨论让会议室充满了欢声笑语，大家你一言我一语很是热闹，像自己结婚一样。宋鹏飞的父母看着大家为自己的孩子操心婚礼，老两口乐得很。

十四　婚礼

"我要结婚了。"王子晴拨通了戴维的电话。

"祝贺祝贺，谁这么有福气娶了我的小仙女，羡慕。"戴维开心地说。

"还好不是你。等着我的请柬。"

"那必须。我要打扮得帅过新郎官。"

"你在我心里是最帅的。"

"这是实话，作为娘家人帅是必备素质。"

戴维算是王子晴在职场上结下的朋友，婚礼自然少不了他。吴珊、刘东、李一来等，宋鹏飞都亲自一一邀请过了，他们都期待着婚礼这一天的到来。

在筹办婚礼的事情上，宋鹏飞和王子晴跟村民们的想法一样，他们自己也希望在宋鹏飞村里办这个婚礼，宴请父老乡亲们。得知宋鹏飞确定在村里办婚礼后，村民们老早就开始忙碌了，每个人都希望参与进来。村民们把村里收拾得更加整洁，最重要的是，他们准备启用种植试验田的一块空地，用来当作婚礼的场地。场地周围是一片片绿油油的麦田，麦田后方是一片果园，这样的婚礼场地实属难找，这也能从侧面说明村民对他们的婚事真的非常重视。

宋鹏飞与王子晴回到村里筹备婚礼，看到村民们为此前后忙碌，开心的同时也有点不好意思，毕竟自己结个婚村民们如此重视，这是他们意想不到的。王子晴让爸妈提前几天和村民以及宋鹏飞爸妈熟悉下，远嫁女儿对父母来说是件不容易的事。

婚礼当天，整个村子如过节一样。村民们早早地起来布置婚礼场地。场地四周摆满了村民自己种植且连夜采摘的鲜花，带着泥土的花香气扑鼻，参加婚礼的亲朋好友们笑得像花儿一样灿烂。几十桌客人有秩序地落座，李一来与邱敏、吴珊、刘东坐在场地中央的前排，作为他们共同的好友，自然会受到高规格款待，戴维也被安排在了这一桌，他非常羡慕王子晴有这么一帮朋友。

"这也太漂亮了，我也想要个这样的婚礼。"邱敏注视着周围，不禁羡慕道。

"好啊，赶快找个男人先。"李一来说道。

"离过婚的人，都没举行过婚礼。"吴珊玩笑中透着无奈。

"我们都会幸福的。"刘东一字一句地说。

婚礼正式开始了，伴随着宾客们的欢呼声，司仪简短地介绍了重要宾客后，快速地引出了新郎官宋鹏飞。

宋鹏飞穿着定制的黑西装，显得格外挺直，一出场就引来一阵欢呼，他努力让自己淡定，但手心冒汗显得异常紧张。

"老宋，你今天真帅。"刘东大声喊道。

"比你帅多了。"吴珊白了一眼刘东。

"我结婚时要比他帅。"李一来说道。

"这也要比。女朋友都没影儿呢。"邱敏调侃道。

漂亮的王子晴穿着定制的洁白婚纱，手捧村民们特意为她制作的鲜花，用深呼吸来缓解自己的紧张情绪。

"爸，你咋比我还紧张了呢，不是说见过大场面吗？"王子晴笑道。

"嫁自己的女儿我没经历过啊。"王子晴父亲回答。

"辛苦了，爸，谢谢你！"

"傻孩子，要幸福，有任何委屈，告诉爸。"

"我会幸福的。"

身边的妈妈一句话也说不出口，眼含热泪，一个劲儿地帮王子晴整理婚纱。听到司仪叫王子晴出场的声音后，妈妈终于说了一句话："我女儿真漂亮，一定要幸福。"王子晴强忍泪水，和妈妈紧紧拥抱后，挽着爸爸的胳膊，向场地中央宋鹏飞所在的方向走去。现场掌声雷动，吴珊更是拍得手掌都红了，刘东默默地看着吴珊若有所思，李一来吹起了口哨，邱敏大声地喊着王子晴的名字，王子晴面对他们的方向挥手。

王子晴在爸爸的护送下朝宋鹏飞走来，他看着此刻穿着婚纱的王子晴，心爱的女人今天就要嫁给他了，她真的就穿着婚纱一步一步向他靠近，他有点不敢相信自己的眼睛，这个场景他想过无数次，但没想到这一切就发生了，百感交集的他忍不住流下了幸福的眼泪。

王子晴父亲把王子晴交到宋鹏飞手里，司仪让他说两句。

"我把女儿交给你了，希望你好好爱她，别让她受委屈，拜托了。"王子晴父亲声音有些哽咽。

"我会的，请放心。谢谢叔叔把王子晴养得这么好，我三生有幸能娶到她。我会爱她一生一世。"宋鹏飞双眼含泪。

王子晴已经泪流满面，一对新人在司仪的引领下，交换了戒指并各自发言。

"子晴，谢谢你嫁给我。我知道你为此牺牲了多少，我会用一辈子去爱你。没有你，就没有现在的我。喜欢你这么多年，此时此刻的这个场景，在梦里我都不敢去想象。不敢想在我出生的村庄、在我们一起创业的这个地方，能和心爱的你举行婚礼，我到现在都感觉是在做梦，我真想给自己两个耳光，看看自己是不是在做梦。但是，我不能扇，因为就算是梦我也希望一直这样下去。其实我想说的是，能娶到你，应该是我几辈子修来的福气，也谢谢你放弃工作陪伴我，赌上你的全部人生嫁给我。我会用余生的时光，全心全意去爱你。"

宋鹏飞说完，安静的人群爆发出雷鸣般的掌声。宋鹏飞的父母为儿子使劲儿鼓掌，操劳大半辈子，他们最开心的就是能见证儿子的今天。

"嫁给你，是我做的最正确的事。"哭成泪人的王子晴说道。

"你的善良温暖着我，你的真诚感染着我，你的质朴治愈着我。谢谢你，宋鹏飞，谢谢你包容我，宠我，余生很长，我们一起走。当然，我严肃地告诉你，我此刻可不想扇你，万一把你扇醒了，那以后谁来爱我？"王子晴说后，逗得台下众人笑起来。

"你舍不得打，让我们来。"不嫌事大的李一来大声喊道。

"不行，谁都不能欺负他，这辈子他就只能让我欺负。"王子晴笑着说道。

"领导，如果他欺负你，我一定会给你报仇的。"戴维不甘示弱。

"你这小身板还是保护好你自己吧。"吴珊调侃戴维。

直至司仪提醒到了双方父母送祝福环节，现场才再次安静下来。

"我和他妈都是老实巴交的农民，不会说什么场面话，但今天真的感谢父老乡亲到场参加我儿子的婚礼，待会儿大家吃好喝好。"

"让你给儿子儿媳说几句，说完再吃饱喝足。"宋鹏飞母亲这句话引得众人大笑。

"正准备说，你别打岔啊。我很满意我的儿媳妇，要是我儿子对你不好，你尽管告诉我，我随时拿着锄头去揍他。"

"我拿着铁锹去帮忙。"宋鹏飞母亲补了句。

宋鹏飞爸妈的祝福，引来阵阵笑声。一对新人更是笑得合不拢嘴。

"听到亲家这么说，我也就放心了，小宋是个不错的孩子，希望你们俩白头到老。"王子晴父亲回应道。

"希望你们结婚后经常回来看看。"王子晴母亲说道。

宋鹏飞表示保证会陪王子晴经常回来看二老。双方父母祝福环节完成后，最后一个发言的是村民们选出的代表，也是宋鹏飞从小玩儿到大的发小，他上台时手里还端着一杯酒。

"老宋，今天是你大喜的日子，我代表所有到场和未到场的村民朋友们，向你和嫂子表示最诚挚的谢意。这两年来，在你们的带领下，我们收入提高了，生活有奔头了，也感受到了知识的力量，这让我们很重视对下一代的教育，村民们都感受到了从未有过的改变，对未来生活充满信心，这都是你们的功劳，这一点在座的有目共睹。话不多说，都在酒里了。"发小说完一饮而尽。

婚礼最后的环节是宋鹏飞牵着王子晴绕场一周致谢宾客，走在他们前面的是手捧鲜花和麦穗的孩子们，鲜花代表着幸福，麦穗代表着美满，孩子们每个人的脸上都挂着灿烂的笑，他们经过无数次的彩排，就为今天这一刻。平时调皮捣蛋的孩子们，目不转睛地注视着走来的宋鹏飞和王子晴，他们从未见过这样的婚礼，开心又好奇。

婚礼所有环节都完成后，宋鹏飞与王子晴开始给客人们敬酒。宋鹏飞敬了一圈后，李一来他们终于盼到了宋鹏飞。

"大家先别急，我们一个个地来。"李一来拦住了刘东他们，准备先与宋鹏飞喝一个。

"宋鹏飞，祝贺祝贺啊，看得我都想结婚了。你今天够爷们儿，非常帅，好好喝一个。"

"老李，这么多年谢谢你，多包涵，必须好好喝，你今天要不醉不归啊。"宋鹏飞也说道。

宋鹏飞和李一来碰了下杯，两人一口喝了下去。感情，全在酒里。

"现在到我了。不管今天你们有没有喝醉，我今天反正得醉。人生，有这么一场婚礼，死而无憾。"刘东说完就自己干了一杯。

"东，这杯我敬你，你帮我太多，我都记在心里呢。"宋鹏飞真诚地说。

"哥们儿我没能力还特作,但你们不嫌弃我……"

"瞎说什么呢。"王子晴迎面走来打断了刘东的话。

"在座的你们,都是我最重要的亲人,一家人不说两家话,这杯酒我敬你们,祝我们一直一直在一起,永不走散。"王子晴一口闷。

"领导,新婚快乐,请批准我加入你们。"戴维用祈求的眼神看着王子晴说道。

"你先干三杯,表现好就批准。"吴珊起哄道。

"批准。"戴维三杯酒下肚,吴珊说道。

"咱们一起喝一杯,共祝我们的亲人宋鹏飞、王子晴新婚快乐,早生贵子!"吴珊提议道。

"沾婚礼喜气,也祝咱们的公司越做越大、早日上市。"邱敏笑着说。

这一刻,所有的祝福都化成了酒,装进肚子里。有这样的友情,让人羡慕,也是他们难得的财富。

按照习俗,宋鹏飞和王子晴要和宾客们一一敬酒,宴席进行到一半,他们已喝得差不多了。

李一来与刘东见状,酒量还行的他们,想办法替宋鹏飞分担了点儿。吴珊和邱敏也簇拥在王子晴四周,戴维负责拿酒瓶,一行人浩浩荡荡去敬酒。村民们很吃他们的花言巧语和卖萌装天真这一套,给足了面子,能喝三杯的喝一杯,能喝一杯的就一口,能一口的就省略,大家祝福送到,开心最重要。

　　村庄里很长一段时间都没有像现在这么热闹了，从中午到黄昏，参加婚礼的人才陆续散去。有的村民边走边唠嗑儿，有的村民正被老婆嫌弃地扶着，有的村民还一不小心摔倒在麦田里半天爬不起来，惹得众人围观取笑，更有的村民干脆跳到小溪里冲个凉，试图让自己回去时身上的酒味儿少一点。没喝酒的妇女带着自家小孩和小狗打闹追逐着，看着众人热热闹闹、开开心心地回去，宋鹏飞的父母十分欣慰，儿子的婚姻大事总算完成了。

　　宾客们一一散去，宋鹏飞父母安置好王子晴父母后，来到李一来他们这桌。

　　"这孩子，还没闹洞房就睡着了。"宋鹏飞父亲看着躺在椅子上睡着了的李一来。

　　"你看新郎官，都站不稳了，赶紧让他去休息吧。"戴维跟身边的王子晴说道。

　　王子晴看着傻乎乎的宋鹏飞，手还一直被他牵着，从没见他喝这么多过。

　　"没事，我清醒得很，子晴我们散步去。"宋鹏飞说着准备起身，刚离开座位就趴在地上打起了呼噜。

　　"吴珊，我也喝多了，你怎么不照顾我一下？"刘东眼神迷离地问。

　　"邱敏，照顾下喝多的这位刘先生。"吴珊借着酒劲儿说道。

　　"应该是照顾下你的前夫。"刘东自言自语。

　　"你们两个互相照顾吧，我自己都照顾不了我自己了。"邱敏回道。

"我们该有个婚礼的，你等着，我一定让你穿上最漂亮的婚纱。"刘东认真地说道。

"还是先回去睡觉吧。"吴珊扶着刘东说道。

始终清醒的宋鹏飞父母，把所有人都安顿好才回家休息，这一夜，他们睡得无比安稳。

宋鹏飞与李一来、刘东三人整整睡了一天，直到第二天下午，他们才陆续醒来。醒来后的三人，谁也不承认昨天自己是喝醉了被人背回来的，更不承认对方要喝得比自己多。于是，三个人都保持了统一说辞，就是昨晚睡得太香起晚了。

王子晴她们见宋鹏飞等人醒后，就拉着他们去村里闲逛。逛到一个大水潭那儿时，他们坐成一排，看着水里的小孩们嬉闹。

"你说，我们如果还是小孩该多好，可以开开心心地脱衣服下水洗澡。"宋鹏飞看着小孩们羡慕道。

"你现在也可以的，在我这儿你永远是小孩。"王子晴看着宋鹏飞笑道。

"那我们现在要回避吗？宋鹏飞你要不给我们演示下。"吴珊打趣道。

"我跳下去吧，展示下我练出的6块腹肌。"李一来得意地说。

"看我的。"刘东纵身一跃，众人惊讶地叫出声。

"吴珊，我从未向你真诚地道过歉，对不起，跟着我受委屈了。希望你能接受我的歉意，相信我会努力变得更好，为了多多，为了你，更为了我。"

刘东这一番话让吴珊乱了阵脚，在场的人齐刷刷地看着吴珊。

"你快上来吧，别感冒了。"吴珊关切地说。

其实刘东的改变真的挺大的，经历了这么多，他变得有担当，有责任，他不敢奢望吴珊原谅他，但他又从未放弃过和吴珊破镜重圆的机会，他还爱着她，这一点吴珊自然明白。

"要不要一起下来玩啊。"一个小男孩见刘东下水，问向岸上的宋鹏飞他们。

宋鹏飞和李一来相互看了看，没接话，小男孩竟发起挑衅："是不是不敢？不敢就直说。"

"你们真的不敢吗？"王子晴也笑着说道。

"我还怕一群小孩不成。"李一来说着就站起身来忙着脱上衣。

宋鹏飞也跟着李一来一起脱衣服，两人脱得只剩下内裤后跳进水潭，水潭里的刘东看到这一幕，像个孩子一样咧着嘴笑，这样的日子、这样的时刻，久违了。他们一会儿泼着水，一会儿又钻到水底摸起鱼，爽朗的笑声在田间回荡。

王子晴和吴珊并肩坐在岸边，静静地看着他们，思绪飞扬，过往一幕幕再现，两人对视，王子晴的头倚在吴珊的肩膀上。

"吴珊，我们一直这样，多好。"

"王子晴，会的，你说过，无论发生什么，我们一直一直在一起，永不走散。"

"永不走散。"

十五　一切刚好

"妈妈，我比赛获得了第一名。"多多拿着奖杯开心地说。

"宝贝真棒，妈妈做你最爱吃的红烧肉，好不好？"

"谢谢妈妈，爸爸也爱吃红烧肉。"

"爸爸下班就来，庆祝宝贝女儿拿第一。"

"恭喜众兴公司获得县纳税先进企业和最佳公益企业奖。"

话音未落，掌声雷动。在县企业表彰大会上，宋鹏飞上台领奖。

"感谢县领导对众兴公司的扶持，我们会继续努力，扎根于农村，为乡镇事业的发展贡献自己的一份力量。感谢台下的王子晴，没有你就没有今天的我，感谢我的投资人李一来，没有你这么多年的支持和力挺，众兴也走不到今天，还要感谢没在现场的刘东、吴珊，你们的不离不弃给了我坚持下去的力量和信心，我爱你们。"

王子晴把宋鹏飞的发言录了下来，发给吴珊和刘东。

李一来和走下领奖台的宋鹏飞紧紧拥抱在一起。

三十岁的他们，一切才刚刚开始。